爱怎样逝去

又怎样步上群山

在繁星之间藏住了脸

——[爱尔兰]威廉·巴特勒·叶芝

目 / 录

第一章	玻璃屋	001
第二章	暗道	016
第三章	喜鹊窝	055
第四章	戏台	066
第五章	天井	125
第六章	望哨楼	136
第七章	田庐	187
第八章	黑松林	198
第九章	井	235
第十章	水库	245
第十一章	秋千	293
第十二章	瓦房	298
第十三章	暗红皮箱	346

第一章　玻璃屋

1

我在网上刚查到那三个字,高速列车就到站了。

我来这个县看油菜花海,快要到了才上网查找这一带的民宿,然后给"喜鹊小栈"打了一个电话。一个女人在电话里说,出了火车站,再坐车半小时到鸿祯塞,大老远就能看见一个喜鹊窝。她说:"我的喜鹊就在那儿。"

"什么塞?"我问,"哪三个字?"

"鸿雁的鸿。"

"贞节的贞?"

"需要添衣。"

"没有这个字,"我说,"什么塞?"

她把电话挂了。

我从火车站出来,上了一辆出租车,油菜花很快就一浪一浪涌上来。不上半小时，我看见了那个喜鹊窝，被大树高高举起来。我下了车，朝喜鹊窝下面那栋小楼走过去。

这是一栋三层小楼，用石材、钢材和玻璃建成。屋基大概是垒起来的，四周砌了几尺高的石墙。邻近的小砖楼又都是两层，老远就看见它冒出半截，所以连一个招牌都没有。三楼大概是一个玻璃花房，在夕阳下亮晃晃一团。

我爬上几级石阶，不见一个人影。一排玻璃门打开了一扇，我却碰撞上了没有打开的一扇。我等着里面的人回应那一声响，一直等到火气上来。

"有人吗？喂，有人吗？"

楼上好像有一点动静，细听却又没有。

我后退几步，看见一树海棠花正开得热闹。户外的石桌石凳都很干净，我让拉杆箱立在石材地面上，就在一架秋千上坐下来。秋千吊在高大的钢架上，看不出那钢架是为什么藤蔓预备的。我刚让秋千荡起来，一个年轻女人就从石阶上冒出来。她看我一眼，从那扇打开的玻璃门进去了。我跳下地，提上拉杆箱跟进去。她只管往楼上爬，钢架撑起的玻璃楼梯无声无息。她把我领到二楼转角处，在一间屋子门口停下来。

"身份证。"她说。

我好像不是来住店，而是来向什么管理员报到的。

她看过身份证，还给我说："我们吃什么，你吃什么。你不能上三楼，见他需要我的同意。"

"寒露！"一个女人在楼下喊，"温寒露！"

她没有答应，下楼去了。

我进了屋子，把厚厚的窗帘拉开，玻璃窗占了两面墙各一半。油菜花海就在窗外，风平浪静。我向远处望过去，长山丘后面冒出了短山丘。天色暗下来，我却已经看清，短山丘是一片庞大的建筑，只冒出来一个顶。那一片影子，就像昏昏沉沉的晚云，很快就把白天涂染成了黑夜。

两个女人在楼下高一声低一句说话，不一会儿就安静下来。窗外有一只鸟儿一直在叫，不一会儿也歇了。我从屋里出去，看见温寒露提着饭盒上三楼去，而我还饿着肚子。看样子，三楼并不是花房，住着人。她在上面待了很久，吃两顿饭都足够了。我原想在民宿改善一下伙食，晚餐却是一碗酸菜豆腐挂面。豆腐切成颗粒，让油煎出了几面黄，那酸菜却差点让我掉了牙。我回到二楼那间屋子，刚拿起一本书，她却来敲门了。

我一手拿书，一手接过她递上的电茶壶，说："正愁怎么泡茶呢。"

她并没有在意我的口气，问："什么书？"

"小说。"我把电茶壶放下，双手端起书让她看封面。"《午夜之子》。"

她把目光从书上移开，说："你是作家。"

我知道，她已经上网搜查过了。我的姓名、年龄、相貌和著作都已经在她手上捏着，她大概不用再提防我什么了。

她问:"你是来写鸿祯塞的吧?"

我已经把那三个字忘得一干二净,问:"什么塞?"

她好像受了欺负,转身就往回走。脚步声在楼梯口那儿停了,然后,响起了开门声和关门声。

我轻轻关上门。她是我在乡下见过的最漂亮的女人。我发现,我在电脑上输出来的是"温寒露",愣了一阵,才换上了"鸿祯塞"。图片和文字跳了出来,那是从前当地豪门建造的全封闭建筑,大概就是天黑前我看到的那一片影子。我一动念头就拖上拉杆箱出门,可不是奔什么建筑来的。我提醒自己,我计划在这个名声在外的油菜花海住上十天半月,我是来这儿写作的。

突然,我听见了喊声。

那喊声就在楼上,在一面窗上面。我走到那儿去听,喊声却又去了另一面。我赶紧换到门边,喊声果然转过来了。我听清楚了,那大概是在喊一个人。

"翠香!"

我把门打开了一道缝。喊声并不大,好像来自更高一些的空中。

"翠香!"

那是一个男人的声音,苍老而清晰。

"翠香!"

夜还不深,我并不害怕,接下来那一声咳嗽却让我浑身一颤。我慌忙把门关上了。

2

早上,我从二楼下来,一见温寒露就问:"楼上是谁?"

"我叫他老祖宗。"

"他今年高寿?"

"和鸿祯塞同岁。"

初见之时,温寒露把我当成了来"长寿之乡"搜集什么材料的人,不过她很快就接到电话,那个人在半路上得到了父亲去世的消息。她已经知道我认错了门,但没有赶我走的意思。我迷路的本事让我钻了一个空子,我却也不打算住到旁边的"喜鹊小栈"去。

我吃过早餐往外走的时候,才看见石阶分两道,弯曲的一道通向侧门,端正的一道通向正门。我在头天弯曲地爬上来,而我正在端正地走下去。到底了,我才想起鸿祯塞,却只望得见山丘了。

楼底藏着一个车库,停着一辆香槟色宝马。

这儿叫板桥湾。它其实是一个小平原,让那山丘拦成了一个山湾。这一片小砖楼有一点密,外观大体相当。我是一个路痴,就先绕着三层小楼转了一圈,只见顶部墙外围着玻璃。我往远处走,还好,什么时候回头都能看得见它。但是,我无论走到什么位置,鸿祯塞一点影子都望不见。我为了避开游人不断转向,上了一条石板小路。我在油菜花间的石板路上走了一段,掉头朝来的方向走回去,"玻璃屋"和喜鹊窝就都在跟前了。

一个女人从"喜鹊小栈"出来了。我没话找话,问起了"玻璃屋"里那个老人。

"大家都叫他汉子大爷。"她想了想,"他叫雷高汉。"

我听出来,她就是电话里那个女人。我问:"昨天黄昏,你去他们家了吧?"

"送豆腐。"她说,"汉子大爷喜欢我们家的豆腐。"

她却不知道,是谁给汉子大爷修了个高级别墅,三年前又给他配了个美女秘书。温寒露来了以后,汉子大爷在夜里都要到门外大声咳嗽,最近又在夜里出来喊什么人了。

我问:"他没有亲人吗?"

"我也不知道。"她说,"听说,他从前是包家的管家还是什么。"

"哪个包家?"

"这儿除了鸿祯塞,还有哪个包家?"

我转了一圈回去,才看见正门下来那地上栽着一块标识石,上面刻着"鸿祯田庐"。我上了台阶,在正门前面回过头去,看见那一片建筑的顶已经冒出来,平顶上面还有钟楼一样的尖顶。

那棵海棠把上午的阳光挡了一半,我在秋千上坐下来,又在手机上搜起了"鸿祯塞"。我浏览了一下说明文字,细读了几篇文章,知道了这座保存完好的建筑不同凡响。一篇文章里说,"据百岁老人雷高汉大爷回忆",他八岁时从外地逃难来到板桥湾,那个山丘上已经有了建筑,就是南塞。他说,他在十几年后参加了北塞的修建。那些文章里见不到包氏家族多少影子,却都有一个和说明文字保持一致的雷同部分,"鸿祯塞始建于清宣统三年(1911年)"。那篇文章说到此处又多了一句,"雷高汉大爷也生于那一年"。那么,他逃荒到当地时已经八岁,距今已经九十九年。

就是说,这三楼上住的老人,已经一百零七岁了。

午餐有三个菜,一笼蒸肉,一碗鸡汤,加上一盘清炒豌豆尖。我和温寒露默不作声吃了一阵,还是她先开了口:"蒸肉和鸡汤,还有酸菜豆腐挂面,都是老祖宗喜欢的。"

"那么,这一盘豌豆尖,是特意为我加的了?"

她不理会我的幽默:"他牙还好,就是听力没了。"

"助听器呢?"

"买过两个,都不管用。"

"你们怎么交流?"

"他动嘴,我动笔。"

"你是他的秘书?"

"崔蔓莉告诉你的吧?"

"谁是崔蔓莉?"

"我看见她和你说话了。"她说,"我是保姆。"

"他没有亲人?"

"或许有。"

"伙食费,还有你的工资,谁管?"

她埋头吃饭,不再搭腔。

我却不依不饶:"这房子,是他自己的积蓄修的吗?"

过了一阵,她才告诉我,成都一个房地产集团做慈善,在全省农村挑了一百个孤寡老人,为他们建"安乐居"。汉子大爷得知自己被挑中,反倒提了一个条件,如果在新房里依旧看不见鸿祯塞,就请把指标让给别人。

我知道屋基为什么要升高了。我问:"对方为什么就答应了?"

"那年他正好一百岁。"她说,"大概为了新闻效应吧。"

我在手机上却没有搜到那个新闻。我说:"下午,我想去看看鸿祯塞。"

3

我去鸿祯塞有两条路可走,一条是那石板小路,一条是那水泥大路。温寒露建议我走石板小路,从那片黑松林爬上去。她说:"无论多么优秀的路痴,也不会把那么大一个目标走丢了。"

我上了石板小路,从一条横空跨过的水渠下面穿过,没多久就进了黑松林。石板与另一路爬上来的石板在黑松林里会合,那路就变宽了。出了黑松林,劈面一道石梯,到了。

鸿祯塞,覆盖了整个山丘。

山丘三面都是坡壁,被城墙擦着边儿揽过来,只在南面开了一道门。门外那道石梯依了地势,弯弯扭扭到了门口。门口也有些局促,一个从地面冒出半截的大石头在那儿支撑场面。城墙的基石顺了山丘的原样，微微泛红的条石从上面砌起来，高一脚低一步，头上却一水儿端平了。黑松林蔓延过来，松树在外面薄薄地围了一圈。空中冒出来的那个尖顶，就是在图片上见过的望哨楼了。

我买票进去，游人远不如看油菜花的多。我穿过两个天井，从一道石梯爬上城墙。城墙顶部是一道宽大的回廊，其实是一个全封闭的炮楼，哪一段都像一张弓。回廊坚固的石头外墙，一圈儿布满了瞭望口和射击孔。石梯有好几道，兵丁可以从不同方位同时奔上炮楼，从射击孔向外开枪。回廊上面有木构屋架顶着青瓦，既遮风避雨，又与内部的木构建筑连成一体。石头主外做军事防御，木头主内过太平日子，它们互相依存，因为只有军事防御成功，才会有太平日子好过。

军事防御的外壳是关键的，所以叫了"寨"。

太平日子的内瓤是丰厚的，挑了"鸿祯"二字。"鸿祯"，就是"极大的祥瑞"。

我从不同方位挑了射击孔往下看。我在大门顶上看到，下方的小山窝里藏着一片屋瓦和一座碉楼。不用问，那就是网上说的包家大院了。包氏家族就是从那个小山窝发迹的，当年最为显贵的包企鹤，在晚清做到了五品大员。

鸿祯寨和包家大院之间有一道长长的石梯相连，虽然不直，却避开了黑松林。

直到油菜花晃花了眼睛，我才看见了"鸿祯田庐"。远远望过去，它混在那一片小砖楼丛中，"玻璃屋"在夕阳下闪耀着零碎的光点。

我从城墙上下去,上坡下坎,已经说不清是向里还是向外,也估算不出山丘的原样。我已经从网上知道,鸿祯塞众多的房间起先大都分给了翻身农民,后来又被公家买回去做了粮站。这会儿,我却只能依靠标识牌去辨认了。

溥仪在长春那个"伪满皇宫",好像都不如这儿气派。

我不大懂建筑,草草一看便返回了。我走的是水泥大路,一见有农用车或是摩托过来,就早早让到一边。

吃过晚饭,我又坐上了秋千。天上的星星好像都到齐了,装进了钢架上面那些方格。我头顶那一格里的星星有点稀疏,秋千一晃,有一些就出去了,更多的立即挤进来。

地上突然亮起几颗小灯,就像大个儿的萤火虫。

温寒露给汉子大爷送饭上楼,差不多一小时才下来。我坐上藤椅,把秋千让给了她。

她说:"他那电脑出了一点问题。"

我问:"他会上网?"

她看不出用了什么力气,秋千却渐渐飘高了。她的声音也飘起来:"刚才,他在网上看了一会儿你的小说。"

"哪一部?"

"《宦影记》。"秋千上的声音降下来,"昨天晚上,我差不多看了一半。"

仅凭地灯的光亮,我看不见她的表情。

"他看得很慢。他说,他想向你请教一下。"

"就是说,我可以上三楼了?"

她就是在秋千上点了头,我也看不见。头顶的方格已经换了,里面的星星密起来。她让秋千安静下来,说:"你或许不应该错过他。"

我不知是不是点了头,反正她也看不见。

"他一直在记笔记。"她说,"他把笔记本都锁在一只皮箱里。"

我问:"他什么文化程度?"

"他七十岁才开始自学识字。"

我正不知道怎样表达惊讶,却见三楼上的门打开了,走出来一个高大的身影。灯光映照出来,那身影在星光和灯影里缓慢地移动着。我以为那喊声又要起来了,可是,夜晚静悄悄的。接下来,我连一声咳嗽也没有听到。

4

第三天上午,温寒露领着我上了三楼。汉子大爷站在屋子中央,向我行拱手礼:"景三秋老师,请!"

我也赶紧向他还拱手礼。我知道他听不见,却还是说:"大爷,叫我小景。"

温寒露在一张纸上写下"叫我小景",给他看。

"你是作家,可以给寒露当老师呢。你是她的老师,而她是我的老师,你说,我该叫你什么呢?"

他说完,已经在一张单人沙发上坐下来,然后请我在另一张单人沙发上坐下来。他身材高大,站着时的那点驼背坐下去就直了。他穿一件藏青色毛衣和一条黑色休闲裤,趿一双紫色布拖鞋。他说话很慢,就像怕说错一个字,声音并不高,吐字很清晰。他的眼睛也很清亮,不用眼镜,温寒露写的那四个小字他就只看了一眼。他的头发和眉毛全白了,稀疏的头发留得很浅,胡子刮得干干净净。他的脸上堆满了小山丘,因此,那笑意一直散不开来。

我从没有见过一百岁以上的老人,想说他看上去最多八十岁,却又想起温寒露的提醒,尽量少去麻烦纸和笔,所以,我只保持着一副毕恭毕敬的笑模样。

屋子很大,中间有一扇镂刻着梅花的玻璃屏风。前半间里有一张宽大的写字台,上面摆放着电脑,一部《新华字典》和一部《现代汉语词典》,一个砚台和几支毛笔,还有一叠纸片和几支硬笔。写字台前摆放着一张硬木椅。墙上有电视、电子钟和挂式空调。一个很小的木制书柜里只有少量的书,除了《论语》《孟子》《老子》《唐诗三百首》,还有几本很薄的旧书和武侠小说,以及毛笔和硬笔书法字帖。皮革单人沙发背靠玻璃屏风摆放,小茶几上除了茶杯,还有一个红色呼叫按钮。地板是实木的,非常干净。一张木制小几也靠着玻璃屏风摆放,上面那只上了锁的皮箱很显眼。皮箱是红色的,已经转暗,但是,看它的时候也会看到屏风上的梅花,那一团红朗朗的光芒就会照耀过来,暗红皮箱就会鲜亮起来。

那好像并不是一个老人的屋子,我没有嗅到一丝苍老的气息。

温寒露坐在硬木椅上,我转向她小声问:"后半间除了床,还有什么?"

"衣柜、盥洗室和卫生间。"

汉子大爷对我说:"这里的每一件东西,都是寒露为我盘回来的。"

温寒露夸张地指了指那只暗红皮箱。

"对,它不是。"

汉子大爷看了《宫影记》开头部分,他问我为什么不让末代皇后婉容当主角,而是让祥贵人谭玉龄来当?我拿过纸和笔,想写下"谭死得早",一想不妥,就写下了"避免撞车"。我正担心他会误会"撞车",却听见他说:"撞车最多的,还是写戏班那些戏,你抄我,我抄你。"

我写道:"我相信,您有不同寻常的人生。"

他说:"我这本书,虽然不大可能和人撞车,却有可能一再让人失望。"

我写道:"您愿意讲给我听?"

他说:"你只要不嫌我说话慢。"

我写道:"要是每天对谈两三个小时,您行吗?"

"别担心。"他说,"我这条命,是一点一点积攒起来的,不会一下子就散了。"

屋外阳光正好，我和温寒露陪着汉子大爷从屋里出来，在四面贯通的廊道上走了一圈。四周镶上了遮风挡雨的玻璃，每个方向都有高低不一的方孔。汉子大爷不用拐杖，在洒满阳光的仿石材地砖上踩踏实了，才迈出下一步。他已经有两年没有下过楼了。他说："我也知道那玻璃楼梯不会有事，但越来越不敢走它了。"

一声不吭的喜鹊窝差不多和三楼一样高，我们透过玻璃从它顶上望过去，鸿祯塞拉近了，也变大了。

汉子大爷没有望鸿祯塞，而是低头在看油菜花间那条石板小路。我已经知道，那是他九十岁那年修成的，他拒绝任何人帮忙，一个人前前后后修了两年。

我对温寒露说，我愿意中断正在进行的写作，来听一听汉子大爷的故事。我说，我可以在旁边的"喜鹊小栈"住下来。

"为什么要去民宿？"温寒露说，"你在这儿愿住多久就住多久。"

"那好。"我说，"费用，你按照民宿标准折扣收取吧。"

我在"鸿祯田庐"一住就是一年。

温寒露在县城为我买回一支录音笔，就把我们撇在一边，每天换着花样做三顿饭。她是能够做出拿手好菜的，只不过汉子大爷的老三样很少有变。

汉子大爷为我打开暗红皮箱那一刻，他的一生就算正式对我敞开。

他让我看他那些笔记本，只是不能带出屋，并且不能透露给温寒露。他管控着它们的出场顺序，也管控着让自己的岁月重来一遍的路线。那些一天一天好起来的字迹，浓缩了他的记忆。他那先于我七十年的人生里面，确实藏着一个一个让我惊异的段落。一百零七岁的人生，收拢在一个玻璃护卫的逼仄空间里，以顺时针或逆时针的方向，以分针或秒针的脚步，向近在眼前的终点走着，让我听到了生命的嘀嗒声。他年轻的身影刚在我眼前浮现出来，我却害怕他转眼间就老了，甚至走了。

我对自己说，慢慢看，慢慢听，慢慢记，慢慢整理，一切还得从头开始。

我从二楼再上一层楼，坐在那张暂时为我专用的单人沙发上，恭敬地倾听另一张单人沙发。

我从三楼下来，站在二楼宽大的玻璃窗前。鸿祯塞在远处，在上面。路在眼前，在下面。那么，汉子大爷，雷高汉，他是从哪一条路来到板桥湾的呢？

第二章 暗道

1

九十九年前那个春天,远比这个春天来得迟。正月十四那天,雪花一团一团往地上丢,就像扯烂的棉絮一样。

一个八岁的孩子,从一个川剧戏班里逃出来,一双光脚板在雪地里走了一天,没有讨到一口饭吃。戏台上那么好的光景,有灯,有说有唱,却总管不好他一顿饭。除了做杂活,剩下的就是自己跟自己打赌会不会有饭吃。吃饭?那得看班主的心情。就连过年过节,都是唱了上台没下台,班主的心情怎么会好?

孩子跑了。他跑累了,在雪花里慢下来,听见自己唱了一腔川剧。他只唱了上半句,不知道接下来该怎么唱。他大概是三四岁时被拐卖的,只知道自己是辛亥年生的,因为自己的小名叫"猪儿"。新家有四间瓦房,好像缺个孩子来挨打,所以专门把他买了去。那家对他唯一的好是给他取了个小名叫"饱饭",他为这个好几次在梦里笑醒过来。他在那家挨了两三年打,知道自己不会被送去念书,说跑就跑了。他一边跑一边哭,夜里睡在破庙里都是哭醒的。人大概是越长大越糊涂,他竟然跑出来找亲爹亲妈,讨饭也要找到亲爹亲妈。可是,他就是跑到天边,也还是连亲爹亲妈的名字都不知道,更别说家在哪个省哪个县。他跟上了那个川剧戏班,结果不过是多了一次逃跑的记忆。

天快黑了,雪下得更大了。他看到了两间草房,赶紧蹭了过去。他已经有了经验,草房一般不会养狗。一对夫妻正在吃晚饭,抬头看看天上的雪,低头看看他的脚,把他叫进了屋。屋里有很小一堆木柴火,男人往上面加了一块木柴。

女人问:"孩子,你叫什么名字?"

"饱饭。"

"这名字踏实。"男人问,"几岁了?"

"八岁。"

"肯长,像十岁往上说。"男人又问,"姓什么?"

他正像顶牛一样让木柴火烤头,问:"你姓什么?"

"我姓雷。"

他头也没抬,瓮声瓮气说:"那我也姓雷吧。"

木柴火燃起了笑声,哗哗哗的。

男人为他抓来两个蒸红苕,女人为他端来一碗酸菜汤,等他埋头吃喝完了,然后轮番发问。拐卖,戏班,他都照实说了。最后,他说:"你们收下我吧。我保证不再跑了,一辈子都不再跑了!"

第二章

女人一连咳嗽几声，说："天老爷，给我们送儿子来了……"

天已经黑了，他又吃了从火堆里刨出的两个烧红苕，才抬起头，借着火光，看清了那一对夫妻的脸。他们正望着他的乌嘴巴笑，而那好像正是他想象中亲爹亲妈的模样。他背对着火堆跪在地上，一团暖意从背后袭来，好像猛推了他一把，让他一连磕了三个头。他带着哭腔，喊了一声"爹"，又喊了一声"妈"。

妈答应了。爹没有答应，把他从地上拉起来。然后，爹去烧了热水，用木盆端过来，等他把脚洗了，就把自己脚上的烂布鞋脱下来要他穿上。他立即就显得懂事了，怎么也不穿，却听见妈说："你爹叫你穿，你就穿。"

他把鞋穿上，那鞋大不了他那大脚板多少。那留在鞋里的体温，从脚底升了上来，好像让他突然长高了一截。

爹一双光脚站在地上，对他说："饱饭，你这个小名就不要改了。今天你姓了雷，就是我们的亲生儿子。我们虽然不能让你吃上饱饭，但我们吃干你吃干，我们吃稀你吃稀。我看你长个儿这个架式，要不了两年就超过我了呢。你就叫个雷高汉，怎么样？"

"雷高汉！"他喊了自己一声，"到！"

那都是他从戏班里学来的，却让妈急了："你这是要当兵呀？你长大了，可千万不要去当兵呀！"

爹摸了摸他的头，说："还是湿的，接着烤。"

那天晚上，因为家里没有多余的床，也没有多余的被盖，三个人只好挤在一张床上。爹和他睡一头，妈睡另一头。他听着大雪落在草房顶上簌簌的声音,浑身暖和得都想掀被盖了,一双脚火烧火辣地疼起来。妈在那一头换着腿焐他的脚,然后,用手轻轻捏他的脚,他都不吭声,假装睡着了。

妈轻声喊:"他爹……"

爹悄悄转到了另一头,那是怕声音大了把他吵醒了。爹说:"你这样喊我,我还有点不习惯。"

妈说:"我盼着这样喊,好多年了……"

"喊吧。"爹说,"他就是你亲生的……"

他当时有点犯迷糊了,差点翻身坐起来。难道,他们真就是自己的亲爹亲妈?

妈说:"我这个药罐子,这辈子是给你生不成了。现在有了儿子,他会给我们冲个喜,先把我这病冲脱了,哪怕冲脱一半也好。"

"睡吧。"爹说,"我想你明天要起早,给他做鞋呢……"

妈却没有一点睡意,说:"我还顾不上问他,他在戏班里怎么是个打杂的?是不是人家班主有意要磨一磨他,让他做个台柱子呢。你看孩子生得要鼻子有鼻子,要眼睛有眼睛,在戏台上演个秀才,那可要赛好远呢。"

爹说:"我也正想,他都八岁了,总得让他去认几个字吧?不当秀才,总也不能像我们一样,一辈子做个睁眼瞎吧?"

妈突然咳嗽起来,好一阵才收了嘴。妈担心把他吵醒了,轻声叫他:"饱饭,饱饭……"

第二章

爹也轻声叫他:"雷高汉,雷高汉……"

他好像真睡着了。

2

灶房里除了灶头和一张小饭桌,再也没有别的东西,就是摆一张十个人睡的大床都没有问题,而爹砌的那石头床只占了一个屋角。石块圈出了床的大小,坑里填了一半土,铺上一半稻草,再加上一张烂草席和一团烂棉絮,不管下雪还是化雪,夜里都有了一个窝了。爹对儿子的个子有着充分的预计,雷高汉后来长成一个大人了,而那石头床还绰绰有余。妈对儿子的脚板却估计不足,那一双布鞋尽管也是按大出脚印两指做的,但雷高汉舍不得穿,又过春节时他就把脚塞不进去了。

妈的病一直拖着。爹在抬石头时伤了腰,能挣钱的重活路做不了,只能给人家打短工,怎么也顾不了三张嘴,更别说供一个读书郎。雷高汉让又穷又病的爹妈宠着,却已经懂事了,他说自己捡几个字认下来就够用了,要紧的是挣钱,先添一张床,再添一床被盖。后面的话由妈接了过去,再娶一个媳妇,给雷家传宗接代。

钱是那么好挣的?他缠着爹要去给人帮工,爹就带着他去向人家求情,让他放牛或者跑腿,总算糊上了一张嘴。

雷高汉到了板桥湾,过了大半年才见到了鸿祯塞。他已经从大人嘴里听说了那个了不得的房子,但湾里地势低,他就是跳到树那么高也不一定看得到。他知道爹妈对他放心不下,所以,他不会为了去看一眼大户人家的房子而离开他们的视线。迟早的事,他怎么可能不和鸿祯塞见面呢?

秋天里的一天,爹要替东家往包家大院送豌豆,就把儿子带上了。

爹背的那豌豆并不重,他却一直深埋着头。

小山窝里的包家大院要是摆成一长溜,可能就是一条街。外面那碉楼雷高汉在别处见过,却没有见过那么高的。那背枪的人他也在别处见过,所以他并不害怕。但是,他抬起头,吓了一跳。

山丘顶上,恐怕还有一座城。塞,就是城吗?

一户人家,要是山丘下面有一条街,山丘上面有一座城,再加上半个县的田地,那还不够吓人吗?

雷高汉只看见了鸿祯塞一角。那么多那么大的石头,让他想起了自己那可怜的石头床。在包家大院里,一个女人把他叫过去,往他手里塞了一封糕点。他当时并不知道那叫桃片。爹也没有吃过桃片,却一厢情愿地把人家叫"米糖"。在回去的路上,爹说:"你想吃就吃吧,给你妈剩两三片就可以了。"

雷高汉却把"米糖"小心地揣起来,说:"回家和妈一块儿吃。"

父子二人越说话越多,却一直没有离开吃。雷高汉说起了他的小伙伴鲁金奎,他们常在一起放牛。爹说过,他在修鸿祯塞抬石头时,吃过鲁金奎他爹做的蒸肉。

爹说:"你要是跟了金奎他爹去学做厨,学了那个蒸肉,每天光闻个蒸气都长肉呢。"

雷高汉说:"他爹要带徒弟,也要带他儿子呀!"

爹不吭声了。

雷高汉却有了"米糖"壮胆,说:"爹,等我长大了,也要给你挣一座院子,加上一座城……"

爹赶紧抬起头,四下看看,想捂儿子的嘴却够不着了。

"米糖"有九片,正好一人三片,可是三个人各有各的分法。爹的分法是他自己一片母子二人各四片,妈的分法是她自己一片爹三片儿子五片,儿子的分法是他自己一片爹妈各四片。

妈说:"你们都说,我多吃一点这病就好了,其实光听这句话,我这病就好了。饱饭,你先尝尝吧,说不定真像药一样难吃呢。"

雷高汉吃了一片,咧一咧嘴,摇一摇头。

"怎么,不好吃?"妈尝了一片,"你这个娃儿呀,都知道骗人了!"

雷高汉怎么会想到,不上一个月,爹妈一前一后走了,都走了。

爹反倒是先走的。他给人家修房子,从几米高的土墙上栽了下来。据说那天他不知为什么特别兴奋,使劲的那个架式好像腰全好了,还哼了一口曲儿。没人留意他是怎么栽下去的,他把那曲儿咽了半口回去,却没有喊出声来。母子二人去收尸,没有哭也没有闹。那家和他们商量，卷了个席筒把那个叫雷长生的人埋了。妈从坟地里出来，比什么时候都走得急，雷高汉小跑着才追上了她。

"饱饭，"妈说，"人家还算厚道，给卷了个席筒。一条人命搭进去了，那房子还能修吗？一个鸿祯塞只让他闪了腰，一个土墙房子却让他送了命……"

那会儿，雷高汉才哭出了声。

妈也不管他，坐在路边一丛草上，像孩子一样哭起来。

雷高汉已经十三岁，他多了一个心眼，成天和妈寸步不离。妈对他说："没有看到你娶媳妇，叫我当仙女我也不会去。你一定要给妈娶一个好媳妇，在这板桥湾数一数二！"

但是，妈说过那话第二天，趁着雷高汉出门去借盐的工夫，把自己吊在了草房背后一棵桐子树上。家里没有可以上吊的绳索，正好，桐子树上拴着一头水牛，她把那牛鼻绳解下来，两腿一蹬走了。邻近的两个人把那个叫王庆兰的女人放下地，看见雷高汉一边在地上打滚，一边往嘴里塞着什么。两个人赶忙换手把他按在地上，掰开他的手，发现他吞的是盐。

那水牛得了自由，躲到一边，一口气吃掉了半地桑树苗。牛是鲁金奎放的，但牛的主人姓柳。柳家的牛吃了自家的桑树苗，不找鲁家，找上雷家了。

雷高汉就在那一天长大，他不会再跑了。他求那两个人帮忙，又给妈卷了个席筒，埋在了爹旁边。他在那个大坟堆前面磕了头，然后就到柳家去了。柳家要他赔那桑树苗，不知怎么算出来要他至少当十年长工。有个吃饭的地方就好,他二话没说,就在一纸契约上按了手印。

3

雷高汉在柳家当了六年长工,他的故事传到了包家大院。

一个外来的孩子,小小年纪典身还债,早就让板桥湾竖起了大拇指,也有人认为他傻。柳家却说,那么好一地桑树苗,养多少蚕吐多少丝,那账还没有算过来呢。

雷高汉住在草房里,睡在了爹妈给他腾出来的木床上。他恨那棵桐子树,也恨那头水牛,却把鲁金奎恨不起来。鲁金奎和他同岁,已经到鸿祯塞伙房做事去了,而他自己却还要跟一头见死不救的傻水牛一伙,耕田,耙地。他好像有出不完的气,在水田里把那水牛打得无所适从,让柳家扣了他两顿饭。

那水牛不知得了什么病,死了。水牛快要咽气时,雷高汉却流泪了。水牛走了,连个伴都没有了,他对水牛说过那么多话,以后对谁说去?

柳家又把水牛的死赖在了雷高汉头上。那可是一头膘肥体壮的水牛,怎么说死就死了呢?雷高汉,你都十九岁了,别人到了你这个年龄早当爹了,你怎么还转不过那个弯儿,你妈并不是牛害死的?你害死一头不会说话的牛,对你有什么好呢?

听说柳家要再给雷高汉加五年工,大路不平旁人铲了。乡长包松亭是包企鹤的次子,他知道了那件事,派人给柳家送去一头大水牛。柳家哪里惹得起包家,哪里敢要那牛,当着雷高汉的面,把那一纸契约撕了。

雷高汉第一次进了鸿祯塞。他从远方一路逃过来,却好像那才是头一次出远门。鸿祯塞已经开始扩建,遍地都是石头。那几年,土匪也像石头一样遍地都是,说不定什么时候就砸过来,南塞已经护不住一大家子,所以北塞起工很急。雷高汉最初抬头看到的是南塞的城墙,直到进了拱形木门,一连几个天井让他大气都不敢出了。戏台就是南塞的边界,北塞将要从那儿接着建造。

包松亭站在戏台上,就像对着观众指手画脚的一个戏子。他的嗓门很好,所以他的话就多,站在天井里的一群帮工一直在等着解散。他的手终于朝下面挥了挥,然后,他扭头看了一眼被人领到戏台上的雷高汉。他大概没有想到雷高汉一表人才,并且比自己高,又扭头多看了一眼,才朝着空荡荡的戏台下面问:"姓雷?"

"是。"

"从前不是不姓雷吗?"

"雷家收留了我,我就姓雷了。"

"要是我们包家收留了你呢?"

"我已经姓雷了。"

"走。"包松亭说,"跟我走。"

雷高汉跟着包松亭,进了一间大屋子。那里面有一个人,年龄看上去比包松亭大一点,两个人的相貌却差不多。那个人,就是包企鹤的长子包松堂，他是省县两级参议员，六县联防总指挥。

包松堂问："那牛，是公牛，还是母牛？"

包松亭说："公牛。"

"母牛。"雷高汉说。

包松亭说："我送去的是一头公牛。"

雷高汉不吭声了。

包松堂说话声音不大，他问雷高汉："那母牛，是怎么让你害死的？"

"不是我害死的。"雷高汉说。

包松亭笑起来："他这是不认账呢！"

包松堂不理包松亭，接着问："你愿意姓包？"

"我早就姓雷了。"

包松亭问："你愿意一辈子住那破草房吗？"

"草房对我好。"雷高汉说。

包松亭又问："你这一辈子，就要跟着个草房姓下去了？"

雷高汉清了清嗓子："我姓雷。"

"义！"包松堂说，"义子！"

包松亭对雷高汉说："你现在田无一寸，地无一尺，也就有个草房两间。你来这儿帮工，管吃管住，还有钱有粮，这个你同意吧？"

那是求之不得的事，还能有什么意见呢？

接下来，包松亭把雷高汉带进了另一间屋子，声音就小下来，几句话就给雷高汉交代清楚了。

从那天起,雷高汉住进了鸿祯塞。他和石匠、木匠、漆匠那些人一块儿吃饭,隔三岔五能吃到大蒸笼里的蒸肉。那大蒸笼比普通蒸笼大好几倍,要四个人才能从锅上抬得下来,盖子掀开,光是那一团香气都会让石头酥掉。雷高汉个子大饭量也大,要不是忍着,他都能替爹妈把那个口福一块儿享下来。

他和鲁金奎又能时常见面了。一天,鲁金奎去找他了。

雷高汉羡慕鲁金奎读过两年私塾,说:"话只管照简单的说,深了我听不懂。"

鲁金奎悄声问:"鸿祯塞不养吃闲饭的,你成天都在干些什么?"

"你凭什么管我?"雷高汉说,"我吃的是包家的蒸肉。"

鲁金奎说:"白天很难看到你的影子,你是个做夜活路的?"

"这鸿祯塞是防土匪的,不是养土匪的。"

"你在修暗道吧?"

"你管得宽呢。"

"几个人?"

"你知道?"

鲁金奎突然压低了声音:"不管几个人,暗道修成了,剩下来的人最多只有一个。"

"其余的人呢?哪去了?"

"你说,哪去了?"

4

南塞只建了两年，北塞也不过建了三年，中间却隔了二十年。那一场漫长的筹措和观望，也让包企鹤从中年步入老年。一地乱象，一身疾病，他不能再等下去了。他做过官的那个王朝垮了，他却还能主要靠着制造枪械和贩卖药材发家。他亲自起草了一座城塞，并且把他记忆里的江南园林和闽南团城，或多或少地搬上了川北那个山丘。相隔二十年的一场拼接，除了新旧之分，并没有什么别扭之处，但他也发现，南塞之初的防御设想，到了北塞已经有些赶不上趟。他造的枪攻不破他建的塞，但从远处会袭来什么样的新式炮火，那可就说不准了。他知道，光防御不行，防御不管用的时候还得逃。

包企鹤的两个儿子书读得也不少，却是一个言行粗莽，一个言行张扬。包松亭仗着一副好嗓门，从不管自己的嘴，酒后话更多。一次，他还没有喝醉，就说开了要在鸿祯塞修暗道的事。他总算还清楚一点要害，管住了自己的嗓门，小声说："家父亲自设计方案，由我组织实施。他老人家已经不大信得过包姓人了。他说过，有一天要把他掘坟鞭尸，冲在最前头的，说不定就姓包。所以，要修暗道，并不能全靠包姓的人。"

当时在场的就有包姓的人，不是保长就是甲长，他们都假装没有听见。

包松亭却把嗓门放开了："所以，要挑一个讲情讲义的人，更要紧的,要挑一个管得住嘴的人!"

满桌的人七嘴八舌,管得住嘴管得住嘴!

包松亭突然酒醒了一半:"说几句玩笑话,你们竟当了真。哪有什么暗道,喝酒喝酒!"

北塞一开工,雷高汉就住进了南塞角落的一间屋子里。同住的还有一个木匠和一个石匠,那两个人都姓包。没错,三个人的任务就是开挖暗道。木匠名义上是领头的,但包松亭已经私下跟雷高汉交过底,要他不显山不露水,监视另外两个人。就是说,实际上,雷高汉才是暗道工程的头儿。

开头阶段,三个人都是土工。他们白天睡觉,夜里上工,在一间因地势而异形的小屋子里挖坑,并且连夜把泥土搬运到新砌城墙的夹层里去。

木匠年龄最大,话不多。石匠特别喜欢说女人。雷高汉在柳家干活的时候,就常听男人说女人。他早已到了成亲的年龄,媒婆也给他提过几次亲,他要是答应了,娶的媳妇在板桥湾就是倒数第一第二了。

还好,木匠没什么。石匠也就爱说女人,那又有什么好报告的呢?何况,告密是见不得光的阴事,他也做不出来。再说,万一乡长大人给木匠和石匠也有那样的交代呢?

石匠却越说越过分了,不几天就说到包家的太太和小姐们身上了,那些话牛都踩不烂。

"干活要紧。"木匠听不下去了,"她们,都是我们包家的人……"

石匠说:"要是这上面塌下来,把我们两个埋了,我们还会论谁姓什么吗?"

那阵儿他们刚刚挖出一个深坑。安埋养父养母的时候,雷高汉都看着那坑是怎么挖开的,所以在他眼里坑都是埋人的。他想,为什么把他们两个埋了,独独把他剩下来呢?

木匠和石匠刚在坑底坐下来,突然又都爬起来。雷高汉抬起头,看见坑口有一张老人的脸。他还看见,老人的两只胳膊都让人拽着。接下来,另外两张脸也露了出来,一个是包松堂一个是包松亭。木匠和石匠没吭声,雷高汉更不敢吭声,都赶紧埋头干活。

三张脸都消失了,包松亭的大嗓门撂下话来:"老爷说,见了石头绕着走,哪儿合适走哪儿!"

进了鸿祯塞以后,雷高汉就惦记着什么时候才能见到包企鹤,却没想过会是一个地上一个地下,或者一个天上一个地下。包企鹤的目光在他身上停了停,不会错。过后,他后悔当时埋头太快,没有多看一眼包企鹤那双眼睛。

暗道沿着包企鹤在地面上踏勘过的大致路线,从地下往外走,挖一段就用石头和木头加固一段。木匠和石匠个子都不高,他们在里面行走自如,雷高汉却是腰杆都打不直。最让他受累的还是照明问题。桐油灯盏那颗火苗一不小心就会灭掉,有时索性摸黑干活。什么也看不见的时候,他总是希望石匠多说几句女人。他还没有沾过女人,不想死。

5

还算顺利,暗道一寸一寸向前走,快一年才碰到了石头。那是一个光滑的石头,正好坐得下三个人。

雷高汉说:"见了石头绕着走。"

石匠却要把它就地开掉,说:"那是说大石头。"

雷高汉想了想包企鹤的眼睛,说:"大小都是石头……"

石匠一口气哈灭了桐油灯盏:"老嫩都是婆娘!"

雷高汉说:"它一直埋在这里,没招谁没惹谁……"

木匠也说话了:"你们看上面那摆布,依山就势。老爷那意思,不硬来,不对山丘动粗。我们还是为这石头让让路吧。"

雷高汉在黑暗中摸着石头,它身上有千万年的体温。他还没有摸过女人,那光滑的皮肤柔软起来。他让重新亮起的桐油灯盏熏了一下,眼前一片模糊。

天大概快要亮了,木匠和石匠在前头走了。雷高汉晚走一步,让突然塌下来的泥土埋了。刚挖开的坑道还没来得及拱起来,那泥土倾泻下来的时候都没一点声音,他也没来得及喊一声。他就要和苦命的养父养母在一起了,他想像从前那样喊一声爹喊一声妈,可是连呼吸都困难了。即使他能够喊得出声,即使养父养母一齐答应,他又怎么有脸去见他们呢?他还得救下自己一条命,他还得回到地面上去,他好歹也要娶一个媳妇,为雷家传宗接代。

木匠和石匠不见雷高汉出来,赶紧回到出口,只见他一身泥土，已经爬到了木梯中部。两个人把他拽上去，轮番问他，他都一声不吭。他们睡了一天再下去，刨了大半夜泥土，才让那个石头重新露出来。他们什么也不问了，木匠说："大难不死，必有后福！"

雷高汉说不清他是怎么捡回一条命的。他在泥土中只剩最后一口气的时候，胸口那儿热了一股，接下来，分在两边的手掌也热了一股。他才感觉到，那个光滑的石头被他搂在怀里。石头升温了，也开始用力了。石头非常小心，也非常细心。石头一点一点把他向外推，让他的头露了出来。然后，石头扭动开了，像反抗，又像撒娇，三五下就让他拱了出来。

那个塌方的地方，上方就是戏台。

塌陷本不是什么大问题，地下层层拱护，地上恢复如初，连窝工都算不上，因为暗道工程本来就没有进度表。雷高汉却又想起了鲁金奎对他说的话，不得不多长一个心眼了。当时暗道里实在太黑，到了地面他依然两眼一抹黑，也就无从知道那两个人是什么理由先走一步，而他自己是什么原因落在了后面。暗道还没修到一半，他实在想不出会有一个理由要他先死，然后那暗道才会安全。

所以，这个意外，他也没有向包松亭报告。

日子继续一寸一寸往前走。又一年过去，快要见到出口的亮光了，暗道里的空气更加稀薄，憋闷得脑袋都快要爆炸了。顶上盲目开凿的通气孔，往往会遇到墙基的阻拦。他们要是实在憋不住了，就会回撤到入口那儿去。

那个阶段，雷高汉每次进入暗道，都想着大概回不去了。他相信自己不会被砸死，不会被闷死，更不会被累死，但很有可能被人算计死。他不知道那会是谁来算计，更不知道那个算计什么时候到来。越往后走越危险，他也不知道该怎么防。天塌下来有高汉顶着，那就塌下来好了。

不就是一条命么？

木匠和石匠的心上大概也压着那样的话，他们的恐慌都堆到了脸上，进了暗道以后就看不清了。石匠的话已经少得跟木匠一样，心已经细得跟女人一样，就是头顶掉几粒泥土也会往回跑。

一个白天，三个人都在地面上，在那间小屋里。那两个人都不睡觉，都变着花样试探雷高汉，就像各自都有给别人下套的本事。雷高汉在床上坐起来说："如果我是你们，今天晚上就不去暗道了。"

木匠和石匠都不吭声了，你看着我，我看着你。

雷高汉说："你们想，修一条暗道，最要紧的是什么？"

木匠说："除了保密，还有什么？"

雷高汉说："到了这尾巴上，主人家也希望知道它底细的人越少越好。"

石匠问："你小子什么意思？"

雷高汉接着说："如果我是你们，就去给乡长打个小报告，把我刚说过的话说给他，就说雷高汉胃口大，想把那尾巴独吞了！"

石匠说："原来，你想吃独食啊！"

"那好。"雷高汉说,"你们不去我去,我先退出。你们哪个愿意吃独食,就没我什么事了!"

木匠和石匠都巴不得那个时候退出,他们按雷高汉的话做了,把后面的活路全都丢给了他。他们其实已经体会到了雷高汉的仗义,既然大家都觉得危险好像正在逼近,不如独自一人承担下来。

暗道的最后阶段,由雷高汉一个人完成。南塞和北塞的入口各自分布在何处,共有的一个出口暗门机关如何设定,等等,他都有一本账。老天真是有巧安排,出口开在了一个好地方,隐蔽并且方便。

谢天谢地,从头到尾,整个暗道除了那一次塌方,没有渗水,也没有流血。

包松堂和包松亭由雷高汉陪着,两把手电筒亮晃晃地查看了暗道。包松亭夸了一番那个光滑的石头,说逃跑的时候到了那儿,就知道已经到了戏楼下面。

包松堂说:"最好不要有逃跑那一折戏。这条路不过是太监的鸟,做个摆设就好。"

雷高汉站在暗处,等着他往下说。

包松堂问雷高汉:"他们都知道些什么?"

雷高汉问:"谁?"

包松亭说:"木匠,还有石匠。"

雷高汉说:"他们只知道最初开挖的那个入口,但是那儿已经填上了。他们大概也以为,真正的入口,在那一口旱井里面。"

6

地面上的工程却是有计划的,鸿祯塞定在包企鹤八十寿诞之前完工。

包企鹤曾经对两个儿子说,他只要把鸿祯塞看囵囫了,在里面住上一夜,就可以两手一拍走了。他知道,自家经营的那些药材,延不了他的寿命,也治不好女儿的病。他还知道,再热闹的川剧都给他们父女二人冲不了喜,就连鸿祯塞的落成,也只能让他明白来日无多。

老天保佑,计划如期实现。那座城堡一样的建筑,堂屋、厢房、厨房、粮仓、戏楼、祭祖堂、念经堂、后花园和水井等一应俱全。因为要依了地势,无论是天井还是房间,好多都呈不规则形状。它的周边还有远远近近的小塞,形成了层层叠叠的外围防线。谁看了那个阵势都知道,包氏家族既要保护自己,又要称霸一方。

包企鹤给八个天井一一取了名字。寿诞那天,前来贺寿又贺喜的宾客络绎不绝,鸿祯塞城墙垛口都燃起一挂鞭炮,依次转一个大圈响过,请来的戏班就开演了。夏天的天气说变就变,刹那间电闪雷鸣,风雨大作。天不作美,大家都有点扫兴,只有包企鹤开心看戏,直到一折戏演完了,他才叫包松亭去看看,每个蓄水池都灌满没有。接下来,包家上下都为那一场暴风骤雨额手称庆,因为天井院坝下面建造的蓄水池都灌满了水,那可是防火的一个好兆头。

那天晚上,包企鹤独自一人关在鸿祯塞鸿福院的屋子里。太太已经过世，给他生养了两个儿子和四个女儿，他们全都儿孙满堂。他已经成功跨过了八十岁，站到了让人仰望的一个高处。不过，不少人在看戏的时候就看出来，他实在撑不住，就要往下跌落了。

包企鹤的姨太太叫庄瑞贞，那天参加完庆典就回到包家大院，去陪女儿包松月了。那大概是包企鹤做的安排，女儿要紧。包松月不愿意住进鸿祯塞，就连如此隆重的庆典都没有出席。包松月有一个同胞哥哥叫包松年，在南京读完大学就和家里失去联系，父亲八十寿诞也杳无音信。

包松月出生在外地，跟着父亲回到包家大院时已经能识字了。那阵儿，川南的土匪也闹过来了。女儿出落得越来越漂亮，包企鹤不敢有丝毫大意，请了老师到家里专门教女儿读书。包家大院外面的碉楼里，从来没有离开过家丁。家丁有五十多个，枪却远远不止五十多条。

包松月长到十五岁的时候，突然躲在屋里不再见人，老师也被辞退。包家上下口风很紧，后来还是从包松亭嘴里漏出话来，他妹妹得了一种怪病，叫红斑狼疮。

狼疮？狼又没有来过，怎么染上了它身上的疮？

包企鹤带着女儿，自然也带着贴身随从，瞒着人去了成都好几趟。他们回来后，包松月的屋里不时传出哭声，给她送饭的女人都听见小姐骂出脏话来了。

八十寿诞过后，第三天，包企鹤离世了。

父亲葬礼那天，包松月现身了。那个二十五岁的老姑娘，并不是有人想象的那样满身大疮,但也看不出从前的一点影子。她胖得好像连哭一声都困难了。她喊了一声"爹",接下来两个女人都没有把她扶住,她一屁股坐在了地上。

雷高汉一直等着和包企鹤说上几句话,那是永远不可能了。那个眼神以后,他们又见过好几面,但是,包企鹤不是没看见他,就是假装没看见他。太阳正好的时候,包企鹤会让人搬一张大椅子到天井里,他坐在上面,眯着眼睛,听着从北边传过来的声音,打石头,打夯,锯木头,刨木头。他的身体当时就已经撑不住了,但为了看上一眼鸿祯塞全貌,他挺了将近三年。他亲自布置的暗道修好以后,他都不能去走一趟了。尽管如此,他最初那个眼神还在,雷高汉甚至有一种说不出口的想法,觉得包企鹤好像他的亲生父亲。

7

包松亭管不住自己的嘴,却把一个秘密守了三年。谁会想到,雷高汉是安排来做包企鹤的上门女婿的。那个计划是,暗道完工以后,雷高汉就二十二岁了,再由媒人向他提亲。男人到了那个年龄还没订亲,即便是一表人才也不会挑三拣四了。

这事由包松堂做主。包松堂对包松亭说,也不是光要拖个时间,主要是考察一下雷高汉,看看他是不是靠得住。包松堂说,他要是靠不住,我知道该怎么办了他。

从头到尾,雷高汉都不知道在暗道之外,还有那样一个计划。

暗道比地面上的工程早几个月完工，他从地下上来，一边打杂，一边等着结账，直到包企鹤的毕七都过了，还是不见动静。地面上的伙食要差一些，他又吃不饱了。他早就有了一个外号，汉子。那外号让他得意，也让他着急。一个单身汉子，不就是一条光棍吗？他在暗道里长时间直不起身，都快要成为一个驼背了，所以，他上来以后，随时都把腰板挺得笔直。他平生第一次替自己做了一个安排，结账回去把草房打理一下，然后娶一个媳妇。

雷高汉却得到了一个坏消息，他家那草房在暴雨中垮塌了。他急匆匆爬上戏台顶上的望哨楼，那可不是他第一次上去，他知道在那高处可以看见自家草房的顶。那会儿，他望过去，那儿却空空荡荡。他的脚下，南塞和北塞已经连在了一起，就像刚刚张开的巨大的翅膀。他自己好像也有了翅膀，已经飞了起来，耳边只有呼呼的风声。他好像在高空看见，自家那屋基上已经用石头建起了坚固的房子，蹿起了一片青瓦的顶。

一个声音好像在更高的天空中喊了一声："雷高汉！"

那是女人的声音，很年轻，却听不出来是谁。他朝天上望了一阵，那声音好像藏进了某一朵旋转的云彩里面。他又低头朝下面看了看，地上显然没有人听见那喊声。他不敢再飞，也不敢再留。他知道，仙女才在天上，而他想要的女人都在地上。

雷高汉从望哨楼上下来，在北塞僻静处遇到了一个女人。那女人是伙房里做事的，谁都知道她还是个媒婆，一番话说得他两条腿都软了。

"你总不会没听明白吧?"女人问。

雷高汉就像刚从暗道里爬上来,四周坐满了包企鹤。他说话了,但是他听出来那不是自己的声音:"你不要乱说……"

女人说:"我敢乱说你,但我敢乱说这府上的小姐吗?"

包企鹤下葬那天,雷高汉没有资格去送葬,所以他没有见过包松月。他打耳边风听说过包松月,却不知道那千金小姐究竟得了个什么病。他说:"我怎么配得上……"

"这不是你管的事。"

"别的就不说了。"雷高汉说,"小姐是认得字的,我却是一字不识……"

女人凑近一步,却够不着雷高汉的耳朵,只好用原来的声腔说:"你是个傻子呀!人家小姐没有嫌你,你反倒自己嫌起自己来了!"

"总指挥,还有乡长……"

"就是乡长叫我来说的。"女人打断他,"想想吧,房产,田地,你一眨眼全都有了!"

小时候在戏班里看过的戏都没什么印象了,但雷高汉不会忘了,那些戏里大都有一个千金小姐,哪怕病恹恹的,哪怕快要死了,也要吟个诗唱个曲。她们哪一个不是一肚子诗书?他哪有那个命,娶那样一个女子?那一定是人家小姐实在病得不轻,或者要冲个喜什么的。他不敢点头,也不敢摇头。他好像一直在梦里,睁开眼睛,四周的包企鹤全都走掉了。

第二章

8

包松月却一直蒙在鼓里。

直到成亲前一天,包松月才知道有雷高汉这个人。孤儿,不识字,光这两条就足够了。她在包家大院已经藏了整整十年,还活在人世上,全靠父亲护着。父亲走了以后,她一连两天不吃不喝,也算是死过了一回。她和两个哥哥同父异母,从小就不亲。她脑子并不糊涂,知道他们已经着急,因为让一个老姑娘拖下去只会越来越老。

包松堂和包松亭都躲在幕后,出面的是包松堂的太太汪碧鸾。包企鹤在世时没有她说话的份,包企鹤一走她倒像个当家人了。她那口气,就像是向母女二人宣布总指挥的一个命令,或者乡长的一纸文书。

包松月紧咬着牙,一个字也没有说。

庄瑞贞说话了:"那个雷高汉,一个字都认不得,空长了一副好身架吗?"

汪碧鸾说:"两个人过日子,有一个人识字就够啦!现在世道这么乱,那才子佳人的故事,到哪儿去找呀?"

庄瑞贞说:"还小三岁。"

"女大三,抱金砖。"汪碧鸾说。

雷高汉要到包家倒插门了,依然还没有见过包松月一面。他穿了一身新,一双新布鞋很合他的脚。他猜想那布鞋是包家小姐亲手做的，一股崭新的暖意从脚底升起来，直到头顶。

新房在鸿祯塞鸿达院。花轿把新娘从包家大院抬上来，鞭炮在花轿前后一路燃上来，唢呐也在花轿前后一路吹上来，长长的石梯两边扎满了人。花轿前后一共有四个家丁，他们不像平时那样背着枪，而是把枪提在手上。庄瑞贞和红玉一起，把蒙着红盖头的新娘从花轿里吃力地抱出来，进新房的时候差点跌倒在地，幸亏门口的两个家丁一齐搭了一把手。那两个家丁都提着枪，不让任何人近前，包括新郎。

雷高汉的脸涨得通红，他老觉得腰杆没有打直。他听见来吃喜酒的人都在夸新郎一表人才，就想找个角落避一避，但到处都是人，鸿祯塞突然变小了。他没有问最初说的戏班为什么取消了，他知道那不是他可以管的事。

傍晚，雪下了起来，新房里突然爆出了庄瑞贞长长的哭声。

包松月没有来得及看上新郎一眼，也没有来得及让新郎掀开红盖头看上一眼，走了。

她甚至没有让新郎看一眼遗容，就被装了棺。

夜深了，雷高汉在一阵哭声里走到了天井中央。一片雪花落到他眼睛里，他抹了一把，泪水就止不住了。

包松月埋在了包企鹤身旁。雷高汉被人不停地指派着角色，他都不知道他都干过一些什么。

头七那天，庄瑞贞要去女儿坟前烧纸，派红玉叫上了雷高汉。鞭炮炸了一半，庄瑞贞就放声哭起来，鞭炮炸完以后哭声更大了。

雷高汉不知如何是好,眼泪又跟着下来了。

庄瑞贞哭够了,叫了一声:"雷高汉!"

雷高汉抹了一把眼睛,搓着手。

"你这孩子。"庄瑞贞出了一口长气,"连人都不会叫。"

雷高汉双腿一软跪下来,对着庄瑞贞磕了一个头。

"你是我的女婿。"庄瑞贞说,"你是我女儿的丈夫!"

雷高汉又磕了一个头,喊了一声:"妈!"

庄瑞贞却又哭开了。她好像有一声答应,在那哭声的开头。

红玉搀扶着庄瑞贞往回走。雷高汉看见庄瑞贞一双小脚走不动了,就在她面前蹲下来。他背着包企鹤的二太太行走在一条小路上,那个五十来岁的漂亮女人显得格外娇小。板桥湾的人看到了那一幕,好一阵才转过一个弯来,那不是长工背东家,那可是女婿背丈母娘。

庄瑞贞在女儿走后住进了鸿祯塞,并且发话下来,叫雷高汉搬进了鸿达院那间新房。而在那之前,雷高汉一直住在鸿蒙院那间小屋里,只不过木匠和石匠早已搬走。新房里的陈设没有变,一切都是崭新的。包松月一定是从那张雕花大床上走的,雷高汉好像闻到了淡淡的香气。

第一天晚上,雷高汉大半夜都没有睡着。那间屋里刚死了他的新娘,他却一点儿也不害怕。小姐要是不死就好了,哪怕晚几年死也好,也能教他识一些字。最坏,也要让他们见上一面,哪怕说一句话呢?

他已经从石头床转到了雕花大床上,他究竟是一个什么命呢?

第二天,红玉来找雷高汉了。那丫头个儿不高,脸盘儿却好。她把一只手背在身后,连眨几下眼睛,悄声说:"我有小姐的照片,你要不要?"

雷高汉一听,浑身都麻了。

"你不要吗?"

雷高汉把两只手都伸了出去。

红玉却把另一只手也背到了身后,说:"你拿什么谢我?"

雷高汉就那样把两只手伸着,说:"你看,我两手雪白……"

红玉夸张地看了看他的手,说:"还雪白呢!你又不是蒸馒头的师傅……"

"对。"雷高汉说,"我送你两个馒头吧。"

红玉把一张小镜子交到了那两只手上,转身往回走。她走几步,又转身走回来,悄声说:"老太太叫我送过来的。"

9

小镜子背面嵌着一个少女的照片。雷高汉看了第一眼,面前立即模糊一团。他用衣袖把小镜子擦了又擦,然后,从白天看到天黑,再从天黑看到天亮。照片上的女子是他媳妇,比戏台上那些小姐好看多了。

包松月站在荷塘边,看不出有什么病。她好像想笑一下,但没有笑出来。她的穿着打扮好像有些过时了。照片上的人都不会长年龄，也不会生病，却在进入镜头那一刻就做好过时的准备了。

雷高汉和那个石匠一起混了将近三年，什么下流的话没有听过，男女之间那点事好像早就有过了。他用小镜子的正面照了照自己，第一次发现他的脸是那么丑。他把小镜子翻过来翻过去看累了，就把那背面贴着胸口。他那样焐久了，又害怕小镜子受伤，就把它放到枕边，然后，在它微微的呼吸声中入睡。

常常是，半夜里醒过来，他摸一摸空空荡荡的床，总是拿不准，他是结过婚了，还是准备结婚了。由此，他总是想起婚礼上那个蹊跷。新娘就算病得太重，也没有什么礼数需要家丁持枪阻拦新郎。其实，他早已经想到，包松月在进入鸿祯塞之前就已经死了，只不过他需要自己欺骗自己罢了。那洞房，那婚床，就像两道合上的幕布，一道遮掩着死亡，一道遮掩着欺骗。

那一阵儿，鲁金奎老在夜里去看他，好像有什么话要说。他猜到鲁金奎听到了什么闲话，就老是显出不耐烦的样子，鲁金奎不知道把多少话咽了回去。

雷高汉少不了要去看望庄瑞贞，却又不好去得太勤。中国和日本已经开战，包家上下大都搬进了鸿祯塞，没有谁会拿他当亲人。庄瑞贞也从不对他说起女儿，倒是时常对他说起儿子包松年。她已经知道日本人占领了南京，儿子是死是活都不知道。说起这些，她就会说到老爷，然后就会抹起泪来。

雷高汉想知道，他和小姐的婚事是不是老爷在世时做的安排，但他在庄瑞贞面前开不了口。

小镜子锁进了包松月留下来的一个梳妆匣里,每天都好好地活着。

一天,天还没亮,红玉就来敲雷高汉的门。她劈头就说,庄瑞贞做主,要让她嫁给鲁金奎了。

雷高汉说:"这是好事啊!"

红玉都快要哭出来:"我的傻哥哥,人家来找你商量,你就不想想,这是为什么啊?"

雷高汉退回去把衣裳披上,接着装傻:"还不是你知道我和金奎平时要好,来向我了解他。"

"真傻。"红玉用撒娇的声音说,"我已经给太太说了,要嫁,我就嫁你!"

雷高汉把衣裳穿好,说:"小姐死了才多久啊?"

"不管多久,反正要多算一天。"

雷高汉正系纽扣,手停住了。

红玉告诉雷高汉,包松月并不是那天黄昏死的,而是头天夜里把门窗紧闭了,然后往火盆里加了大量木炭,活活憋死的。红玉说:"小姐抬上来前就死了。我给她穿的衣裳,还能不知道吗?"

就像包松月又死了一回,雷高汉的眼里有了泪水。

"也就你不知道。"红玉说,"包家上下,谁不知道?"

雷高汉听见自己说:"鲁金奎和我,从小一起放牛……"

"我来找你,是来讨你这句话吗?我们女人都不缠脚了,你倒是缠上了！"

"鲁金奎和我是朋友，我不能……"

红玉一甩长辫子，走了。

雷高汉把自己反锁在那间屋里，在床上躺了整整一天。小镜子里的包松月突然变成了一个陌生人，她恐怕连雷高汉这个名字都不知道。或者，她正是知道了自己要嫁给一个一字不识的汉子，才往那条路上走的。

不管怎么说，雷高汉都不能在鸿祯塞再住下去了。

小镜子被冷落在一边。雷高汉好像听见，它发出了一声叹息。

10

包松堂住在鸿祯塞的时间不多。

包松亭却好像把乡政府都搬进了鸿祯塞，难得见他出门。他终于出面给说法了，把两张田契亲自交到了雷高汉手上。那两块田都有点大，雷高汉对它们再熟悉不过，因为都在自家附近，一直是柳家租了在耕种。包松亭又喝得醉醺醺的，对雷高汉说了很多话。雷高汉听出来了，修建暗道的工钱怎么也不会有那么丰厚，那田大都应该在包松月名下。他还听明白了，无论是拿包家上门女婿来说，还是拿暗道来说，他都不能离开鸿祯塞。就是说，他总要为包松月守个两三年吧？要不，包家的脸往哪儿搁？

雷高汉听包松亭口齿不清，大概把两三月说成了两三年。就是爹妈死了,也早没了那两三年不能成亲的规矩。他刚把田契拿在手上,也不必立即就要跟那酒话计较,说:"我不能在这儿吃闲饭。"

包松亭说:"我今天给你发一杆枪,再给你封一个官!"

雷高汉在鸿祯塞有了一个新职位,叫作"水官"。八个地下蓄水池和两口水井需要专人管护,这份重要而轻松的担子落到了他的肩上。事实上,他不仅要管水,还要管火。更重要的,他要管护暗道。

包松亭说:"明管地上水火,暗管地下通道。"

雷高汉把田契也锁进了那个梳妆匣,和小镜子做了伴。然后,他去看望庄瑞贞,说:"妈,托您老人家的福,我也有田地了,在这儿也有正事做了。"

庄瑞贞问:"还有一杆枪吧?"

"是。"雷高汉赶紧说,"忘了说了。"

"什么都能忘,枪不能忘。"庄瑞贞说,"老爷管枪,也造枪,但他最不喜欢的就是枪。我也不喜欢。话说回来,这个世道,男人手上没那根烧火棍,还真是不行的。"

"是。"

"还有,你可别小看了这个'水官'。谁离得了水?那么,谁离得了你?"

又一个"是"到了嘴边,让雷高汉咽了回去。

"今天我话多。"庄瑞贞说,"儿子来信了,他好好的,我高兴呢。"

雷高汉和庄瑞贞说了一会儿话,还像往回一样,主要听庄瑞贞说。庄瑞贞识字,她都快把儿子的信背下来了。还好,她并没有忘了雷高汉不识字,没有把那信拿出来,而只是把儿子新拍的一张照片拿给雷高汉看了看。看上去,包松年有包企鹤的影子。

好多人家都在等着租田,柳家却没脸再从雷高汉手上把那两块田租回去。雷高汉把田租给了曾经帮着他安埋爹妈的那两个好人,一个叫包万长,一个叫杨二武。他们在田埂上就把事情谈妥了,一切都是口头协议,雷高汉说反正大家都不识字。

包万长叫了一声:"东家……"

"叔,快别这么叫啊!"雷高汉说,"我的小名叫饱饭,你不知道吗?"

"东家!"杨二武还那样叫,"你都是鸿祯塞的人了……"

雷高汉脚下一滑,差点溜进水田。他说:"杨二哥,你再这么叫,我宁愿淹死在这田里!"

11

雷高汉当了"水官",听起来管了不少事,事实上却并没有多少杂事要做,就跟着枪法最好的家丁包贵安成天练习瞄准。他们在城墙所有的射击孔都瞄过了,瞄小石头,瞄树枝或树枝上的鸟。枪里没有子弹,他没有放过一枪。他不指望那里面有子弹,他其实也不喜欢枪。

红玉嫁给了鲁金奎，从鸿祯塞消失了。

雷高汉不管庄瑞贞怎样对他忽冷忽热，还是要隔三岔五过去请安。他从这个名义上的丈母娘身上，好像看到了包松月上了年纪以后的样子，所以，他每次去那儿，走路都慢吞吞的，也好像上了年纪的样子。

地下蓄水池都没有问题，生活用水有两口水井管着，所以，他除了上城墙去练一练瞄准，日子和那些公子哥儿没有多大区别。他反倒怀念起挖暗道的时光来了，苦是苦一点，但是，那一份隐秘的刺激和冒险，就像每一顿的饭菜一样吊着他的胃口，让他浑身有使不完的劲。

鸿祯塞里并没有发生什么事。包松亭照样成天邀约一伙人在家吃肉喝酒，反正包家有的是屠宰场和酒作坊。一天下午，他们酒还没醒，就带着几杆枪出门去抓壮丁。包松亭看见雷高汉挑着一担水走过来，停下来大声问："谁叫水官挑水的？"

"闲着也是闲着……"

包松亭耍起酒疯来："谁？"

"我。"雷高汉换一口气，"自己。"

"我命令你，把水放下，跟我走！"

雷高汉把一担水放下地，把扁担架上水桶，跟着一伙人出了门。那几杆枪是壮丁队的，他们把一卷纸一路张贴下去。他知道那是布告，只管往墙上刷糨糊。一杆枪把一张纸塞给他，他一见字心里就慌,结果将那张布告贴颠倒了。

还好,包松亭的酒已经醒了大半,没有追究是谁让雷高汉干那轻活的,而是把那张纸揭了下来。那皱皱巴巴的布告再也贴不上墙了,他揉成一团丢在地上,然后拍拍手说:"今天去红石沟拿人,专拿那识字的!"

到了红石沟,包松亭和他的酒兄弟在一棵老槐树下面候着,几杆枪分组行动。雷高汉没有拿枪,跟着两杆枪去一户人家,抓一个叫金庆春的去当壮丁。一杆枪有经验,他让另一杆枪在外面守着,带着雷高汉直扑进屋。

天快要黑了,雷高汉看见一个人影躲进了柴房。一个年轻女人只顾得上去阻拦那杆枪,没注意到雷高汉也跟着闪进了柴房,并且不知道雷高汉已经认出了她。

柴房里光线昏暗,一个人影却怎么也藏不进那柴草中去,直端端在地上站着。雷高汉走到他跟前,小声说:"这一轮抓得凶,出去躲躲吧。"

那人好像傻了,没吭声,也没点头。

雷高汉赶紧出去,对那杆枪说:"没有人。走,去别处看看。"

那女人是雷高汉从前东家的女儿,叫柳鸣凤。她比雷高汉小,并且生得好看,不知什么时候嫁到了红石沟。她肯定认出了雷高汉,浑身颤抖起来,发出柴草一样的声音。

结果却是,那杆枪并没有听雷高汉的话,闯过柳鸣凤那一道单薄的防线，把金庆春带走了。

柳鸣凤一边去拉雷高汉的衣袖，一边哭着说："求求你，求求你放了他……"

雷高汉不敢看柳鸣凤，埋着头走掉了。

晚上回到鸿祯塞，雷高汉去见包松亭。他把下午的情况说了，求包松亭放金庆春一马。

包松亭说："你小子伪装得好啊！原来，你还是个小长工，就打起人家东家女儿的主意了！"

雷高汉说："从前，她都不正眼看我。"

"怪事。"包松亭说，"那你说说，你为什么来求这个情？"

"我看她可怜……"

"怎么没人可怜你呢？"包松亭说，"我交不了差，我才可怜呢！"

雷高汉大半夜睡不着，因为包松亭没有松口不说，还责骂他不知好歹。他听出来了，那个壮丁是专门为他点的，就是要让柳家知道，包家一条狗都惹不起。包松亭看他时的那个眼神，让他想起了包企鹤在世时看他的那个眼神，那是完全不一样的两个眼神。他想着包松亭说狗的那个话，就把小镜子冷落在了一边。屋里没有点灯，窗户那儿也看不见一点亮光，他就像还窝在那暗道里。暗道早已经出头，他却不知道自己什么时候才是个头。他犹豫了一阵，又摸索了一阵，最后，还是把小镜子焐在了胸口。

12

南边有一座大城市叫重庆,时不时传来被日本飞机轰炸的消息。头顶上并没见飞机路过,那大概是从另一边飞过去的。飞机要是错过了重庆朝这边飞过来,日本鬼子瞌睡醒了,看见地上还有这么好一片房子,就把炸弹丢下来了。雷高汉躲在夜里这样想的时候,却一点儿不害怕,因为他心里有一条暗道。都说飞机比车的声音大,老早就会听见,那么,等它飞到头顶,他已经弄开了暗道的入口。暗道那么长,把鸿祯塞里所有人装进去都不在话下。

雷高汉听说飞机小得像一只鸟,他虽然没有读过一句书,也怀疑那说法有问题。一只鸟能丢下多大个炸弹呢?鸟屎那么大一点吗?他却很快又想通了。不是都说小日本小日本吗?它既然小,那就是什么都小,飞机像鸟一样,鸟像蚊虫一样。

他练习瞄准的时候就不一定上城墙去了。油菜花已经开了,他顺着枪望出去,那一片片金黄总是让他两眼发花。在他眼里,不光是油菜花,还有桃花李花杏花梨花,统统都是青黄不接的信号,都好像是来挖苦他那个饱饭的名字的。他不出屋,就在窗口瞄飞到树上来的鸟,或者,干脆瞄墙壁上的蚊虫。

一天,一只鸟儿飞进了天井,歇在一棵桂花树上。那不知是一只什么鸟,叫得好听极了。雷高汉把一杆空枪从窗口顺了出去。那只鸟只叫不飞,枪就一直瞄着它。

庄瑞贞派人把雷高汉叫了过去,说:"你越来越懒了。"

"我就管个水。"雷高汉说,"担水,扫地,都不让我干。"

庄瑞贞说:"我活着,谁敢叫你去干那些。"

雷高汉明白过来,庄瑞贞大概是埋怨他请安少了,但是,他去得稍勤一点,人家脸上又并不是那么好看,好像他是去向她讨要媳妇一样。他试探着说:"我晚上也去望哨。"

庄瑞贞说:"你又不是家丁。"

雷高汉不知道说什么好了。

"听说,你都不大上城墙了。"庄瑞贞说,"那么,你的枪朝里面瞄,你那是要打谁呢?"

雷高汉听见心里炸了一下,就像一声枪响。他还听见自己说:"我瞄的是鸟……"

"飞到这院子里来的,那都是包家的鸟!"

正好在这时候,窗外有鸟儿叫了几声,每一声都好像啄在雷高汉的眼睛上,他看出去一片模糊。

太阳很大,雷高汉却好像是摸黑走回去的。他把自己关进黑屋里,把那面小镜子拿在手上,却闭上眼睛说:"我就要去当壮丁了。我不能带上你,你只有守孤单了!"

他让自己的话吓出了一身汗,赶紧睁开眼睛朝窗户看了一眼。他有些迷糊,那话到底是他嘴上说的,还是他心里说的?

那确实是他的心里话。

他那样在那儿提心吊胆地耗着,还不如做个壮丁痛快。

虽然不抽独丁,但是他愿意。

第二章

"啪"一声响，小镜子掉到了地上。他低下头，看见包松月在地上也对他翻了脸。

他们就那样上下对视着，直到包松月恢复了原样，他才弯腰把小镜子捡起来，连人带镜子砸到了床上。他就像在暗道里干了一天一夜的活，很快就睡着了。

他在梦里又回到了暗道，但没走多久就到了出口。他扒开那一蓬七里香，正要把脚迈出去，突然看见外面是悬崖峭壁，要不是收得快他就坠落下去了。他赶紧往里走，还没有回到入口，好像听见了喜鹊的叫声，他就不愿意醒过来了。

第三章 喜鹊窝

1

那一张小镜子还在。荷花还能认出来,人影却已模糊。

我对汉子大爷写下一行字:"八十多年过去,面目已经不清。"

汉子大爷帮我把眼镜摘了:"那是你眼睛不行。"

我只好凑近了看,照片上连人影都没有了。阳光溜到了镜面上,然后滴落下来,光斑流淌一地。

"这下看清了吧?"

我点了点头。不管怎么说,照片上的人已经留在了他的记忆深处。那玻璃片就是压着一块白纸,那人影也一样呼之欲出。

夏天早已到来,知了在外面叫着。汉子大爷不喜欢空调,电风扇转来转去,不时把纸片吹到地上。他习惯用开水瓶,但他不想麻烦温寒露送开水,在网上看中一款电水壶,温寒露却又怕烫了他,不给他买。

我们正说着,温寒露提着开水瓶进屋来了。

汉子大爷把小镜子揣到了身上。他那个小动作,快得就像小伙子一样。

温寒露转向我问:"中午想吃点什么?"

"喜鹊窝。"汉子大爷抢着说,"我们在说喜鹊窝。"

我说:"他吃什么我吃什么。"

温寒露放下开水瓶,下楼去了。我写下"问午饭"给汉子大爷看。他站起来,走进里间,很快就出来了。他那是把小镜子放回了原处。小镜子不是从暗红皮箱里拿出来的,我已经注意到,里间还有一只上了锁的旧式木匣。一个可怜的易碎品,从漫长的岁月穿越过来,依然还能那样闪光。

我写道:"要是出了书,温寒露就会看见那小镜子。"

他重新坐下来,说:"那时候,我大概已经不在人世。"

我摇了摇头,然后写道:"刚才,您为什么突然说到了喜鹊窝?"

"那会儿,我正好听见喜鹊叫了。"

"我怎么没听见?"

"你当然听不见。"他说,"那是从前的喜鹊在叫。"

我琢磨了一下他的话。他这个年龄,幻听可能是常有的事。但是,他根本就听不见,幻听从何而来呢?

"从前,鸿祯塞大门外面有一棵老松树,捧着一个喜鹊窝。"

"我在老照片上见过。"

"当年大炼钢铁,把那老松树砍了。"

我轻轻吁出一口气。

"你年轻。"他说,"这些,说来话长。"

"知道,不说。"

汉子大爷已经看过我写下的那些文字,他的阅读速度并不比我慢多少。他对我说,我让很多已经死去的东西活了过来。我明白他的意思,我的文字唤醒了他更多的记忆。他问我是怎么知道那些的,因为好多话他并没有对我说。比如,那个他说不出口的想法,包企鹤好像他的亲生父亲。他问我:"既然我说不出口,你是怎么知道的呢?"

"那不是你的想法?"

"说起来,我还真是那样想过。"

不过,他认为我把暗道的修建过程写得过于简单。他把暗道介绍得非常细致,已经让我没有兴趣再提问题。插销,门闩,暗锁,底板,滑轮,还有什么撑杆。那样一个技术活儿,在当年那样的技术条件下怎么去完成,我觉得并不需要说得那么细。他在南塞和北塞的入口做了什么文章,一堵一开如何在短时间内就完成了,我也不是太在意。他对人物说话的口气也有一些意见,主要是觉得与从前不符。我对此自有定见,在纸上却说最后再做统一修改。他对人物对话的内容意见也不少,主要是说有些话他并没有亲耳听见,总觉得那样写好像是在栽赃。比如,他不可能听到包松堂说那句话:

"他要是靠不住,我知道该怎么办了他。"

即使要写,他也建议改成:"他要是靠不住,我知道该怎么办。"

"遵命。"

"我并没有加入袍哥。"他说,"袍哥那一河水深得很,我十天半月都给你说不清,再说我本来就说不清。"

这一条,当天我就落实了。

他提到了包松堂给暗道打的那个比方,建议把"太监的鸟"改成"聋子的耳朵"。他说:"我知道,你这是照顾我这个聋子。但是你想过没有,那样一来,我好像成太监了……"

我朝他连连摆手,然后连连拱手。

"我从来都不是太监,不骗你。这个,哈哈,不说不说!"

我赶紧在纸上转移话题:"您想过没有,您那草房是不是包家派人弄塌的?"

"为什么?人家为什么要那样干?"

"他们不是要把您留在鸿祯塞吗?他们有可能先把您的后路断了。"

"我从没往这上面想过。"他说,"我相信自己亲眼看到的,亲耳听到的。"

我想对他说,亲眼所见亲耳所闻不一定就是真相,但我又想,我大概用三张纸也写不清楚。

吃午饭的时间到了。每顿饭都是汉子大爷先吃,照旧由温寒露给他送上去。他吃饭的时候,我都会从三楼到二楼去,然后等着温寒露叫我到一楼去吃饭。我从没打听过他们在一起时说过什么。

那天在餐厅里,温寒露说:"他说,你比我厉害多了。"

"什么意思?"

她却又不往下说了。

我停下筷子:"他是要你防着我吧?"

她怪怪地看我一眼,然后微微一笑:"教教我,怎么防?"

2

我离开长春已经两年。我结束了七年的婚姻生活,从报社辞了职,到了计划中的成都,租房住下,换了手机号码,然后才向家人报告了行踪。我没有儿女牵挂,父母也暂不需要我操心,我正好以这样的方式来开展我的写作。

我的手机在白天都是关掉的。母亲两次在晚上打电话来,都问相同的话,在哪儿,在干什么。我两次都是一样的回答,在乡下,在读书。第二次,她多问了一句,读书,用得着跑到那么远的乡下去?

我对母亲说的是真话,我每天都在读书。那需要纸上发问才能弄明白的笔记,那没有听力约束的自说自话的记录,组合成了一本沉重的书。

天气越来越热,温寒露的哥哥开着一辆凯迪拉克来看她。那个叫温寒枫的帅哥对我非常友好,他在汉子大爷面前更是毕恭毕敬,双手捧上从成都带来的几盒桃片。他和我谈了谈人的寿命问题,还有汽车。他告诉我,他在成都卖汽车,妹妹那辆车就是他送的。

温寒露隔上一两天就要到我住的那间屋里坐一坐。我只带了两本书,她借走了《铁皮鼓》,半个月过去了都不见她归还。她说她在网上读到《铁皮鼓》的作者君特·格拉斯的一段话:"回忆就像剥洋葱,每剥掉一层都会露出一些早已忘却的事情。层层剥落间,泪湿衣襟。"

"说得真好。"她说,"这么好的比方,他怎么就想到了呢?"

我说:"回忆就像抄喜鹊窝,即使是一个空巢,也会惹出一些喳喳喳喳。"

"这话谁说的?"

"我,才说的。"

她想了想,然后撇了撇嘴:"君特·格拉斯说得多好啊!你这个水平,会不会把老祖宗辜负了?"

我笑起来:"那,请君特·格拉斯来?"

"人家三年前已经作古。"她大概担心玩笑话说过了火,偷看我一眼,"你记得《铁皮鼓》开篇的标题?"

我想了想,说:"《肥大的裙子》。"

"你开篇的标题,是不是叫《宽大的衬衫》呢?"

"那就是模仿,或者撞车了。"

午饭过后,温寒露开车去了县城,给我买回两件衬衫两条长裤一根皮带。我的衣裳都是她洗的,她对那些尺码或许心里有数,无论衬衫还是长裤都非常合身。

我问:"你这是要让我当新郎吗?"

她说:"这儿来了一个书记员,水平又那么高,光管饭怎么行呢?老祖宗当年在鸿祯塞做事,也不是只管饭吧?"

几种瓜藤已经爬满了秋千顶上那些钢铁的方格,遮起了一片绿荫。除了下雨,每天晚上,我们都会在瓜藤下面一边喝茶一边乘凉。她总是让我坐在秋千上,而她自己会搬一张藤椅坐下来,把一双光脚放在石凳上。我就那样晃晃悠悠地看着她,就像看一张起起伏伏的画。那玻璃门的画框更是乱了尺寸,但里里外外总会有灯光映亮,就像一个闪闪烁烁的梦境。

那天晚上,我洗过澡,穿一身新,荡了一会儿秋千,温寒露就端着两杯咖啡出来了。秋千停了摆,我下了地,她已经把两杯咖啡放到了石桌上。

"不知道调得好不好。"她说。

我把藤椅搬出来,然后在石凳上坐下来。

她说话还是那样,让人能听见就行了。她说:"网上说,写作,喝咖啡比喝茶好。"

"我喝了茶睡得着,喝了咖啡睡不着。"

"凡事都有个过程。"

我呷了一口咖啡,而她还在等咖啡凉下来。

那天晚上，也许是咖啡的原因，也许是汉子大爷那小镜子的原因，我对温寒露说起了我的婚姻，我发现的时候已经刹不住车了。我不知怎么开的头，却也不想立即就结了尾。我在北方也有朋友，但我从来不对他们讲我那些糟糕的故事。汉子大爷的婚姻还没开头就死了，我的婚姻却是温水煮青蛙一样死掉的。我的前妻在电视台做新闻，但我觉得她每一天都在做表演。她还真在几部电视剧里演过配角，但她的演技又让我觉得她在做新闻。她在我面前主要是表演，但她的表演实在是太拙劣了。我们办理完离婚手续以后，我躲进了一个公园，那里的大树上有好几个喜鹊窝，喜鹊们一齐向我报喜。

温寒露说："既然你们已经分了，为什么还要说起呢？"

我端起面前的杯子，把杯底的咖啡喝了。咖啡不到半口，有点苦。

她接着说："我听了一阵，有一个担心。"

我都不好意思看她了。

"你会把老祖宗误读了。"

我好一阵没说话。她大概已经把我误读了。

"不管怎么说，谢谢你对我的信任。"

"我每天都在倾听。"我说，"我大概也需要一个倾听者。"

"你接着说吧。"她说，"我愿意做一个倾听者，但我不发言。"

我说："我已经从暗道出来，听见喜鹊叫了。"

3

汉子大爷说着话就睡着了。我担心他身体吃不消,打算接下来让工作节奏再慢一点。因此,我延长了我在黄昏的散步时间。我早一点收工,就能走远一点。

黄昏又来了,我决定走到鸿祯塞大门口,再走回来。我给温寒露打了招呼,别等我吃晚饭。我已经能够接受酸菜豆腐面,让我回来自己做好了。

我走的还是那条石板路。秧苗已经遮住了水,稻田碧绿地铺展开去。那条架在空中的水渠看过去好像长个儿了。温寒露对我说过,几公里外有一个红石沟水库,在鸿祯塞望哨楼上能看见一角。我在插秧时节也留意过,水库里的水从水渠过来,灌起了一片接一片稻田。

黑松林里的鸟叫声密密匝匝,好像是催我走快一点。我走到鸿祯塞大门外面,没有看见一个人出来,也没有看见一个人进去。我甚至都没有看清大门是不是已经关上。我明白过来,我是来看那棵老松树的。但是,那儿只有一棵小松树。那个喜鹊窝大概也能像喜鹊一样飞翔,它叼着一棵老松树从一张老照片飞回了旧时光。老松树留下了一颗松籽,让它的根扎了下来。

夕阳已经在鸿祯塞的侧面结束了它一天最后的照耀,让一片庞大的影子缓缓上升。我往回走时加快了脚步,却在分路的地方踏错了一块石板。还好,我没走几步就从黑松林出来,看见了包家大院旁边那高耸的碉楼。我走上一条防腐木廊道,从一个荷塘上面穿过,看见一片建筑前面竖着民宿广告牌。

暮色中,我远远地看见了"玻璃屋"。脚下的路,可能就是汉子大爷第一次到包家大院走过的那一条。他对我说过,他和包家的故事不仅仅发生在鸿祯塞。他一直想看一看包松月的闺房,直到九十岁那年他才第一次跨进那道门槛。包家大院也已经用来做了旅游,当时他一眼就认出了陈列牌上的"小姐闺房"。那儿,在他心里就是包松月的娘家,小镜子就是从那道门槛走出去的。他原以为那张床是包松月睡过的,问了才知道,原先的床早已不知去向。天井里有一棵很大的桂花树,他却不记得那儿从前有什么树。太阳的光点好像让若干张小镜子在闪烁,他被晃花了眼睛,只听见一只鸟儿在叫,却寻不着它在哪儿。

我想了想汉子大爷在当天下午说过的一些话。

他说:"包松月是在包家大院离世的。"

我写道:"即使那样,您也一直视她为妻。"

他说:"你可能会以为我太老,或者太封建。我看了那么多电视剧,我也知道今天的年轻人是怎么回事,我很羡慕你们。"

我放下笔,又拿起来。

他说:"我的意思是说,在那样的日子里,要不是有一张小镜子时时照着我,我都不知道自己会是什么样子。"

暮色越来越浓,我看见一个女人在前面走着,腰扭过来扭过去。她突然转过身,夸张地喊起来:"大作家,天还没黑就跟踪我,想干什么啊?"

我认出了崔蔓莉,大吃一惊。我问:"你究竟是人还是仙啊?"

"你是没认出我吧?告诉你,减肥成功!"

"施的什么魔法?"

"饿饭。"她说,"你们家大爷叫饱饭,我和他正好相反!"

"那不是我们家。"我有点不自在,"再说,那是一个百岁老人,是不可以随便拿人家这个来说话的。"

她满不在乎,说:"听说大作家都吃得来我们这儿的酸菜了。我好歹高中毕业,知道这叫爱屋及乌。"

"那叫尊重。"我说,"一个百岁老人,应该受到尊重……"

她突然加快了脚步。

我故意放慢脚步,要和她拉开一点距离。她却又停下来,问:"你知道刚才有人叫我什么?"

"我不在场,当然不知道。"

"嘻嘻,豆腐西施。"

我说:"你家豆腐做得真好。"

她叹了一口气:"谁不知道,你们家那位才是西施……"

我不等她往下说,就超到了她的前面。

第四章 戏台

1

包家大院也有一个戏台,比鸿祯塞那个戏台要稍小一些。一大家子坐拥两个戏台,并不是要和谁比阔,而是因为包企鹤喜欢看戏,他的儿孙们也大都喜欢。

庄瑞贞更喜欢包家大院那个戏台。她跟着包企鹤从外省来到板桥湾,先学会了川话,然后爱上了川剧。儿子包松年是她的骄傲,女儿包松月却让她常常犯心口痛。儿子见不上,女儿不愿意出屋去看戏,所以,庄瑞贞把什么戏都当成了苦戏在看。结果,女儿在她前面走了,她也在鸿祯塞看戏时说走就走了。那一出戏不知触动了她什么,她揉着胸口想站起来,还没站稳就一头栽倒在地。

那天是正月十四,正好是雷高汉生日。他并不知道自己生于何月何日,就认下了他开始姓雷的那一天。他走来走去看戏,目光不时停留在庄瑞贞身上,留意着她需要什么。他从小就跟上了戏班,却并不懂戏文,只不过喜欢那锣锣鼓鼓的热闹。戏台上唱的是一出西施的戏,西施那个角儿扮相很美,年龄却有点小。庄瑞贞倒地那一幕,把小西施吓得跑下了台。

庄瑞贞葬礼的排场自然比包企鹤小了许多。包松年联系不上,包松堂和包松亭给雷高汉分派了不少角色。雷高汉知道,老太太走了以后,他那个包家女婿的角色就更没有人会当真了。

包家大大小小的女人里面,雷高汉最不想见的就是包松堂的太太汪碧鸾。她娘家是邻县大户人家,听说身家差不了包家多少,还听说她会使双枪。她看雷高汉的眼神,总像在防贼一样。

谁也说不清,雷高汉究竟算包家什么人。他和包松月举行过名正言顺的婚礼,却是连对方的面都没有见上,没人真拿他当包家女婿看待。他有一杆枪,却不是家丁,没人给他发过一颗子弹,也没人安排他去望哨。他当了一个"水官",但谁都知道他不是长工。他偶尔也跟着包松亭出去公干,但乡长显然没把他当回事。他把两块田长年租给人耕种,恐怕因此有了一点积蓄,却远远算不上一个财主,就连人家喊一声"东家"他都心虚。

他就像是鸿祯塞养的一个闲人。但是,只要他一天不在,就会有人问,汉子呢?汉子上哪里去了?

庄瑞贞毕七一过,包松亭派人来把雷高汉叫了过去,问:"听说你想识字?"

雷高汉就像做了亏心事,不点头也不摇头。他请鲁金奎悄悄教他识字,看来那小子告密了。他说:"我才认下四个字,一二三四……"

"还有四个。"

"没有了。"

"四三二一。"

阳光在窗户上闪了一下,好像谁扮了一个鬼脸。

包松亭说:"今天你跟我们出去一趟,一二三四,接个媳妇回来!"

听那口气,好像要去抢人了。

包松亭的话却还没有完。他问:"唱戏的那个小西施,你还记得吧?"

雷高汉点了个头。

"她让辜家抢了!"

雷高汉是知道县城辜家的,那可是本县能和包家一比的大户人家。辜家却有一个软肋,没有出过一个像样的官。

"小西施还不满十五岁。"包松亭说,"直接扑上戏台抢人,真是翻了天了!"

雷高汉看了一眼窗外。那儿看不见戏台,他不知道小西施卸妆以后什么样儿。老太太倒地都让她吓成那样,还不知后面那一出会把她吓成什么样儿呢。

"午饭过后出门。"包松亭说,"你只记住一条,小西施是你聘媒定下的亲,老太太在世时做的主,就行了!"

那天才半上午,雷高汉就觉得饿得不行。他出了门往天井中间走，春天的太阳晒在身上暖烘烘的。他用手遮着眼睛朝天上望了望，离午饭还早。他一回屋就拿出了小镜子，他们已经那样对视了三年。他让小镜子转身的时候，看见包松月扭头看了他一眼。他不好意思让她再转过身来，她说不定已经变得满脸怒气。

他已经知道了小西施的名字，梅云娥。

2

午饭过后，两副滑竿和五个跟班出了鸿祯寨。滑竿上坐的是包松堂和包松亭，雷高汉才知道事情闹大了。除了他，其余跟班都背了枪。

嘉陵江在县城外面拐了一个大弯，那儿水面开阔。黄昏，江水看不见流动，雾气若有若无。江边有一条船，船上有人等着，显然是出发前就打电话过来了。船上的人下来，把包松堂扶上了船。

县城里的大户人家已经点灯。辜家看门的认得包松堂，一溜烟跑进去通报。包松堂和包松亭下了滑竿，带着雷高汉一路闯了进去。背枪的人有四个，换班抬滑竿的人有八个，他们都在外面守候。

辜家老爷辜绍俭是个瘸子。他挂着拐杖，一颠一簸迎出来说："不知包家老爷双双驾到，有失远迎，有失远迎！"

"县城出大新闻了。"包松堂说，"我们来看看，伤着你家人没有。"

"有请坐下说话。"辜绍俭站下了,那颠簸却好像没有停。"上茶,上茶!"

包松亭的横劲上来了:"我们不是来喝茶的!"

"二爷。"辜绍俭满脸堆笑,"我云里雾里呢。"

"这是我家兄弟。"包松亭指一指雷高汉,"我们来为他讨个公道!"

雷高汉一直在看辜家的灯笼,那比鸿祯塞的灯笼好看多了。灯笼一照,几面墙就像几幅画。他把目光收回来,听见包松亭说:"贵公子辜惜德,他是念过书的吧?"

辜绍俭把脸上的笑收了收:"人不念书,白来这世上一趟。"

包松堂说:"他那书,都念进狗肚子里去了!"

辜绍俭把刚收回去的笑又放出来:"这杀人,总要把人喊醒吧?"

包松亭说:"你家大少爷扑上戏台去抢人,他把谁喊醒了?"

辜绍俭连忙叫下人去唤辜惜德。

雷高汉觉得嗓子有点发痒,但是他忍着没有咳出来。他已经看出来,他们三个人正在演戏,至少包家兄弟在演戏。他已经明白过来,他是来帮包家兄弟抢人的。他已经演过一回新郎,这一回又轮到他来演未婚夫了。他就像戏台上的一个吼班,却不知道该吼一句什么。

辜惜德却是两天没回家了。

"去找!"辜绍俭对下人喊起来,"先去几个客栈里找!"

包松堂说:"辜老爷,你不方便亲自去,还是我们自己去找吧!"

县城里的客栈大都是辜家开的。包松堂带着四杆枪到了最大的那一家,辜绍俭的轿子也跟了来。他们用不着再跑路了,辜惜德就在那儿,正和几个公子哥儿耍钱。

包松堂问:"人呢?"

辜惜德已经醉得不像样了。他站了一半,却又坐了下去。他翻了一下眼皮:"什么,人?"

辜绍俭一边让拐杖在地上戳出焦躁的响声,一边说:"戏台上的人!包家的人!"

"她姓包吗?"辜惜德盯着一个公子哥儿,"人家姓梅,是不是?"

那公子哥儿不敢吭声,拐杖却要戳到辜惜德脸上了:"人家和包家订了亲的!"

"怪事!"辜惜德的酒好像醒了,"订了亲,包家还会让她唱戏?"

"辜惜德!"包松堂吼一声,"你公然到戏台上去抢人,吃了什么胆!"

"我又没有拿枪。"辜惜德在牌桌上掷下骰子,声音很响,"再说,天天都在抢人,你管得过来吗?"

枪栓发出的声音更响。

辜绍俭一拐杖把辜惜德打到桌子下面去了,而他自己也一屁股跌坐在了地上。

雷高汉就像得到了什么命令,独自一人查起客房来。客栈生意不好,后面没有住人,一间客房却挂着一把锁。他双手一拧,那锁就开了。灯光从别处映照过来,他看见里面有一道白影。他好像也吃了什么胆,一步跨进去,把门闩上了。

那道白影却消失了。

他站着,一动也不敢动。一点灯光从窗外进来,落在了一盒火柴上。他连划两根火柴,都让自己的心跳扑灭了。第三根火柴燃了,还没有照着灯盏,却又让床上那一道亮光闪灭了。

"梅云娥……"

他试着叫了一声,没有听见答应。但是,那是前世的约定,只需火柴一闪,他就已经认了出来。

"我是来救你的……"

床上有了一点动静。

"穿上衣裳,跟我走!"

女子微弱的声音说:"解开……"

"捆哪儿了?"

"手,还有脚……"

他不能点灯。他摸到的那不是手,也不是脚。他的手立即没了力气,脚也软了。他颤抖着说:"你能把手举一举吗?"

那手抬了抬,在他身上碰了碰。外面的人高一声低一声过来了,他却一时解不开。

女子说:"点灯……"

他说:"不!"

门响起来的时候,那捆扎起来的手和脚都在黑暗中解开了。

雷高汉没有开门。他等她把衣裳在黑暗中穿好了,才点起了灯。

3

雷高汉忘记了自己是在演戏。就是说,他进入角色了。

那是他第一次见到赤裸的女人,尽管只划燃火柴看了一眼。灯亮起来,他看见了穿戴整齐的梅云娥,好像都不会呼吸了。西施,真有眼前的小女人那么美吗?

他把梅云娥背起来,出了门。

"我已经发过誓。"梅云娥在他耳边说,"谁来救我,我就嫁谁。"

那戏台上的声腔,到了肩头却是那样低弱,那样孩子气。

"行了。"包松堂说,"放下来吧!"

梅云娥紧紧搂着雷高汉,不愿松手。

滑竿已经过来。包松堂说:"上滑竿!"

雷高汉的手和脚好像都让人捆住了。梅云娥被好几双手拽上了滑竿,眨眼间不见了。

包松亭问雷高汉:"刚才,你在里面做什么?"

"她穿衣裳，我守着……"

包松堂上了滑竿，对包松亭说："你让他回家去！"

雷高汉知道，接下来没他什么事了。他从客栈出来，在一家面馆吃了一小碗牛肉面，然后一个人往回走。他带在身上的钱只够买一小碗那样的面，或者一个油勺。天上的月亮只有半块，路却越走越明白。他有什么本钱，能和那样一个戏人儿做夫妻？他从一片古柏下面穿过去的时候，夜鸟的叫声让他的后背一阵阵发凉，他却又有了一点糊涂，要是正背着那戏人儿回家，多好。包松堂让他回家，但是，鸿祯塞是他的家吗？换句话说，鸿祯塞里有他的家吗？

"梅云娥……"

他先是在心里叫。终于，他叫出了声。

"梅云娥！"

他大喊一声，夜鸟都不叫了。然后，他听见它们换了叫声，好像在一齐为他歌唱。

他想唱一句川剧，肚子里却没有戏文。

"梅云娥！"

雷高汉回到鸿祯塞，都半夜了。他在晚上连半饱都没吃上，力气好像让那几声喊耗尽了。他在大门外面有气无力地叫了一声，望哨的家丁从城墙上走过来，一盏灯笼的亮光微弱地照下来。

"哪一个？"

"雷高汉！"

"你怎么一个人回来了？"

"人手够,多余了!"

"半夜三更,不能给你开门!"

灯笼犹豫了一下,消失了。

雷高汉当然知道鸿祯塞的规定,非亲非故,不到天亮,大门一概不得打开。

月亮先前被啃了一半,不知什么时候又被啃过,只剩下了一小半。雷高汉靠着那个大石头坐下来。旁边老松树上有一个喜鹊窝,里面的喜鹊大概被他惊动了,好像哼了几句梦话。春天的夜晚已经没有多少寒意,大门外面与大门里面有什么区别呢?野花的香气已经从四周涌了过来,就像崭新的被盖一样。他探出一只手,石头的皮肤也已经变得细腻起来。那柔软而轻盈的石头趴在他的背上,他没费什么力气就站起来,往黑松林走过去。

那低弱的声音又在他耳边说话了:"哥,我们往哪儿去?"

"到里面去。"他说,"望哨的不开门,我们有路可走。"

"我们不能进去。"

"不进去,我们怎么成亲?"

"我已经是人家的人了⋯⋯"

暗道那捂得严严实实的出口,"咣"一声打开了。

雷高汉睁开眼睛,天已经蒙蒙亮。他不知是让大门打开的声音吵醒的,还是让梅云娥那句话惊醒的。他重新把眼睛闭上,可是,那个梦已经从另一条暗道溜走了。

"汉子,汉子⋯⋯"

第四章

一个家丁在耳边叫他。喜鹊也在头顶上叫开了,他只好醒过来。

"对不住啊!"

雷高汉回了屋,看了一眼墙上挂的那一杆枪。如果真有一天,辜惜德撞到了他的枪口上,他真会朝那个王八蛋开一枪。

但是,他不敢往下想了。

他洗了一把脸,去伙房准备吃三个馒头,喝一碗稀饭。馒头本来一人两个,鲁金奎总是多给他一个,别人也没有话说,毕竟他是包家的人,何况他个子大,一顿五个馒头都不在话下。但是,他走了半夜路,早上一点胃口也没有,把馒头还了两个回去。

"怎么?"鲁金奎夸张地看了看他的脸,"你害相思病了吧?"

雷高汉却是一个馒头都没有吃完。他一回屋就砸在床上,不知躺了好久。他为了证明自己没有病,从床上爬起来,从墙上摘下了枪,那枪杆却也像浑身都软了。他来到大门上方的城墙顶上,从射击孔朝着黑松林练习瞄准。老松树上的喜鹊已经飞出去了,但他还是饶过了喜鹊窝,枪口指向了石板路上突然冒出的一副滑竿。他把枪收了,才看清滑竿上坐着包松亭。

那滑竿都进大门了,包松堂也没有出现。

4

又一年过去了。开春以后就没有下过一场像样的雨，鸿祯塞八个天井下面的蓄水池都快干了，北塞那口井也已经见了底。北塞另有一口旱井，那是一个障眼法，里面积下的雨水早已干涸。南塞由包企鹤亲自布点打的那口井一直都在出水，也供不起近百口人了。包家大院内外两口井都活泉滚滚，却没有人愿意搬回山窝里去避暑，反倒把上城墙乘凉当成了一种享受。土匪并没有来，每天，团团转转的风都会来。

还有，包松堂的六十大寿就要到了，戏班又要来了。

包松堂好像忘记了县城那一回事，或者，他已经知道了当时屋内的情形，并没有追究雷高汉什么。雷高汉也不会埋怨谁，出手救人的是包松堂。梅云娥开初认定了雷高汉不愿松手，接下来，她大概已经知道认错人了。

家丁都被派去从山窝里往上挑水。大旱之年，包松亭也得做一做乡长的姿态，他要求自家只从大院内井取水，把外井留给乡亲。他还亲自到水井边上去维持排队的秩序。他的这个善举自然会让他说很多话，都口干舌燥了，也没人见他喝过一口水。

雷高汉就是每天挑上来一百担水，也没人拦着他了。那会儿，他不过是一个高个子挑水工。他从早挑到黑，浑身好像还有使不完的力气。他已经知道，就要到来的还是长庆乐戏班，也就是把庄瑞贞送走的那一个。事情要是并不像他往坏处想的那样，而是像包松亭说的那样,那么,过几天,他就可以见到梅云娥了。

一天,他听见包松亭说,他们把那小西施从客栈里救出去第三天,人家就又登台唱戏了。他听惯了包松亭的大话小话,那一次,却像是在大旱天听见了雷声。

从早到晚,天上一朵云都没有,挑水的人肩头早都磨破皮了。雷高汉的肩头还好,心情也越来越好。退一步讲,就是见不到梅云娥,也可能从戏班那里听到一点她的消息。

黄昏,雷高汉挑着一担水往上爬,越走脚下越虚,就在半坡上跟自己打了一个赌。要是遂了自己所愿,老松树上的喜鹊就会叫几声。

喳喳喳喳!

他以为自己听岔了,站住了。

喳喳喳喳……

那真是老松树上的喜鹊在叫。旱得太久,那叫声有些焦渴。

他让一担水换了肩膀,一气爬到大门口,在老松树下面歇了一会儿。

一股凉风吹过来,坐在地上的两桶凉水好像都跳起了波浪。

雷高汉歇够了,挑着那一担水进了大门。然后,他挑着空水桶去水桶房,铁挂钩发出磨牙一样的声音。水桶房离戏台很近,满屋的水桶主要是准备防火用的。鸿图院里住着几个少爷,包松亭的次子包志卓正在院坝里洗澡。凉水从他身上哗哗哗淋下去,流进了地下蓄水池。包志卓正在和矮他一辈的一个少爷说话,那些话脏得一句都流不动，满地石头都找不到一个缝儿可以钻进去。

雷高汉听见了，他们正在说小西施。

水桶房里的蚊虫比哪个地方都多，雷高汉进去的时候，好像一群蜂子扑了过来。他放下水桶，站了好一阵。他需要喘一口气。

雷高汉回头经过鸿图院，两个公子却还在说那个话，半句都不能听了。他重重地咳了一声，就像打了一个雷。

包志卓朝天上看了看："打雷了吗？"

那个少爷不吭声了。

包志卓从来都没把雷高汉放在眼里，看着他问："你咳那么大声音干什么？"

雷高汉站定了，说："打个雷，下个雨。"

包志卓笑起来："你都管起天来了！"

雷高汉说："我这辈子，能管上自己这张嘴，就不错了！"

"你下个雨给我们看看。"包志卓说，"今天要是下不了雨，你走不了干路！"

包松堂的次子包志默也出来了，连声问："何事？何事？"

雷高汉二话没说，直端端走到那刚刚泼过水的湿地上，一边走一边说："我已经走了湿路，看见了吧？"

包志卓端起一盆水就要朝雷高汉泼过去，却让包志默拦住了："罢，罢了。都是这鬼天气闹的。"

雷高汉从包志卓手里夺过那盆水，从自己头上哗一声倒下去。

三个少爷都往后退了退，那样子倒像都让雷高汉浇成了落汤鸡。

那盆水好像把包志卓的火气也浇灭了，他的口气缓和下来："你还真拿自己当长辈呢！"

雷高汉像晚辈一样弯了弯腰，问："我可以走干路了吗？"

5

包松堂六十大寿前三天，长庆乐戏班在下午进了鸿祯塞，一担水的工夫就安顿下来。

雷高汉错过了在大门口检阅戏班的机会，心里乱糟糟的。一下子有了那么多陌生女子，但每一个都让他失望一次。

汽灯早早挂了起来，闹台锣鼓已经打开，包厢中央摆放的座椅还空着。那锣鼓越打越热闹，打到天上见了星星，包松堂和汪碧鸾才入了座，戏也就开演了。

戏台上先上来一个叫翠香的丫头，开口便唱："翠香前面把路带。"

谁不知道汪碧鸾的丫头叫翠香，全场"哄"一声笑了。雷高汉没有笑，也没有看见台下那个翠香在哪儿。

跟上来一个公子，接上去唱："秋山移步出书斋。"

那秋山好像也挑了一天水，站着就打起瞌睡来，好一阵才听明白翠香说的话："我小姐为你把病害，因此与你带书来。"

秋山问："你小姐得的是什么病？"

翠香说："人家说小姐得的是柜子锯了脚脚的病。"

秋山说："柜子锯了脚脚，岂不成箱子了吗？"

翠香说："我们小姐就是得了箱子病。"

包松堂面无表情，包松亭带头笑起来。场子里笑声一片，雷高汉却还是笑不出来。他瘦下去那一阵就是得了"箱子病"，他知道那叫"相思病"，真让鲁金奎说中了。台上的秋山也得了那个病，人家却是"提笔做不出文章来"。接下来，两人说到了吃饭，秋山竟然吃得了十碗饭。

那戏好像专门演给雷高汉看的，他站也不是走也不是。小姐还没有出场呢。

翠香领着秋山走了不少冤枉路，还翻了墙，终于来到小姐绣楼前面的花园里。

小姐出场了。

雷高汉在台下站错了地方，他只能看到小姐的侧面。小姐也是开口便唱："我命翠香把书带，书房去请秋秀才。"

包松堂带头喊一声"好"，众人跟着喊一声"好"。

雷高汉却觉得那小姐唱得并不好，好像真害了"箱子病"没吃饭一样。但是，等小姐转过身来，那汽灯格外亮了一下，他看到了一张朝思暮想的脸。

梅云娥！

接下来，小姐和秋山怎么见了面，雷高汉就不清楚了。过了一阵，他才发现自己浑身都在颤抖。

第四章

小姐好像也在颤抖。

雷高汉没有留意秋山去了哪里,也没有留意到什么时候上来一个老夫人。他听见翠香对老夫人说小姐头痛,就知道了那不过是戏里的一个病小姐。

小姐说:"儿的头痛得很。"

老夫人说:"这楼上风大,同娘下楼去睡。"

小姐突然浑身一软,倒在了戏台上。

戏台外面的两个人跑了上来,秋山从一张桌子下面爬了出来,三个人手忙脚乱把小姐抬了下去。大家才明白过来,那不是戏,而是戏子昏倒了。

包松堂好像要站起来,却又坐下了。汪碧鸾站起来,指着戏台喊起来:"什么草台班子,一个折子戏都演不下来!上回是她,这回又是她!"

"坐下!"包松堂的声音不大,但全场都听到了。"你给我坐下!"

汪碧鸾不坐,声音却小了一些:"上回给老人送终,这回又要干什么?谁安排的?"

包松亭站起来:"我!"

汪碧鸾掉过头去,却没有说出话来。

"大嫂。"包松亭说,"你总要允许我给大哥送一份寿礼吧!"

汪碧鸾掉回头来,说:"亲自安排戏子出场,这礼数大呢!"

包松堂对包松亭说:"这算什么礼!"

戏台早就空了,闹台锣鼓一直响个不停。包松亭那嗓门已经变成戏腔了:"这场戏演过了,我就等着她来做我的小嫂子了!"

汪碧鸾说:"你们敢!"

包松亭不再看戏,离开了。

天井里看戏的人都看到了那一折戏。包松堂掏出手枪,那样子要朝天上开一枪。好多人都捂上了耳朵,枪声没有响起来,包松堂的话却听见了:"过两天,寿宴加婚宴!"

汪碧鸾冷笑一声,下场了。

两个姨太太一直躲在后排,都把座椅向前一挪,一左一右偎到了包松堂两边。

包松堂把手枪收起来,重重地拍了两下手:"演,接着演!"

众人转向戏台,闹台锣鼓就停了。翠香扶老夫人上了台,秋山在众目睽睽之下重新钻到了桌子下面。

翠香说:"我们小姐过一会儿就会好的。"

老夫人说:"多嘴!"

6

雷高汉并没有看包厢那一折戏,那些话还是都听见了。他要回自己屋里去,却一连走过了几个天井。结果,他发现自己上了城墙。城墙上也没有一丝儿风,满天的星星快要把他的脑袋挤爆了。

梅云娥看见他了吗？就算看见了，还认得他吗？

还有，翠香那句"我们小姐过一会儿就会好的"，是戏词，还是顺口报个平安？老夫人那个"多嘴"，是戏词，还是大角色对小角色的训斥？

还有，那包厢里演的戏，是早就编排好了的，还是临时发生的呢？

最要紧的，梅云娥去了哪里？

他就是什么都知道了，又能怎么样呢？

他摸了一把城墙，然后砸了一拳城墙。他知道，他那拳头，都抵不了一个鸡蛋。他的眼里包起了泪水，星星就像满天糨糊。不知过了多久，星星又眨起眼睛来了。

天上好像有一个人，也眨了一下眼睛。

算一算，包企鹤去世已经六年。他要是还在，可能就是另一折戏了。

戏台那儿的锣鼓又热闹起来，另一折戏大概已经开演。城墙上却又上来两个乘凉的人。

包志默和他的太太虞婉芬哼着戏文走过来。他借着星光认出了雷高汉，问："没看戏？"

"苦戏，不想看。"

"何苦之有？"

雷高汉能听懂他那话。包志默平时待他不错，说话却常常让他云里雾里，所以他还是能躲就躲。

虞婉芬不看雷高汉，在包志默耳边说了一句什么。

"对，对对。"包志默轻轻拍一拍额头，"相思之苦。"

虞婉芬停下来不走，看起星星来。雷高汉就更不知该说什么了。

"你应该看下文。"包志默说，"苦尽甘来，有情人终成眷属。"

雷高汉有些急了："小姐又回来了？"

"什么？"

"那小姐，不是被抬下去了？"

"一听便知，你对此戏不熟。"包志默说，"那小姐虽不该倒地，但已经再无戏词，不过与丫头做做眉眼，就下场了……"

"你的意思是说，她演过火了？"

"非也非也。"包志默摇一摇头，"天气热过火了，晕厥之症，医生都奉以汤药了。"

雷高汉重重吁出一口气："都那样了，还怎么成眷属。"

"做戏，做戏也。"包志默说，"老夫人一言九鼎，岂能不成。"

雷高汉听到"老夫人"三个字，并没有去想死去的庄瑞贞，而是想到了活着的汪碧鸾。他朝包志默拱一拱手，从城墙上下去了。

那大概是他一生中最热的一天。他把一担水挑上肩之前都要喝一气凉水，到了夜里，他听见肚子里不时发出洪水的声音。他的一双脚也好像踩进了泥泞，每走一步都要拖一拖。活了二十八岁，他还不知道汤药什么味道,他不知道自己是不是也病了。

做戏,做戏也。

他最不擅长的就是做戏,却也硬着头皮做出了在各个天井查火的样子。他走进鸿鹄院,听见汪碧鸾正在骂人。他听了听,挨骂的是丫头翠香。汪碧鸾的声音很大,光那口气都能引起一场火灾。她说:"以后,你不能叫翠香了!"

雷高汉离开了那儿。戏散场了,他还没有梅云娥的半点消息。鸿祯塞好像成了一个庞大的迷宫,哪儿都是断头路。快半夜了,每一个天井里都响着蒲扇、篾扇和纸扇的声音,还有哗哗哗的水声。

第二天,雷高汉接着做戏。他说他中了暑,不能挑水了。再说,过两天就是包松堂寿辰,他也不能总把自己放在大门外面,天气到了那步田地,防火才是第一位的。不过,病这个东西,也容易装过了火。上午过去了一半,梅云娥的影子依然不见,他就脚软手软了。他摇摇晃晃走着,看见翠香迎面走过来。

"翠香!"

"汉子哥!"翠香说,"我改名字了,叫香草!"

"这名字多难听。"

翠香不高兴了:"太太取的,有什么不好?"

雷高汉故意说:"翠香这个名字都在戏里了,有什么不好?"

"你不懂。"翠香朝身后看看,"就为那戏才改的。"

"说到戏,喂,戏里那小姐怎么样啦?"

"听说喝了几碗中药,好啦!"

"今天晚上又可以登台啦？"

"她就要做姨太太了，还登什么台。"

雷高汉也朝身后看看。

翠香接着说："先在下面大院里养两天，到时候轿子抬上来呢。"

雷高汉暗暗叫一声苦。他没有去大院内井挑水，已经把戏做苦了。

翠香说："又有糖吃了呢。"

"太太，她同意？"

"汉子哥！"翠香转身就走，"今天哪来这么多话！"

"翠香……"

"香草。"翠香回头一笑，"以后喊我香草，丁香草！"

7

包松堂六十寿辰那天，兵丁差不多把鸿祯塞包围起来，包家大院也加派了枪。喜鹊一大早就叫起来，客人跟着陆陆续续到来，包松亭在大门口迎客，那副派头就像是他纳妾一样。

雷高汉的苦戏弄假成真，他说话的力气都没有了。但是，他不能躺下，还要跑前跑后张罗水往哪儿挑，并且还要暗中防着达官贵人们的烟火。主要的是，他要让梅云娥进来的时候看见自己。他在客人中没有看见辛绍俭，也没有看见辛惜德。还好，客人里没有孩子，要不还得安排专人防乱丢鞭炮。

包家大院里的鞭炮一响起来，鸿祯塞就听见了。当年轿子把包松月抬上来时，也是那个阵仗。隔了几年，抬上来的可是一个大活人。包松堂本来是要分一个步骤来走的，先让太太知道他已经把那戏人儿看上了，接下来再看菜吃饭，或者临阵磨枪。但是，出了意外，太太跳起来反对了。那好，他就要大张旗鼓做出来给人看一看。有从自家老宅里娶小老婆的吗？就算没有，又有什么关系呢？规矩，不都是人弄出来的吗？

花轿在鞭炮和唢呐声中一路上来，新娘在大门外面就下了轿。

雷高汉一个人站在戏台上，那儿是他查火的关键部位。他可怜地跟自己打了一个赌，梅云娥从眼前走过去时，会回头看他一眼。

梅云娥走过来了。

她穿一条玫红色旗袍，却走得一点不慢。一年过去，她给出的是已经长高的背影，还有一份特别的清凉。戏班里的两个女子跟在后面，单从三个人身后看过去，也能看出那是一出苦戏。

眼看雷高汉就要赌输了，梅云娥掉转头，向戏台看了一眼。那或许是她对戏台的留恋，但是，那也是一份默契，一个约定。

雷高汉浑身一振。他站在戏台中央，而戏台在鸿祯塞中央。那会儿，他才是鸿祯塞的主角。

他听见自己心里吼了一声："威武！"

那是吼班的声音。

但是，他唱的是独角戏，他那是给自己当了一回吼班。

"威武！"

在那两个跟班也回头时，在看热闹的人都回头时，他挺直了腰板。

他不能一直站在那儿，他也不想立即向下走。他向望哨楼爬去，那好像也是一个约定。

望哨楼高出戏楼三层，是鸿祯塞的制高点。那宝塔形木楼到了顶部，只有一张八仙桌大小。那里面平时不会有人，而那一回，头天夜里就派家丁望哨了。家丁包贵安是教雷高汉练枪的师傅，他正寂寞着，见了雷高汉话比汗水还多。

"你不在下面看热闹，上来干什么？"

"查火。"雷高汉说，"你抽烟没有？"

包贵安问："你这个水官，怎么管起火来了？"

"水火一家。"

"你这什么文化。"包贵安说，"我只听说过水火不容，它们什么时候成一家了？"

"只要把火管好了，就不会麻烦水了。"

包贵安大概觉得跟他说不清，换个话题说："这望哨楼，修高了。"

雷高汉站在外面的环形走道上，说："站得高，看得远。古人说，欲穷千里目，更上一层楼。"

包贵安从瞭望口盯着雷高汉，说："汉子，你有文化啊！你也应该配个才子佳人！"

那两句诗不知有几个人当着雷高汉的面念过,他早就捡了揣起了,但要是再来一句,他可就要露马脚了。他不能一爬上来就下去,沿着环形走道慢悠悠看了一圈。八个天井都在眼下,大都摆放着客人的轿子和滑竿,有些零乱。那抬新娘的大花轿格外显眼,正好就放在他居住的鸿达院。他没有寻见那旗袍的影子,却很快就在远处寻到了自家从前那草房的位置。他把目光收回来,看见山窝里水井边上排着长长的队伍,而通往鸿祯塞的石梯上那些挑水工,他一个也认不清。

他望一望天上,太阳立即刺花了眼睛。他问包贵安:"你刚才说这楼修高了,什么意思?"

包贵安说:"你们在下面都看饱了。我好歹望见一个背影,还是个远的……"

雷高汉问:"什么?"

"新娘子啊!西施啊!"

"你这是望哨呢,还是望人呢?"

"望哨,不就是望人吗?你看下面那些等水的人,也让我望着……"

"望他们干什么?"

"好日子,闹出个乱子就不好了。"

雷高汉又望了望那些挑水工,还是一个人也认不出来。

包贵安说:"这鬼天气,你要叫我去抢个什么娘子,我宁愿找个地方乘凉呢!"

雷高汉往下走的时候，寿宴加婚宴要开席了。他听见一个女人在大声喊他，好像是催他入席。他有一点着急，高个子在逼仄的空间里怎么也摆布不开，脑袋不知在哪儿碰了一下，他差点从楼梯上栽下去。

8

一连四十二天，雷高汉都没有见到梅云娥。每过完一天，他就用一根钉子在屋角的石头地上划一条线。不知是钉子划秃了，还是下手越来越重了，那线条都有些变粗了。第四十二条线划下那天，夜里下暴雨了。

旱象终于要结束了，可后果已经令人绝望。都什么时节了，除了塘堰，除了常年的水田，水不是要收而是要放，哪有谷子一打过就收水插秧的呢？

雷高汉那两块田也一样，大春已经颗粒无收。他那一张嘴只要能够糊上，那两个租户家里只要不饿死人，就感谢天老爷的大恩大德了。还要怎样呢？

暴雨一来，他就戴上雨帽，提上马灯，到各个天井去查看。鸿祯塞里的雨水一年四季都没有放，只有收。每个天井的四只角都张着一张小嘴，把雨水喝进地下的大肚子。他所做的工作，不过是在雨水到来时，保证那每一张小嘴都要贪婪地张开着。他不用担心蓄水池是否盛得下，多余的水自会顺着溢洪道流淌出去。

突然，女人唱戏的声音在雨声中传了过来："知何日能修成大罗金仙。"

那是一句川剧高腔。雷高汉向那个天井快步走过去，水花从脚下溅起来，就像一条溪。

一阵雷声滚过，第二句又起来了："困水府只觉得度日如年。"

那个梯形的天井，叫鸿雁院。一间屋子亮着灯，门窗都打开着。一个人影闪闪烁烁，没错，那就是梅云娥。

可是，高腔只有两句，就不再唱。

梅云娥站到了门边，抬头看雨。

雨帽遮住了雷高汉的头，但他没有理由把马灯对着自己的脸举起来。他走到一个下水口，做样子弯腰看了看。那儿发出了一头牛喝水的声音，好像已经渴了四十二天。然后，他直起腰，去查看在天井一角那一口障眼法的旱井。他知道，北塞的真正入口就在鸿雁院，在梅云娥住的那间屋子侧面的杂物间里。他从梅云娥面前向另一个下水口走过去的时候，听见默念过千遍万遍的那个声音说："是你。"

那声音混在了雷声中，就像大雨中的一丝小雨。

雷高汉迟疑一下才回过头，那门已经关了一半。接下来，那门关上了，那窗也关上了。

那么大的雨，雷高汉却听清了那两句戏词。他大致能明白那是什么意思。他知道，梅云娥出了狼窝，又入虎口。

谁都知道梅云娥是被逼迫的。

听说，戏班班主差点让包松堂一枪毙了。

梅云娥长时间不见影子，是因为包松堂寿辰一过就带她外出了，一个月过去了才回来。听说她回来时又中暑了。鸿雁院里还住着包松堂三个少爷各自的小妾。三个女人年龄都比梅云娥大，却都是少爷们上心的美人。一个天井住着四个美人，对别的男人来说自然就是禁区。

雨夜见过一面之后，雷高汉要想再见到梅云娥，要么等她走出来，要么他自己上城墙去。梅云娥一般都会把门窗打开，要么在窗内看树，要么在门口看天，好像从来都不朝城墙上看。城墙上总是有人，对她来说，那都是陌生人。

一个阴天的上午，雷高汉上了城墙。他才走了一小段，脚就被粘住了。

梅云娥正在后花园里教虞婉芬唱川剧。包志默守在一旁，那样子就像想帮腔却帮不上。

梅树开花还早，却飞来了一只鸟儿。

梅云娥唱起来："花枝隐隐隔窗棂，几度照人成孤另。"

虞婉芬跟唱。那只鸟儿跟唱不来，好像要飞的样子。

梅云娥又唱起来："但愿东君常管领，谁向高楼弄笛音？"

虞婉芬跟唱。那只鸟突然飞走了。

梅云娥和虞婉芬一起唱："这凄凉叫人难忍……"

雷高汉在一根木柱后面听呆了，站着一动不动。

第四章

突然，梅云娥抬头向城墙望过来，一眼就看见了他，笑了一下。

雷高汉身子一晃，脑袋碰到了木柱上。他不再躲闪，从木柱后面站了出来。但刚才他狼狈的样子显然让梅云娥看见了，并且把人家羞着了。他也像那只鸟儿一样，扑棱一声飞走了。

9

中秋快要到了，每个天井里都浸满了桂花的香气。

香草变了名字以后，身条也跟着变高挑了。她那慌慌张张的身影到处乱窜，好像每个天井里的桂花各有各的香气，她要一一闻过。

月亮早早出来，雷高汉又要上城墙去，香草把他堵在了石阶上。他不吭声，也不退回去，香草就退着上了顶，然后转身走在前面。他却朝着相反的方向走。香草绕了一圈，还是迎面把他拦住了。

"躲什么？"香草说，"汉子哥，你不能见死不救！"

雷高汉吓了一跳，说："等着，我回去拿枪。"

香草却扑哧一声笑出来。

"你到底怎么了？"

香草说起了汪碧鸾，却是大家都知道的，也就是反对包松堂纳那个妾。汪碧鸾成天拿她当出气筒，回娘家去过中秋节都没有带上她。

月亮还没有圆。雷高汉说:"这不好吗?等月亮圆过了,人家心情说不定就好了。"

香草说起话来,天上一句地下一句。她又说汪碧鸾真是了不得,不费什么力气就把梅云娥的身世查清了。雷高汉装出不感兴趣的样子,她看了几眼月亮就再也沉不住气,一五一十说了。

梅云娥的身世才是一出苦戏。她出生在嘉陵江边另一个小县城,爷爷是清末秀才。她母亲出生在商家,姿色出众,一连生了三个女儿,她是最小的一个。她父亲本来是一块读书的料,却太喜欢赌钱,在她爷爷过世之后更是肆无忌惮。她九岁那年,她父亲不知招惹了一个什么人,哪知道那个人和土匪是暗通的,结果,她家遭土匪洗劫一空,连房子都一把火烧了。她父亲死于非命,她大姐也被土匪掳走。她母亲把两个女儿丢回娘家,什么也没说扭头就走,一天以后尸体从嘉陵江打捞上来。她有两个舅舅,大舅经商,二舅就是长庆乐戏班班主。大舅收养了她二姐,二舅收养了她。

香草小声说着,月亮越来越暗,最后钻进了云里,人站在对面都看不清。雷高汉只管让泪水流了下来。

汪碧鸾知道,辜惜德直接从戏台上抢走了梅云娥,接下来又让包松堂换了手。汪碧鸾还知道,两年多时间里,梅云娥还登台唱戏,但包松堂想把她什么时候接走就什么时候接走。要是包松堂不把她带回家来,也就罢了,问题是梅云娥来了。

月亮又钻出来的时候,雷高汉脸上的泪水已经干了。

第四章

香草说:"听说,她死活不干,是老爷答应为他们家报仇她才从了的。"

"那土匪是谁?"

"李傲物。"

谁都知道,李傲物是那几个县最大的土匪。

"汉子哥,我跟你一说话,心里就好受多啦!"

两个人站的地方,看不见梅云娥住的地方。雷高汉又不声不响往前走了,香草跟上来,突然说:"我愿意为你去死,汉子哥,你信不信?"

香草说完就跑了,雷高汉却呆在了那儿。他是第一次知道,那个小姑娘对他也有那个心思。一条暗道让他黑了几年,一张小镜子让他焐了几年,一折戏又让他苦了几年,结果却是入了那苦戏,恐怕出不来了。香草要是再对他说那样冒失的话,他就得好好地把话说明白,不能把人家耽误了。那几年里,那么多人给他牵过红线,他为了做做样子把女方都见了,好几个都是因为话没有说明白,结果让人家误会了。

中秋那天,包松堂带回来两个穿长衫的客人,还有几个兵。天黑了,大家都在等月亮,雷高汉又上了城墙。包松堂住的鸿福院点了很多灯笼,天井中央摆了两张八仙桌,上面摆了月饼。包松堂和客人喝着茶说着话,包松亭和几个本家保长甲长作陪。包松堂的声音很大,他说的是写字画画的事,两个客人说了什么听不清。雷高汉正要往前走,突然看见梅云娥从包松堂的屋里走出来。

包松堂旁边的椅子空着，梅云娥走过去坐下来。

城墙上火星一闪，一个端枪的兵走过来，问："你是谁？"

雷高汉说："把你那烟灭了！"

那杆枪收了，火星却又一闪。

"我是为你好。"雷高汉说，"子弹那个眼睛，说不定正盯着烟火呢。还有，你以为这儿都是石头，燃不起来啊！"

"听你的口气，比总指挥还大。"

"我是总指挥的妹夫，比总指挥大吗？"

那兵连忙把烟灭了，然后用讨好的口气问："你说，今天晚上会有月亮吗？"

"我不管天。"雷高汉说，"兄弟，你的眼睛要望地下，望外面。"

月亮看来是不会出来了。再说，雷高汉哪有心思看月亮。他把那一大段弧形走完了，才从另一边看见了梅云娥。除了包松堂，一群男人都在朝她鼓掌。

包松亭的大嗓门说："唱一段《摘红梅》吧！"

梅云娥显然不愿意唱，但她说了什么听不清。

那些人却还是不停地鼓掌。

包松堂摆摆手，大声说："她咳嗽，我来替她唱吧。"

掌声更响了。包松亭一边鼓掌，一边用嘴敲锣打鼓。

包松堂站起来，匀了匀气，一腔唱起来："日来风雨不消停，且喜今朝得初晴。听两个黄莺相叫应，早被它唤起春心……"

"好！"一个长衫说，"总指挥比得上那钱塘名士！"

包松亭停了他的肉锣鼓，也一腔唱起来："上墙围，墙外折花枝，偏遇护花人！"

"咳嗽。"另一个长衫扭头对梅云娥说，"该你咳嗽了！"

梅云娥一连咳嗽几声。然后，她朝雷高汉这边望了一眼，又像在望月亮。

10

川北的冬天难得见到一场雪。雷高汉却是一入冬就梦见了雪，比他来到板桥湾时那雪还要大。他在梦里回到了草房，推开柴门，看见灶前有一个女人的身影在闪动。灶火映亮了一张俊俏的脸，还有一身粗布衣裳。他想叫一声，却一时忘记了女人的名字，一急就醒了过来，却听见自己已经喊出了声："梅云娥……"

雷高汉来到鸿祯塞已经十六个年头，他都快满三十五岁了。日本已经投降，包松堂在汪碧鸾面前也有了一些退让，梅云娥大多数时间不住在鸿祯塞，雷高汉和梅云娥就是在梦里也说不上话。天还要过一会儿才亮，雷高汉就上了城墙。石头散发着一股潮气，寒风从瞭望口和射击孔刮进来，好像一个个方正的大拳头轮番击打着他的头。

梅云娥在头天回来了。雷高汉打耳边风听包松亭说，包松堂去成都开会了。

太阳出来了,两个天井都不见梅云娥的影子。

每个天井都有厨房,归各个独立的小家小户。包松堂对梅云娥的吃饭问题做了格外的安排,让伙房给她开了小灶,然后送到她的住处。太阳已经竹竿高了,仍不见有人送饭。

雷高汉去伙房吃过早饭,又被鲁金奎叫住了。不用问,那小子又要给他做媒了。果然,罗红玉又为他相中一个。

人一辈子,总会有一个人来做他的受气包。鲁金奎就是雷高汉的受气包。雷高汉对谁都客气,唯独对鲁金奎从来不客气。这倒不是因为那一头牛,或者因为红玉,鲁金奎就欠雷高汉多少。那是鲁金奎的命,他到人世上来好像有一项专门的任务,就是受雷高汉的气。没说的,他愿意。

雷高汉对鲁金奎说:"你回去对罗红玉说,我记得还欠她两个馒头。我欠她的,不是她欠我的!"

那受气包却一点不窝囊,反倒还端着厨师的架子。鲁金奎说:"你一直打光棍,我想起自己在一边快活,都是罪过。"

"亏你还认得几个字。"雷高汉说,"我结过一次婚,怎么还叫打光棍!"

当然,雷高汉那也是端架子的。每一年,每一月,每一天,他都需要来面对一个问题。他一再地拒绝,都让人家香草愤怒地长成一个大姑娘了。他盲目地等待,那么,他究竟想要的是一个什么结果呢?

他和梅云娥不是有约定吗?他们总得说几句话吧。

第四章

但是，一等再等，老天捉弄，就是说不上话。

那天夜里，整个鸿祯塞都睡下了，天井里的树在寒风中说着梦话。那时而淅淅沥沥时而呼呼啦啦的声音，好像水在流淌，又好像火在燃烧。雷高汉从床上爬起来，昏头昏脑出了门，都顾不上看一眼那些树的暗影。

他发现自己朝戏台走了过去。

他上了戏台。他不用看脚下，也知道每一步该怎么走，所以楼梯没有发出一点声响。

他自己也是刚刚知道，他是来向梅云娥告别的。他可不是要演什么戏给谁看。他要把那些话在戏台上悄悄说出来，事情或许就过去了。

他看见戏台中央有一个人影。他差不多同时看见，天上有一弯月亮。

他一眼就认出来，那是梅云娥。

那一弯月亮是模糊的。风到了戏台这儿就变小了，吹不动梅云娥的长大衣，甚至也吹不起她的长发。

雷高汉轻轻咳嗽一声。

梅云娥没有回头："我看见你了。"

雷高汉小声问："你还认得我吗？"

梅云娥的声音小得不能再小："神兵天降，救小女子于水火，没齿不忘。"

雷高汉能听懂，却不知道那是戏词，还是实话。

梅云娥转过身来:"你叫什么?"

七年了,她连他的名字都不知道。他说:"雷高汉,他们叫我汉子。"

梅云娥好一阵不说话,好像要把那个名字记下来。她问:"你是家丁?"

"我是水官。"雷高汉说,"保证生活用水和灭火用水。没水了,起火了,我都得到场。"

"那你还是个火官。"梅云娥说,"我没说错,你救人于水火。"

雷高汉站着没动,梅云娥也一直站着没动,好像一动就是戏了。梅云娥声音也一直那样小,好像一大就成高腔了。

"我看见你,常常出现在城墙上……"

雷高汉立即结巴了:"我那是在查看,万一,哪儿有烟火……"

梅云娥说:"那个雨夜,我就认出你了。"

"我以为你把我忘了。"雷高汉说,"当时在那客栈里,我把你的手解开以后,你为什么不自己解开脚?"

"救人救到底。"

雷高汉换了一个站的姿势,说:"这么晚了,你别着凉。"

"你是想问,这么晚了,我为什么在这儿吧?"

雷高汉不吭声。

"我来跟自己说说话。"

第四章

雷高汉就像第一次上戏台，戏词却被人抢了。

梅云娥说："几年了，我都没有像今天晚上这样，说这么多话。"

"跟你自己？"

梅云娥想了想说："也算。"

天上那一弯月亮，好像更模糊了。

梅云娥突然问："头顶上这楼，叫望哨楼吧？"

"是。"

"危楼高百尺，手可摘星辰……"

"欲穷千里目，更上一层楼。"雷高汉说，"我也是来跟自己说话的。"

"那好，你慢慢说，我走了。"

梅云娥从戏台上消失了。雷高汉也没有听见她下楼的声音。寒风把一片树叶吹上了戏台，拍打在他的脸上，他知道那不是梦。但是，他发现，自己在梦里梦外说了不知多少遍的话，一句也没有说出来。

11

包松堂带回来一个消息，他在成都见到了包松年。兄弟三人走的不是一条道，包松年在春节前要回来祭奠父亲母亲。包松亭对雷高汉转述大哥的话说："松年知道有你这个人呢。"

雷高汉很难见上包松堂一面了。梅云娥倒是在各个天井里随意走动，听说汪碧鸾对她的态度已经起了变化。再过一天就是元宵节了，包松年的影子也不见。

包企鹤去世以后就没有在元宵节放过烟花了，包松亭做主要大放特放一回。正月十四，雷高汉跟着包松亭跑来跑去布置防火。每年这个日子，他都会特别地想念养父养母。夜深了，他提上一瓶酒上了望哨楼，那儿没什么特殊情况不会安排人望哨。他站在环形走道上，朝着草房的方向，也就是养父养母坟地的方向，拜了三拜。月亮已经圆了，他把酒倾倒一些下去，然后喝下一口。一会儿，他身上就热了起来，风吹到脸上都暖洋洋的。他扶着栏杆，好像要飞起来。

突然，他看见梅云娥上了戏台，一闪就不见了。

他没有什么酒量，他想他可能已经醉了。

轻悄悄的脚步声上来了。

一张桃片，喂进了他的嘴里。一丝香气，顺着走道绕了一圈，溜到了他的心上。

他抬头看天上，月亮晃眼。他低头看地下，月色晃眼。

他不敢扭头去看。他知道，梅云娥更加晃眼。

那个声音还是那样小："我早就看见你了。"

"下面，也会有人，看见我们……"

身后只有衣裳的窸窣声，突然有了一声轻喊："雷高汉！"

雷高汉回过头，瞭望口好像有亮光在闪动，却看不见人在

第四章

哪儿。

"汉子……"

雷高汉在环形走道上绕了两圈。他做出望哨的架势,先侦察了一遍四周,然后把酒瓶放在门口,进了那扇小门。

梅云娥穿得很单薄,雷高汉把颤抖立即传染给了她。她说:"我冷……"

雷高汉靠在一个瞭望口上。他那样子,就像要同时堵住那四个风口。

"我冷我冷我冷……"

雷高汉身上却像更热了。他脱了一件衣裳,正要递过去,却看见梅云娥也开始脱大衣了。尽管光线暗淡,他也能认出大衣是黑色的。他还能认出,那一片打开的月光,是女人的肌肤。他牵起了那一片黑色,包住了那一片月光。然后,他抱住了那一轮热乎乎的月亮。

"别怕,别怕。"梅云娥的头发在他的耳边绕来绕去,"这儿,就是你的洞房……"

月亮热乎乎地出来了。下面戏台上响起了锣鼓,一声比一声嘹亮。

最终,一声高腔唱起来。

"呀!汉子……"

雷高汉哭了。

"咿呀……"

雷高汉抹了一把泪水,又有泪水冒了出来。他说:"你可能不信,我这还是第一次……"

"信。"梅云娥又把一张桃片喂进他嘴里,"怎么不信?"

喉咙让桃片噎了一下,雷高汉哽咽着说:"我妈在世时对我说,我娶的媳妇要盖过板桥湾……"

"我不是你的媳妇。"

雷高汉好像没有听见,只管说:"现在,不知要盖过多少个县了……"

梅云娥说:"我已经被抢过两次了,你救过我一次……"

"不是我。"雷高汉止住了哭,"不是我要救你。"

"只有你,是真心要救我的。"梅云娥说,"你的每一句话,每一个动作,我都记得。"

雷高汉舒一口气:"当时,有人对我说,老太太在世时,做主为我们订下了亲事……"

"那是戏词,你也当真。"

雷高汉想说他也知道戏都是假的,但他把已到嘴边的话咽了回去。

梅云娥说:"我也对一句戏词当了真。"

雷高汉想,她大概说的是包松堂承诺为她家复仇的事。

梅云娥说:"你知道,我不配做你的媳妇。"

雷高汉说:"你只要愿意,我就是死,也愿意!"

"我大概比你更清楚,要是出了事,我们可能都得死。"

"我会替你去死!"

"我们都不要死,都要好好活着。"

说完,梅云娥先下了楼。雷高汉站在高处,看着她就像从一台大戏里走出来,在月光中穿过两个天井。她住的那间屋子看不见,开门的声音也听不见。

雷高汉寻到那一瓶酒,一仰脖子喝了一半。他忘了告诉梅云娥,那天是他的生日。

脚下还是半夜,头顶却已经是黎明了。

12

元宵节晚上,烟花放了大约半个小时,几十里外的人都看到了。包松堂赶回来看了烟花,第二天一早就带上梅云娥走了。梅云娥从正在清扫烟花屑的雷高汉面前走过,就像不认识他一样。

雷高汉一直盼着梅云娥回来。在将近十个月时间里,他就像长了十岁。

国内又打仗了。包松堂要是上了前线,他就要和自己的兄弟包松年干上了。

冬天的一个下午,梅云娥突然回到了鸿祯塞。她是滑竿抬回来的,但那一回和往回不同,那滑竿走得格外小心。她下了地,谁都能看出来,她就要生孩子了。

包松堂也一同回来了。他六十岁以后有了这件喜事,却像打了败仗一样。他和包松亭说起当时的内战,不是摇头就是叹气。他把梅云娥托付给包松亭,吃过晚饭连夜走了。

第二天夜里,梅云娥的屋里着了火。雷高汉的心已经悬了一天一夜,他飞跑过去,包松亭却先到了。火已经让伺候梅云娥的女人用水浇灭。蚊帐被烧掉了一半,一个红色皮箱被烧坏了一只角。包松亭问明了是梅云娥点灯不慎,却长篇大论地给雷高汉上起了防火课。但是,他看出了梅云娥的烦躁,就住了嘴。

汪碧鸾也到了。她问都没问就责怪起了雷高汉,最后说:"要是有个什么闪失,不等总指挥回来,我就能一枪敲了你,你信不信?"

雷高汉不能在那儿久留。他离开的时候,梅云娥呆呆地看着他。那双会说话的眼睛,不知有什么话要对他说。

在接下来的一天里,雷高汉希望见到香草。他并不指望香草能帮他什么,只盼着从她那儿得到一个让人心安的消息。可是,鸿禛塞里见不到香草的影子。

第三天下午,梅云娥生下一个女儿。

那会儿,雷高汉正在去县城的路上。汪碧鸾给她大姐写了一封信,让雷高汉送过去。那信封并没有封上,他几次把那信纸掏出来,就像他已经能够认出那两行字一样。突然,那剩下一半的蚊帐好像又燃烧起来,眼前亮光一闪。

那一定是梅云娥故意点燃了蚊帐。梅云娥知道,只有火警才能让他到场。那么,梅云娥要对他说的话,比救火还要急。

第四章

夕阳在那一片古柏的顶上燃烧。他立即转过身，撒腿就往回跑。

突然，身后响起了枪声。子弹一直在后面追，他却把它们越抛越远。夜晚来了，天上只有几颗星星，他脚下好像长了眼睛，到了鸿祯塞外面才停下来。

大门已经紧闭，他进不去了。

后来，他怎么也回想不起来，他是如何在夜色中摸索到了暗道出口的。他好像听见了一声轻柔的呼唤，从那暗道里长长地传送出来，让那一蓬七里香发出了索索的颤抖。

他知道暗道的所有机关，包括出口。任何人都不可能从那儿进去，却没人知道他可以除外。他对暗道内部了如指掌，没有走错一步路。所幸的是，北塞那个入口就在梅云娥住的屋子隔壁，那上面却胡乱堆着杂物，他费了很大的劲，才把它弄开了。

他还是迟了一步。

他听见门外一连三声枪响。

鸿雁院的灯笼没有点上，但他在木格窗里看见，梅云娥的屋门开着。他借着那屋内的灯光，看见门口站着一个人，端着一杆枪。他已经认出来，那个人是家丁包贵安。

"放下枪！"

雷高汉喊了一声，他都没有听出来那是自己的声音。他扑了上去，不等包贵安转过身来，就夺下了他的枪。

"土匪！"包贵安抱头就跑，"土匪……"

雷高汉丢下枪，扑进那间屋子。

梅云娥已经中弹，死死搂着孩子。她的眼睛还睁着，好像认出了雷高汉，就松了手，用剩下的一口气吐出几个字："快救孩子……"

鸿鹄院那边也响起了枪声。

梅云娥闭上眼睛的时候，手里掉出了一张手帕。

雷高汉和孩子一起哭起来。孩子的哭声越来越大，好像在催雷高汉快走。他拾起那张手帕，孩子就不哭了。他抱着孩子刚出了门，就听见有人吆喝着跑过来。他来不及抓起地上的枪，闯进那个杂物间，一脚踢上了门。

雷高汉抱着孩子下了暗道，走了一段，脚突然踢到了石头，差点跌一跤。他摸到了那个救过他命的石头，在上面坐下来，不停地叫着梅云娥的名字。那手帕一直紧紧攥在手上，他把它揣进了贴身的衣兜。他脱下自己身上的新棉袄，用它裹好了孩子。没错，那是一个女孩。

暗道里空气不畅，雷高汉不敢让孩子在那儿久留。他知道，包贵安是汪碧鸾的心腹，那家伙是要把大人和孩子一起杀掉。他抱着孩子，一边哭一边向前走。他还没有走到出口就想好了，先把孩子送到他的佃户杨二武家。他知道，杨二武的女人李慧莲刚坐完月子，有奶。

第四章

13

地上下霜了。已经是后半夜,天上有一轮雪白的月亮,小路藏进了冬霜和月色的惨白里。雷高汉回过头,鸿祯塞已经从山丘上消失。他好像才从噩梦中醒过来,梅云娥真不在了。

孩子一声不吭,他低头嗅了嗅,还有鼻息,以及一点奶腥。他想借一点月光辨认一下孩子的小脸,可是什么也看不清。

"你是梅云娥的女儿……"

他害怕冻着了孩子,抱紧一下。他又怕伤着了孩子,抱松一下。

"你也是我的女儿……"

他说完这句话,听见孩子咂了一下嘴。那微弱的声音,就像一滴雨,却好像要引来一声雷。

梅云娥的孩子,也就是他的孩子。

杨二武和李慧莲都起来了。他们的孩子也被吵醒,哭起来。

雷高汉说:"我遇到了土匪,捡了个孩子……"

两件事,哪一件都把杨二武吓着了。

李慧莲把孩子接了过去,背过身,但很快就转过身来。她说:"孩子都不吃奶了,是不是已经没了?"

雷高汉用哭腔说:"你不管用什么办法,都要把她救活,一年的租子全免!"

"东家。"杨二武说,"你遇到土匪,捡回一条命,已经够了。你何必还要多捡回一条命,这年月……"

雷高汉说:"好年月,快了……"

"活啦!"李慧莲小声叫起来,"吃啦!哎哟,吃啦吃啦……"

孩子又有了哭声,但就像已经懂事一样,只叫了几声。

雷高汉不能久留,丢下几句话就走了。其实也就一句话,无论如何不能把孩子丢了,他随时都会来领。他没走几步又转回来,再添上一句,如果有人问起,就说那是他们自己捡来的孩子。

天都蒙蒙亮了,雷高汉才回到了鸿祯塞大门外面。他已经耗尽了全身力气,加上没有了棉袄,浑身一直抖个不停。他不停地打门,却已经喊不出来。城墙上的家丁终于认出了他,头一缩不见了。

大门突然打开,几杆枪朝他举起来。

两个家丁搜了他的身。还好,他们主要是搜枪,没有搜出那张手帕。然后,他们一左一右架起他的胳膊,一直往里走。他的胳膊不那么冷了,背心却冰凉刺骨,因为两杆枪在后面指着他。

包松堂已经赶了回来,好像一夜之间老了几岁。包松亭见了雷高汉,把他全身上上下下看了一遍,问:"你的棉袄呢?"

雷高汉问:"有吃的吗?"

包松亭接着问:"昨天你去哪里了?"

雷高汉从裤兜里掏出了那封信。

包松堂和包松亭都看了那两行字,然后,包松堂把那封信揣到

第四章

了自己身上。他们问明白了,雷高汉在送信途中走热了,刚脱了棉袄坐下要歇一会儿,就遭了土匪袭击。他来不及拿上棉袄就开跑,幸亏他腿长跑得快。却又跑错了方向,加起来已经走了一天一夜的路。

"那信,还要送不?"

"送命呢。"包松亭朝他挥挥手,"回去睡个觉,不要乱跑!"

雷高汉回到屋里,先把自己焐进被窝,连忙掏出那张手帕。那是一张白手帕,上面用红线绣满了字,没有血。他把手帕小心地塞进了棉被,他知道,那已经是他的命。他找出往年的旧棉袄穿上,喝了一盏开水。他的屋里有两盒桃片,他只吃了两片。他听见了鞭炮声,哪有什么睡意,就出了门。

他很快就知道了头天夜里发生的一切。家丁包贵安和包文明对包家财大势大不满,早就和土匪暗中勾结。头天夜里,他们把土匪放进了鸿祯塞,打死了梅云娥,还把她刚刚生下的孩子丢下了旱井。包贵安见土匪杀了人就跑了,先下手为强打死包文明,以为能杀人灭口。汪碧鸾和包贵安同时朝对方开了枪,都中弹身亡。鸿雁院内其他家眷都去鸿运院打麻将了,幸免于难。

包文明,就是修暗道的那个石匠。

五条命没了,那一场丧事却办得匆忙而潦草。孩子被土匪丢下了旱井,因为旱井太深,所以,天还没亮就有人往里面倒泥土。那两个该死的家丁一大早就被抬走了。梅云娥不能像汪碧鸾一样埋进祖坟那风水宝地,当天就装棺抬了出去,埋在了黑松林。

那天,雷高汉去灵堂烧了一炷香,然后从上午一直昏睡到天黑。他醒过来的第一件事,就是把手伸进被盖,把那手帕掏出来。木匣,抽屉,木箱,都不保险。他要把手帕藏在一个更加隐秘的地方。他刚刚钻进床底下,枪声就在窗外响起来。子弹一颗接一颗射进来,床上的棉被发出了"噗噗噗"的声音。

枪声终于停下来。他隐约听见一个人跑开去的声音。

他从床底下爬出来的时候,一个弹壳在石头地面上小心翼翼地后退着,发出了一串儿响声。

他站起来,点上了灯。

他没有等来那最后一枪。

鸿达院内不见一个人。雷高汉从墙上摘下那杆枪,提在手上出了门。他看见包松堂和包松亭在一处,旁边有两个持枪的陌生人东张西望。他们看见他提着枪直端端走过去,一齐举枪对准他。

包松堂和包松亭一齐转过身,看着他。

雷高汉双手捧起了枪,说:"这杆枪跟我十几年了,我没有往里面装过一颗子弹,没有放过一枪。但是,它刚才在墙上发疯了,不知朝我开了多少枪。"

包松亭伸出一只手,把枪抓了过去。旁边那两杆枪就放了下来。

包松堂问包松亭:"他什么时候变得这么阴阳怪气了?"

包松亭说:"恐怕刚才他真挨了黑枪,吓傻了!"

第四章

包松堂问雷高汉:"那你怎么没死呢?"

雷高汉站直了说:"我不该死!"

包松堂问:"那你说说,谁该死?"

雷高汉说:"我说了不算!"

包松堂问:"阎王爷说了,算不算?"

雷高汉说:"我不认识阎王爷。"

"还有真不怕死的。"包松堂咧了咧嘴,"从前,我怎么没有看出他是一个有胆子的人呢?"

包松亭说:"这是让枪打出一个胆子来了。"

"没死就好。"包松堂对包松亭说,"你过去看看,到底怎么回事!"

包松亭替雷高汉拿着那一杆枪,两个人一起到了鸿达院。包松亭在门口一看,就说:"这是一出苦肉计。"

雷高汉看过苦肉计那场戏,问:"我开枪打自己的棉被?"

"说说吧,你为什么要演这一出?"

"我梦见有子弹了!"

"大哥没说错,你变了一个人!"

包松亭要把枪还给雷高汉,说:"你要是觉得住这儿不安全,换个屋子吧。"

雷高汉不要枪,说:"我想换回原来的日子,种地。"

包松亭就像怕冷一样,把枪抱在怀里。他说:"你这是看到包家要失势了,就要溜了。"

"死几个人,就失势了?"

"前线天天都在死人。"包松亭说,"你大概也知道,包松年那一边,得势了……"

"我不是扛枪打仗的料。"雷高汉说,"我种地是一把好手!"

14

雷高汉没有离开鸿祯塞。

那一阵乱枪可能是要灭他的口,但除了暗道,他并不知道包家什么秘密。他和梅云娥的私情可能已经暴露,好汉做事好汉当,就是坠石沉河、剥皮抽筋他都没有二话,还用得着把半路打埋伏、夜里打冷枪那些手段都用上来吗?

他不会换一间屋子,更不会逃跑。

夜里,他闩了门,熄了灯,然后,把自己那长长的身子塞进床的下面。他在石头地上躺下来,差不多又回到了从前的石头床上。他那不是要在夜里躲子弹,他知道,枪子儿真想要他的命,躲在哪儿都一样。

要不是到床底下去藏那张手帕,他可能就没命了。就是说,那张手帕,真是他一条命。

他修了一条暗道,那不是他的阴曹地府,那是他开掘的一条生路。那条生路,让他在危急时刻救出了一个孩子,却没能救出他心爱的女人。

孩子却又丢了。

他把孩子送到杨二武家第三天,夜深了,他又出了鸿祯塞。汪碧鸾已经下葬,大门已经没人看守。天黑得像锅底一样,他好半天才敲开了杨二武家的门。屋里没有点灯,李慧莲出来了。

"杨二哥呢?"

"不在家。"李慧莲的口气不同往常,"我一个女人在家,你这半夜三更黑灯瞎火的,敲个门怪吓人的。"

"孩子呢?"

"你这问的是我的孩子,还是你的孩子?"

"那不是我的孩子。"雷高汉有点急了,"那是我捡的孩子。"

"我和二哥还说呢。"李慧莲一点不急,"你去鸿祯塞不知多少年了,还和人家小姐成了亲,怎么现在还光杆一条,捡个孩子来养呢?你这个条件,就是现在娶一个,都不算晚……"

雷高汉听见了一声咳嗽。还好,杨二武在家。雷高汉顾不上生李慧莲的气,说:"杨二哥,你把孩子抱出来。今年那租,我知道该怎么来减。"

杨二武小声说:"对不住啊,孩子已经不在这儿了……"

雷高汉差点没有站稳。

杨二武说:"我们倒不是怕自家受连累,主要是怕对你不好,就把那孩子送走了。"

李慧莲说:"等于你没捡。"

雷高汉嘴里冒出一股寒气:"送哪儿了?"

"东家。"杨二武说,"你还不知道,这天要变了么?我们都听说包家出事了,你还跟着他们跑吗?"

"我巴不得,这天现在就亮了呢。"雷高汉说,"孩子送谁了?什么时候送的?"

李慧莲的口气缓和下来:"你原来那个家门口,那棵海棠下面。"

"前天天不亮送那儿的。"杨二武补充说,"你抱来的时候什么样子,还什么样子,送出去前喂够了奶。"

雷高汉浑身像下了霜,冷冰冰地站着。杨二武和李慧莲以为他走了,关上了门。他能摸黑过来,却再不能摸黑回去。天开了亮口,他没走多长一段路,就看到了那棵海棠。那是他在柳家的时候讨回来的,栽的时候还是一棵苗,不想已经长成一棵树了。

不用说,两天过去,那儿只剩下那棵没开花的海棠了。

屋基上那一堆墙土一直没有摊平,上面种满了白菜。包万长已经过世,他的儿子包喜泉对雷高汉说过种菜的事。他家离那棵海棠最近,雷高汉到了门上,包喜泉一见他就说:"汉子大哥,你是来寻孩子的吧?"

雷高汉小声问:"看见了?"

"桂花!"包喜泉扭头朝屋里喊,"乔桂花!"

雷高汉认识包喜泉的女人,不是这个名字。他问:"换啦?"

第四章

"跑啦!"包喜泉说,"嫌我穷!"

乔桂花好一阵才出来,却比跑了的那一个年轻漂亮,肚子都大了。

雷高汉鼻子就酸了。两个佃户过的日子,都比他不知强了多少。

乔桂花快人快语:"哥,你就是在外面和人家大姑娘有了种,也不能往树下面放啊!天底下哪见过一棵树把孩子养大的?"

包喜泉吼起来:"说你看见的!"

乔桂花立即老实了,说:"前天上午,我看见两个叫花子把孩子抱走了。孩子没哭,不知道是不是还活着。那一男一女,明显是两口子……"

"只要是人,抱走了就好……"

雷高汉丢下这句话,就往回走。太阳已经出来,那棵海棠好像刚淋过雨,湿漉漉的。他明知道看不见鸿祯塞,却还是朝那个方向望了望。他还得回到那儿去。他感受到了冬天早晨特有的清新气息,海棠,白菜,还有霜。他吸了吸鼻子,好像还有奶腥。

太阳竹竿高的时候,雷高汉在黑松林里找到了梅云娥的坟。那儿是一个朝着东方的小土台,让几棵松树围了一半,在石板路上看不见。冬天的阳光从松枝间漏下来,斑斑点点地洒在那小得可怜的坟堆上,雷高汉伸出双臂抱住坟头,哭了一阵。然后,他靠着一棵松树,在一片阳光里坐下来,闭上了眼睛。他听见自己不停地说:"对不起对不起对不起……"

那一片阳光都移走了,他才站起来,说:"我要找到孩子,一定!"

黑松林外面的阳光暖和多了。雷高汉进了鸿祯塞,走到戏台那儿,碰到了鲁金奎。

鲁金奎问:"昨天晚上你又不在。"

"怎么是又不在?"

"我敲门那么久,你怎么不答应一声?"

"我怕挨枪子儿。"雷高汉说,"谁知道是你!"

"我的声音你都听不出来?"

"半夜里的人,都像鬼。"

鲁金奎说:"今天晚上,鬼还去敲门。"

15

敲门声响起来,鲁金奎来了。

雷高汉从床底下爬起来,开了门。

鲁金奎拿来了腊肉、香肠和豆腐干,还有一瓶酒。他说:"汪碧鸾死了,我看你比死了妈还难过,饭也不吃,菜也不吃……"

"拿走拿走。"雷高汉立即就发了火,"你要庆祝,摆到戏台上去!"

鲁金奎在桌子上把酒菜摆好,坐下来说:"这可是人家乡长让我送来的。你不吃,我一个人也吃不下。"

"还省长呢。"雷高汉说,"他什么时候关心过我的伙食?"

鲁金奎的话一半是真。包松亭正忙着做好人,叫他给雷高汉送点吃食来是真的,但他来感谢雷高汉也是真的。那天晚上,他想来雷高汉屋里躲一躲,幸好屋里没人,要不他一进来就没命了。

雷高汉坐下来,看着鲁金奎说:"你的话,我怎么听不懂?"

"前几天晚上,你这屋里不是挨枪了吗?你以为那是打你的?"

接下来,鲁金奎对雷高汉说,汪碧鸾和包贵安拿枪对射,包贵安在咽气之前说了一句话。还好,鲁金奎那天一直在伙房,与枪杀事件无关,但包松堂还是不愿意放过他。

雷高汉问:"包贵安说什么了?"

"鲁金奎是共产党。"

"你是?"

鲁金奎不点头也不摇头:"那家伙,死前还想拉一个垫背的。"

雷高汉说:"你死前也想拉一个垫背的。"

鲁金奎给雷高汉敬一杯酒,说:"你上辈子可能欠我的。"

雷高汉没端酒杯:"人家怎么又把你放过了呢?"

"包家兄弟翻脸了。"鲁金奎说,"一个说你一辈子只知道打打杀杀,一个说你一辈子只知道吃吃喝喝……"

"一个话,你半天也没说清。"

鲁金奎一点不生气。他干脆吃肉喝酒,等了等才说:"包松亭说,要杀你到外面杀去,这鸿祯塞里经不起杀了。"

雷高汉想说那天晚上他在屋里,不过没听见敲门,但可能越说越远,就算了。

"包松堂搬走了。"鲁金奎说,"一个联防总指挥,太太和小妾一齐被杀,还搭上一个孩子。他不杀几个人,哪消得了他心头那个恨……"

"我还没弄明白。"雷高汉自斟自饮一杯,"究竟是谁要杀谁呢?"

"大概是纸快包不住火了吧。"鲁金奎说,"包贵安把土匪放进来,汪碧鸾正好借刀杀人。"

雷高汉听出来了,鲁金奎一点真相都不知道,以为真来了土匪。他问:"汪碧鸾先开枪?"

"她先打死了包文明。"鲁金奎说,"我当年不是说,修暗道的人大都活不成吗?"

"谁杀了梅云娥?"

"土匪啊!"鲁金奎说,"那孩子也是土匪丢到井里去的。"

"谁看见了?"

"包贵安啊!他一边跑一边喊,土匪,土匪……"

雷高汉说:"这要与包家结多大个仇,才会干这样的事。"

"我还真以为汪碧鸾能使双枪呢。"鲁金奎说,"结果,包贵安只一枪就要了她的命。"

"包松堂知道真相?"

第四章

"包松亭知道。"

"什么意思?"

"他或许会顾着他大哥的脸面,把账都记在了土匪头上,一了百了。"

"对了。"雷高汉说,"香草哪里去了?"

"我也奇怪呢。"鲁金奎说,"今天才听说,她家里前不久出了大事,回家去了。"

"什么事?"

"那只有你去问她了。"

雷高汉跟鲁金奎碰了一下杯,吃了腊肉吃香肠,吃了香肠吃豆腐干。又说了一阵,他总算听明白了,鲁金奎是为暗道来的。他说:"你去找那个木匠……"

"别以为我不知道,木匠死三年了。"

"我就是知道,也不能说。"雷高汉说,"谁把我从柳家拉扯出来?那个话我说不来,但那个理我是懂的。就说暗道吧,人家雇你辛辛苦苦修出来,到头来,几句话就让你给卖了,要都那样,这天底下还有个靠得住的人吗?"

鲁金奎酒喝多了,摇摇晃晃走了。他留下一句醉话:"要是有什么人拿这儿做据点,在这儿占山为王,那时候你要是还不配合,可能就由不得你了!"

雷高汉后来才知道,鲁金奎当天夜里就离开了鸿祯塞。

春节过后,鸿祯塞里连家丁都散尽了,那些公子哥儿也开始往包家大院搬了。雷高汉也不能再那样睡下去,他从床下搬回到了床上。

春天的一个下午,雷高汉正帮着包志默和虞婉芬提东西,还没走到大门口,虞婉芬不知为什么不愿意搬了。包志默立即顺从了她,让雷高汉把东西放回原处。雷高汉提着东西走到戏台那儿,听见戏台上喊了一声:"兄弟!"

雷高汉抬头一望,原来是包松亭。

"兄弟,上来!"

雷高汉大声说:"等我把这东西放回去!"

"你让他们自己搬,他们又不是没手!"

雷高汉把那东西放回原先的屋里,看见了一只眼熟的皮箱。皮箱是红色的,一只角有火烧过的痕迹。他跑着去见包松亭的时候,心里还在咚咚咚跳着。

半路上,他却又让包志卓叫住了:"汉子,你跑什么?快来帮我一把!"

雷高汉说:"你爹叫我呢!"

包志卓问:"他叫你干什么?"

雷高汉故意听错,说:"他叫我兄弟!"

包志卓翻一翻眼皮:"我没听错吧?"

雷高汉一边走一边说:"那就是我听错了。"

包志卓说:"你还为那水的事,记我的仇啊?"

雷高汉口干,什么也不想说,只想喝水。

第四章

"汉子。"包松亭见了雷高汉,一脸苦笑。"你看,我都喊不动你了。总有一天,你会知道,我对你有救命之恩。"

雷高汉说:"你亲自牵着牛到柳家去,我就把那一份恩情记下了。"

包松亭想说什么,却又把话咽了回去,只摇了摇头。

他们第一次见面,就在那戏台上。多年过去,戏台半新不旧,包松亭却已经老了。他的头发白了那么多,嗓门也不再像从前那样洪亮。他说:"帮工都快走光了。你是自家人,你在这里住一辈子都行。"

雷高汉说:"我现在就是想搬出去,也没个窝。"

包松亭帮他算了算账,结果是,他的积蓄修一套大瓦房绰绰有余。他听出来,包松亭这是在向他表白包家对他的恩德,并没有赶他走的意思。包松亭说:"你现在还是一个光杆司令,那要怪你自己,这山望见那山高。你还是找个女人成个家要紧。"

"现在不是说这个话的时候。"

包松亭一声叹息:"现在看来,暗道算是做了无用功。天要灭你,哪条道都走不通。"

雷高汉朝下面看了看,天井里空空荡荡。

第五章 天井

1

汉子大爷讲到了梅云娥,我就很少插话,不想打断他关于青春的回忆。但是,我还是不断用表情告诉他,我为他捏着一把汗,无奈或者焦虑,愤怒或者悲伤。

结果,梅云娥死于一场突如其来的谋杀,一段进退失据的情缘刚刚开头就结束了。第二年夏天,包松堂从一条船上下来时遭遇伏击,浮尸嘉陵江。过了不到半月,包松亭在鸿祯塞酗酒身亡。

一年以后,一个土匪小头目在一次剿匪战役中被活捉。据他交代,辜惜德两次出巨资买通了土匪头子李傲物,李傲物亲率匪徒在岸上设伏,乱枪打死了包松堂。

辜绍俭和辜惜德父子作恶多端,被执行枪决。

我忍不住在纸上问:"李傲物呢?梅云娥的大姐呢?"

汉子大爷说:"那都是后话。"

我不能跟他较真。鸿祯塞那场血案的幕后策划者到底是谁,大概也还要等"后话"来说。他和梅云娥的私情究竟暴露没有?还有,包松堂是不是真相信那孩子在旱井里?更重要的,那孩子的父亲到底是谁?

我并没有把这些问题立即批发出去。

他和梅云娥从相见到永别,前后十一年,在一起的时间加起来却不到一小时。七十年过去了,他当然知道,这或许是他最后一次全面盘点那一场悲剧,唯有慢下来,才有可能在笔记的帮助下,不漏掉一针一线。他曾经是一个微不足道的"水官",但是,他现在是他自己的"史官",记忆已经拿不准的,他干脆不说。

"不管怎么说,是我害死了梅云娥。"

他说完这句话,脸上那些小山丘凝固不动,那表情让我心里一颤。我写道:"梅云娥不一定同意您这个说法。"

"地上的归地上,地下的归地下。"

我不大明白这句话的意思。我耐心地等着"后话",包括那张手帕。但是,有些问题若滑过去,就不一定有机会再追回来。我写道:"梅云娥当时并没有死,有这个可能吗?"

我刚让他看过这句话,就后悔了。但是,我看出来,他并没有觉得这是一个冒犯。他说:"我当时也想,她怎么会死呢?"

"她还埋在那儿吗?"

他看着那张纸,好像不认识那一行字。他朝我摆了摆手,想说什么没说出来。他埋下头,又朝我摆了摆手。

我赶紧写道:"不说,不说。"

过了一阵,他抬起头来,说了一段话。

他说,他们永别以后,他做过那么多梦,可是没有哪一个梦里有梅云娥。他说,他为了让梅云娥到梦里来,在白天里拼命地想她,却依然是日有所思夜无所梦。他说,一辈子快过完了,梅云娥才终于到他梦里来了。

我在纸上问:"什么时候?"

他说,就是油菜花开的时候,我来这儿前几天。他说,他先听见喜鹊叫,接着就听见那好听的声音到了门外。他说,他把门打开,雪白的月亮变成了血红的太阳,他一急就喊了起来。

"喊什么?"

他学起了梦里的喊声:"我又听得见了!我看不见你!"

他一喊,梅云娥就现身了。那是一个独立的天井,他从三楼上看下去,梅云娥还是被他从客栈里救出来时那样小。他轻飘飘跳到了梅云娥面前,听见那个低弱的声音说,你让我好等,你看,都把你等老了!他说,我想去看你,可是路都变了。梅云娥说,以后你要见我,不要按那呼叫铃,你每天夜里朝着四面八方喊我的名字,声音不要太大,我听得见,我就来领你去见我。说完,梅云娥就不见了,血红的太阳又变成了雪白的月亮……

我在纸上问:"您喊了?"

"喊了。"

"但是,您喊错了,是吧?"

"没错。"

"您好像喊的是另外一个名字。"

"没错。"

我已经发现,他有时候会犯这种糊涂。我写道:"结果呢?"

"白喊了。"

"就不喊了?"

"不喊了。"他说,"我自己都听不见,她怎么能听得见呢?"

2

我想再去一趟鸿祯塞,但每一天都骄阳似火。我又在网上查阅它的资料,航拍的一幅全景图让我看了很久。从空中看下去,八个天井是大小不一的格子,只有四个是方正的。那些从望哨楼上俯拍的图片,却没有一幅让我看到全景,也没有让我特别留意到天井形状的不规则。面对这个特别的建筑体,我说不准从哪一个角度去看更真实,不过,那些略微变形的东西,往往让我觉得更加可靠。

尽管汉子大爷上次对我的文字提了一些意见,但总体来说他还是满意的。他已经表示,作品完成之前他不再看,以免影响我的创作进度。我尊重他的意见,但头天下午对谈,次日上午写作,这样的节奏并不是让我心里十分有底。所以,我准备选一章请温寒露看一看。

我已经觉察出来,这一老一少有一个心照不宣的秘密。或者,他们之间早已经没有秘密,他们甚至可能就是亲人,只不过在外人面前略加掩饰而已。

"不看。"温寒露说,"我正看《狗年月》。"

我知道,她已经网购了君特·格拉斯的好几本小说。我说:"你主要是审查一下,看看写你那部分怎么样?"

"我怎么还在里面?"

我却没有让她看《玻璃屋》,而是把《暗道》发给了她。我并不想让她过早地知道,她也是这部作品的重要角色。她一看就知道上了当,却还是很快就看完了。

晚上,我们又在老地方坐下来,石桌上摆着两杯咖啡。我都快把一杯咖啡喝完了,她那杯还没有动。我以轻松的口气说:"写这一章时,没喝咖啡。"

她问:"这都是老祖宗亲口讲的?"

"是。"我说,"都是。"

"包松亭和人喝酒,汪碧鸾和庄瑞贞说话,他都在场?"

"他没在场。"我说,"但是,什么话都能从包松亭那张嘴里出来。"

"和小镜子睡觉,也是他亲口说的?"

"这是他率真的地方。"

她终于呷了一口咖啡。我原打算先听听她的意见,接下来就把《戏台》发给她,却只好打消了那个念头。我听见她说:"我还不知道，那暗道主要出自他之手。"

"他说，那不过是一个无用功。"

她说："十年前那场地震，让鸿祯塞地上有了塌陷，结果发现是暗道造成的。听说，开初打算趁机开发暗道，接下来才知道，那比重新挖一条暗道还要费事，只好把入口堵死。"

"水井呢？"

"那两口水井都干涸了，和那口旱井一样了。"

"这些，汉子大爷都知道？"

她点点头。

"暗道出口在哪儿，他说过？"

"他说在黑松林里，被什么荆棘遮掩着。"她说，"八十年过去了，那荆棘还会在吗？再说，听说大炼钢铁的时候，青山变黄山，一把火把黑松林烧光了，在哪儿去找那荆棘？"

我想把"荆棘"纠正一下，还是以汉子大爷亲口对我说的七里香为准。转念一想，反正不在了，都一样。

她说："后来，黑松林开荒种了粮食。那地挂在山丘上，这里的人就给它取了个名字，叫大字报地。"

我问："你知道，大字报是什么？"

"你别考我，你还不是没见过。"

我觉得跑题了，说："就是说，现在那黑松林是后来恢复的？"

她说："退耕还林。"

3

一天午休过后,我向汉子大爷问起了翠香。

他问:"不按顺序说了?"

我写道:"打个尖吧。"

这是我从他那儿学来的四川方言。打个尖,就是正餐前吃一点小菜。

"翠香,她可不是小菜。换个人如何?"

我写道:"您想说谁就说谁。"

"那就说柳鸣凤吧。"他说,"不过,她也不是什么小菜。"

就这样,话题跳到了他四十一岁那年。金庆春依然杳无音讯,柳鸣凤回到板桥湾娘家居住了。在斗争大会上,柳鸣凤冲上前去揭发雷高汉在旧社会带人把她丈夫金庆春抓了壮丁。

他说:"我就是有一百张嘴说不是那回事,也不会有人听,干脆不吭声了。"

"当时,您不是当着她的面说柴房里没有人吗?"

"她说,我那句话是点水。"

"点水?"

"拿袍哥的话说,就是暗示。"

他当时只有一个念想,就是有一天金庆春突然回来了。他说:"我相信,他不会忘记我对他说的那句话。我今天都还记得,我对他说,这一轮抓得凶,你出去躲躲吧!"

第五章

"他要是不认那个账呢?"

"他说他的,我等我的。"他说,"人一辈子,其实都在等。"

我一连点了几个头。

"少等老,老等来世。"

我让话题从纸上折返回来:"他要是恩将仇报,您就太冤了。"

"他只要活着回来,我就不冤。"

我用笔在空中画了一个问号。

他说:"那天,我要是不把那布告贴颠倒了,包松亭就不会定下先拿那会识字的,说不定,金庆春可能真会逃过那一轮。"

我想对他写一句话,但觉得写什么都轻飘飘的,就把他的茶杯双手端给了他。然后,我写道:"干脆,说说您当年挨斗的事?"

"好啊!"他喝一口茶,"对我来说,不管是二两五,还是一斤半,都不过是打个尖。"

我以为他没有看清我写的字,就让他重新看了一遍。

他把右手攥成拳头,举起来说:"这就是二两五,砸烂狗头。"

我右手拿着笔,然后把左手攥成拳头举起来。

"哪边都算。"他坐着,把两只脚先后抬起来。"这就是一斤半,踏上去,永世不得翻身。"

"为什么拿吃饭来打比方?"

他好像睡着了，好一阵才睁开眼睛，看了纸片以后笑起来："我要对得起饱饭这个好名字。"

"恐怕不止二两五和一斤半吧。"

"弯腰是家常便饭。"

我重新论斤论两："就没有个一斤四？"

"有啊！"他说，"比如杨二武，他往往做出一斤八的架势，却只踢出八两。"

我写道："柳鸣凤怀恨，杨二武怀旧。"

他的嗓音有些枯涩，又喝了一口茶。他说："人一辈子，到了最后，怀恨也成了怀旧。"

我赶紧把这句话记下来。

他说："就算有恨，也会旧的。"

我把这句话也记下来，然后把一杯茶喝了一半。我写道："您是为那个富农帽子挨斗的吗？"

"帽子管总。"他说，"还有，剥削阶级的狗腿子，反动阶级的孝子贤孙……"

我把笔交给左手，甩了甩右手。

"人家想不斗你都不行，谁叫你长那样一个高个子呢？"

他这话的意思是，高个子具有斗争的观赏性，尤其是在弯腰的时候。笔又回到右手，写道："您为包松月挨斗，总不能说不冤。"

"明媒正娶。"他说，"她就是提前死了，也是我老婆。"

我一时没了要写的话。

他说:"鲁金奎骂过我傻,你可能也会说我傻。不傻,又该怎样为自己辩解?我说我连包松月的面都没有见过,算不上包家女婿?那不外乎是给自己多戴一顶帽子。"

"哪一顶?"

"光棍。"他说,"那个年代,在乡下,一个光棍,和地主富农一样让人看不起。"

我换个话题:"当年,鸿祯塞真有七十多个家丁?"

"你看的是原来的资料吧?你想想,天井总共才有八个,要是家丁有七十多个,差不多每个天井就有十个家丁了。"

"那么,到底有多少人?"

"不上二十个。"他说,"他们不光放哨,担水扫地那些杂活也要干一些。"

"您算不算家丁?"

"我不能算。"他笑起来,"我是个官,水官。"

我也笑了。

他说:"批斗我的时候,说我是鸿祯塞管水的,我认,我管蓄水池和水井是事实。但说我是鸿祯塞管火的,打死我也不认!"

"您不就是管火的吗?"

他说:"我要是承认了自己是管火的,那罪名可就大了。什么是管火?就是管总,说话管用。那至少也得是个管家才算。当时,鸿祯塞管火的是哪个?先是包企鹤,后是包松堂!"

我看了看墙上的钟，又提了一个问题："后来，鸿祯塞里住进了几户人？"

"十户。"他说，"一户雇农，四户贫农，一户下中农，两户中农，一户小土地出租，一户富农。"

我翻了翻笔记本，写道："我查来的资料是，一户雇农，四户贫农，三户下中农，一户中农，一户富农。"

"这个我用不着查笔记，我就是那一户富农。"

我修改了笔记本上的记录，那些被叫作成分的名词术语却是早已存档，永远也改不了了。我写道："你们是如何分配到那些天井里的？"

"嗬嗬嗬嗬！"他笑了，"我说了，我不管火！"

我跟着笑了笑："你们是什么时候搬出去的？为什么要搬？"

"1960年。"他说，"鸿祯塞需要腾出来做粮站。"

我算了算，写道："前前后后，您在鸿祯塞里住了二十八年。"

"前十九年，后九年。"他说，"感谢包惭凫！"

"包惭凫是谁？"

"就是包企鹤。"他说，"惭凫，是他的字。"

第五章

第六章 望哨楼

1

后来，谁都知道了，当初给雷高汉划那个富农成分是有争议的。有人说，雷高汉是个好人，他是逃荒到板桥湾的，对身为贫苦农民的养父养母有情有义，为了替他们还债才被迫进了鸿祯塞，其实就是那里的一个长工，是被包氏家族长期剥削的一个对象。但有人说，雷高汉拥有几亩田是事实，做过包家女婿也是事实，不给他划个地主已经便宜他了。结果，后一种意见占了上风。

原先住在鸿祯塞里的人，只有雷高汉一个人留了下来。他还住在原先那间屋子里，并且多分了一间灶房。他分到的田地也比原先那两块田近便一些。他并不在意戴上了富农的帽子，他一人吃饱全家不饿，没有人会跟着他受气。再说，鲁金奎已经当上了板桥湾村民兵队长，明里暗里都护着他。

但是，他已经把一个孩子连累了。

白天不是干活就是开会，由不得他多想什么。夜深了，一切都会安静下来，他就开始想梅云娥，还有她的孩子。他并不知道，杨二武和李慧莲当时要是不把孩子送出去，他自己又会怎么办。他敢让他和梅云娥的私情公开吗？还有，他有把孩子带大的条件和能耐吗？

夏天快要过完了，他在夜里越想越热，就在床上坐起来，趁着打蚊子，朝自己脸上一连扇了三个耳光。他听见门外立即就有了动静。他跳下床，从木格窗往外望，一个人影在月光里一闪就不见了。他没有认出是谁，但他知道，那不是小偷。

没错，他已经被监视上了。

板桥湾村的批斗大会有时在包家大院戏台上开，更多时候是在鸿祯塞戏台上开。前一天，批斗会在鸿祯塞开过了，雷高汉却在戏台上不走。鲁金奎板着脸说："怎么，挨批斗还有瘾了？"

雷高汉说："下回批斗我的时候，能不能不要让我和包家的人站在一起？"

"稀奇事。"鲁金奎说，"说说看。"

"我和他们并不是一家人……"

鲁金奎说："挨批斗居然讨价还价，这在全国恐怕都找不出第二个。你当着包家的人不好交代，你害怕他们翻天是不是？"

"哪有那个意思。"

"站端！"鲁金奎大声说，"批斗你几回啦？一个暗道，一个枪，你交代了多少？"

第六章

"你怎么还说暗道?"雷高汉说,"我都说了,暗道不过是包家做了个无用功,聋子的耳朵……"

鲁金奎突然低声说:"你能不能把你那狗头放低一点?你让本队长把脖子都望酸了。"

雷高汉埋下了头:"暗道,只有包文明才说得清……"

"包文明死了,死无对证。"

"那暗道就是说清了,又有什么用?"

鲁金奎立即恢复了他的音量:"交代枪的事!"

"我再说一遍。"雷高汉说,"我那杆枪,从来没有装过子弹,最后让包松亭收走了……"

鲁金奎说:"今后就批斗这个,重点批斗这个!"

"你还讲不讲理啦?"

"枪不是都没了吗?你还怕擦枪走火啊?"

"一想起枪,我就难受。"

"你要舒服,那还叫个批斗?"

"但你也不能叫我两头都不舒服。"

"哪两头?"

"包家那几个和我站在一起的人,还有枪。"

"舒服的倒有,就看你要不要。"

"什么?"

"你知道包志卓有两个漂亮女人,都闹着要改嫁,那个小的……"

雷高汉转身就走。

鲁金奎大喝一声:"站住!"

雷高汉站住了。

"你不是聋子吧?"鲁金奎说,"两件事,你都给我听好了。第一件,枪还要继续查下去,会有人天天盯着你。第二件,我刚才说的那个女人……"

"先把第二件事了结了吧。"雷高汉没有转身,"要那样,我成这鸿祯塞什么人了?光是那个辈分……"

鲁金奎只好站到雷高汉前面去,小声说:"什么时候了,你还惦记着你那了不得的辈分?我正好告诉你,正是因为不想人家老缠着包松月不放,我才让你重点说枪。"

"可是我没有藏枪。"雷高汉说,"我们最后做酒肉朋友那个晚上,你在我那屋里看见枪了吗?"

2

鸿祯塞住进了十户人家,九户的成分都比雷高汉好。他们大都相信雷高汉藏了一杆枪,没有谁能在夜里睡一个安稳觉。他们从前差不多都没有进过鸿祯塞,对雷高汉并不熟悉。一个年近四十岁的富农还没结婚,这已经让人不踏实了,再加上一杆不明不白的枪,怎么能叫人不防。他们一方面接受了任务,随时注意他的动向,另一方面,他们又有一个自己的布置,由一个贫农户主牵头,安排大家轮班望哨。谁都希望做一个积极分子,只要把那杆枪揪出来,解除了生命威胁不用说,那个表现更会格外引人注目。

表现,那个从前没怎么听过的词,突然间冒了出来。谁都需要挣表现,比挣钱更要紧。

那些,雷高汉其实是知道的。他们在哪儿偷听,他们在哪儿偷看,他们甚至连他去上厕所都不放过,他差不多都知道。包松亭要是还活着就好了。那个话多的人,最终还是没有管住他那张嘴,他为他大哥的死从早到晚喝酒,谁也把他劝不住。他要是不醉死,只需交代一句,那杆枪就清楚了。说起来,他还从包松堂手上救下了鲁金奎一条命呢。

那天晚上,雷高汉扇了自己三个耳光,惊飞了窗外一个人影,也打退了自己那点睡意。他索性爬起来,开门走出去,上了望哨楼。

天井里那些人影,好像正一齐把头仰起来,在看那一轮金黄的月亮。

望哨楼从前是向外和向下看的,那会儿却颠倒过来,很多双眼睛一齐向内和向上看。望哨楼低下了头,雷高汉也稀里糊涂跟着低下了头。他好像再一次看见,梅云娥从戏台里走出来,一边走一边向上望,突然间消失了。

凉风吹过来,他在环形走道上走了三圈,才找到那扇小门。门是半开着的,他轻轻推开,夜空叫了一声。他站在门口,看着月光从瞭望口照进去。他已经看清,他们用过的那张小桌,那只独凳,都没有了。

他没有进去,在外面轻轻把门拉过来。夜空又叫出了声:"咿呀……"

一只蚊虫在耳边哼哼着,好像是从月亮上飞下来的。雷高汉转过身,望了一阵夜空。然后,他磕磕碰碰下了楼,楼梯上发出了一个人栽下去的声响。

他回了屋,找出几年前剩下的那半瓶酒,一气喝干了。

大门在夜里已不再关闭。他从大门出去,醉意已经上来,才发现还是在夜里。月亮大得像白天一样,他的胆子也大得像小时候从戏班里逃跑时一样。

身后好像有人跟上来,他没有回头。就是跟上来一个团,他也不会回头。他也没有弯一点腰。他在戏台上挨批斗时是要弯腰的,要是把腰弯到那个程度来走夜路,遇见了鬼也会把人家吓一跳。不过,让路弯一点还是有必要的。他在转弯的时候看见,跟踪他的是两个人,胆小得快要紧贴成一个人了。他们猫着腰,就像随时准备对他下手的两个小偷。他知道走夜路的辛苦,就绕到了他从前的两块田那儿,在田埂上坐下来。

那两个人的腰一前一后打直了,一个是下中农一个是中农。他们大概没有想到会是那样一个场面,一时不知如何是好。

水稻才吐穗,雷高汉却闻到了大米的香气,还有酒的香气。他多年没做农活,却依然是一把好手,自己种的那水稻长势还要好些。他索性在田埂上仰面朝天躺下来,看了一会儿月亮。那里面好

第六章

像正在唱大戏,青蛙是地上的锣鼓和吼班。

"威武!"

他坐起来,喊了一声。

身边的青蛙住了嘴,远处的青蛙却照旧锣鼓喧天。那两个人一齐蹲在地上。

他又躺下来,闭上了眼睛。蛙声渐渐远去,戏台正从空中降下来。锣鼓打了一阵闹台也渐渐远去,戏台和唱腔却一齐到了头顶。一个女人刚"呀"一声,戏台就"呼"一声把他埋上了。他喊不出声,拼命去听那女人喊叫的是什么。

"快救孩子……"

他一急,一个鲤鱼打挺坐了起来。

那两个吼班却不见了踪影。

雷高汉揪下一个稻穗,轻轻抽打几下自己的脸。他没有醉,却好一阵才想起来那是在哪儿。他在半夜里睡到人家的田埂上,还做了一个梦。那一声喊叫还在耳边,好像是他亲生母亲的声音。他不愿意再去想自己的孤命,他已经在寻找孩子的途中,他不应该拐那个弯。他应该直奔孩子丢失的地方,然后对着月亮起誓,哪怕自己的命不要,他也一定要为梅云娥找到孩子。

他急于在夜里完成那个仪式,却是一开头就走了弯路。他用稻穗再狠狠抽打一下自己的脸,然后丢下稻穗,站起来。

那棵海棠已经在眼前了,月色突然像霜一样让他感到了寒意。他一回头,三个人影已经向他靠近了。

那两个跟踪他的人,已经就近把贫农包喜泉搬了出来。

"雷高汉!"中农急于挣表现,"半夜三更,你跑到这里来干什么?"

"雷高汉!"下中农也不愿落后,"说,你是怎么到这儿来的?"

雷高汉看着包喜泉,说:"我先回答谁的?"

包喜泉说:"不管回答谁的,老实交代就好。"

"我来看看这棵海棠。"雷高汉说,"它是我亲手栽的。我单身汉一个,晚上又睡不着……"

中农打断他说:"这树已经不是你的了,你想变天是不是?"

下中农说:"你还半夜三更去看你从前那田,躺在田埂上不起来!"

杨二武也被吵起来了。包喜泉看见了他,大声喊:"杨二武,过来!"

那两个人又争着挣表现,雷高汉才知道那两块田都分给了杨二武。等他们说够了,杨二武才说:"现在那是我家的田埂,他要是愿意天天晚上去睡,我也没意见。他是个好人,他那个成分其实是……"

"杨二武!"包喜泉高声打断他,"听听你这个觉悟!"

那两个人又争着说,雷高汉不是把枪藏在他原先的田里,就是藏在他亲手栽的海棠下面。杨二武仗着自己是雇农,对那两个人说:"我就指望今年能吃上一顿饱饭。你们要是敢坏我一颗口粮,

第六章

我全家搬到你们鸿祯塞去，吃了你家吃他家！"

说完，杨二武往回走，回屋了。

"我支持你们。"包喜泉对那两个人说，"这树今天是我家的，你们现在就去我家拿锄头，月亮这么大，连夜挖。细心一点，别伤了根，我等着它明年开一树好花呢！"

那两个人一直挖到天亮。雷高汉不能离开，包喜泉也在一旁看着。没有挖到枪，却正好往那挖开的坑里上一点肥。乔桂花一大早煮了早饭，对那两个人说："你们要是不吃，那我们不成剥削了？"

"听听。"包喜泉说，"这就是觉悟！"

3

又开春了，有人在鸿祯塞城墙内侧写下一条标语："打倒雷高漢！"

黑字和白字正四处扑腾，在墙上、门上或是石头上抢占位置。下中农家那个小伙子在外面写字回来，用剩下的石灰水写下那五个很大的白字，看见雷高汉从那儿路过，叫住他，指着标语对他一字一顿地说："我要打倒你！"

雷高汉说："你这五个字，见谁是谁。你要打倒我，就应该写，打倒雷高汉！"

小伙子忍不住笑起来："原来你不识字，白写了。"

雷高汉问："你写的就是那话？"

小伙子一边走开去一边说："你找个人来帮你认一认吧！"

雷高汉站在那一排和自己一样高大的白字面前，不断有人从他面前过来过去，一直等到刚结婚的一对新人一起过来。那小伙子显然想在女人面前露一手，一见那字就念起来："打倒雷高汉！"

雷高汉眼睛一热，低头走了。

接下来，他一天往那儿跑了好几趟。他的名字在墙上站着，他在地上站着，他真想把那三个字一个一个抱下地。他没有一个亲人，那三个字就是他的亲人，他们要在一起。

雷高汉认下了"雷""高""漢"三个字。

"漢"，好像一道闪电，点亮了另一道闪电。

那手帕上绣的第一个字，不会错，正是"漢"。

他已经相信，手帕是梅云娥写给他的信。

手帕缝在被盖里，哪怕是在夏天，那被盖也堆放在床上，睡觉时一伸手就能摸到它。那红线绣的字就像几排牙齿，一夜一夜轻咬着他的手。渐渐地，手就开始疼起来，十指连心地疼。

孩子要是还活着，整整四岁了，到处跑了，会喊人了。那两个叫花子，肯定不会心疼一个捡来的孩子，就像不会心疼一个买来的孩子一样。他想起自己自从有记忆起就不停地挨打，泪水就怎么也管不住了。他那湿漉漉的手不敢再摸那手帕，他得格外小心，他不能弄坏了那些字。

他反复数过，手帕上的字一共二十八个。最初只认识一个

"三",除去一个"漢",还有二十六个字他不认识。

他怎么才能把手帕上的字全都认下来呢?

事情本来很简单,找个识字的人帮着看一看,喝一口水或者吸一口烟的工夫就够了。但是,梅云娥并不知道雷高汉不识字,那些字可能个个都是闪电之后的炸雷,天知道它们会不会打到孩子头上呢?

雷高汉觉得只有一条安全的路可走,那就是他自己来一个一个认下那些字。盘算来盘算去,他觉得还是只有鲁金奎信得过。

鲁金奎却来找他了。

雷高汉正在挖地。他分到的地在包家大院旁边,站在地埂上能把望哨楼看全,往地里走就只看得见望哨楼一个顶。

鲁金奎站在地埂上问:"喂,你在鸿祯塞里当的那个叫什么官?"

"你又不是不知道。"

"你这个家伙,一直不老实接受审问。"

"水官。"

"那也算个官?"鲁金奎说,"我来给你说一个官,吓死你!"

"枪都没有把我吓死。"

"那枪,不查啦!"

"怎么不查啦?"

"你还没听说吧?"鲁金奎说,"包松年在外面当大官了!"

"包松年是谁?"雷高汉一锄头挖下去,"我不认识。"

"那可是你大舅哥!"

雷高汉拄着锄头问:"他不会当了县长吧?"

"说出来真吓死你。"鲁金奎说,"副省长,在东北哪个省就不清楚了。听说改了个名字,叫李松年!"

雷高汉说:"你听,人家都不姓包了,我还往包家凑那个热闹?他又不会叫你把队长让给我来当。"

鲁金奎咬着牙说:"我现在就揍你,你信不信?"

雷高汉说:"你想揍我,都不需要你动手。"

鲁金奎转身就走:"你等着。"

"别忙。"雷高汉叫住了鲁金奎,"帮我认两个字。"

"什么?"

雷高汉丢下锄头,跳到了地埂上。他蹲下来,用手指在地上费力地划出两个字,一个是"人",一个是"丁"。

"你疯啦?光天白日,民兵队长教一个富农认字?"

"从前,你不是教我认了个一二三四?"

"此一时彼一时。"鲁金奎说,"你为什么要认这两个字?"

雷高汉说:"我就是当了富农,也不能一辈子当个睁眼瞎,是不是?我也要捡几个字来学。这两个字看上去最简单,我要从简单的开始学。"

"哪儿捡的?"

"记不得了。"雷高汉说,"好像是从前抓壮丁的时候

第六章

捡的。"

"说起抓壮丁,柳鸣凤回到板桥湾了。"

"认字,认字。"

鲁金奎说:"我派个人去说说,把她给你盘进屋?"

"认字认字!"

"这个字是人。"鲁金奎说,"就是我们,人。好人坏人的人,阶级敌人的人!"

雷高汉蹲着看一下天,他只看到了望哨楼那个顶。

"这个字是丁,家丁的丁。对了,壮丁的丁也是它。"

雷高汉蹲着又看一下天,他还是只看到了望哨楼那个顶。

"字又没在天上,你看天干什么?"

"这是天大的学问。"

"你想人丁兴旺啊!"鲁金奎说,"女人都没一个,你怎么人丁兴旺?"

"我听不懂。"

"老实交代,你是不是山大无柴烧,树大无芽苞?"

"我还是听不懂。"

"就是说,一个女人上了你的床,你都拿人家没办法。"

"你看你。"雷高汉说,"请你教个字,你一教就教到床上去了。"

"那你怎么回事?"

雷高汉说:"这样说吧,耕田耙地,哪一样都难不倒我……"

鲁金奎却不爱听："包志卓那个小老婆已经改嫁了，就不说了。喂，我再问你一句，柳鸣凤怎么样？"

雷高汉回到了地里。鲁金奎真来了气，头也不回走了。

太阳很大。雷高汉用锄头在地里刨出一个"人"字，再用锄头刨出一个"丁"字。他心里有数，加上前面的"三"和"漢"，手帕上的字他已经认下了四个。那四个字并没有凑在一处，他想破脑袋也不能把它们拼出一个意思来。不过，他挖地有了新的路数，先一锄一锄挖出一撇，再换个方向，一锄一锄挖出一捺。他站在刚刚挖下的"人"字上，就像是刚刚从地里长出来的一个人。他没有笔，也没有纸，但他有锄头，还有地。他抬起头，看得见大半个望哨楼了。望哨楼上好像有一双眼睛，把他的一举一动都看到了。

4

雷高汉又从手帕上挑出两个字。他的办法是，先用指头在床上或是桌上一遍一遍划拉熟了，再找机会把它们认下来。

他能够见到的人，识字的并不少。但他知道，他要是去向住在鸿祯塞里那些人问字，等于是去向他们告密，富农雷高汉正偷偷摸摸学文化。他把那些识字的人在夜里想了一遍又一遍，就连柳鸣凤都想到了，结果除了鲁金奎，另外只排出来一个人。

那个人，就是地主包志默。

包志默除了外貌很像包松堂，其他方面都不像他父亲。他分到的房子就在他家老屋包家大院,而雷高汉要去包家大院旁边的地里干活,他们三天两头总会见面。

一天下午,雷高汉在苞谷地里早早薅完了草,一直等到天擦黑,才看见包志默和虞婉芬扛着锄头从远处的地里出来。他拖着锄头走过去,他们就停下来,并且赶紧把锄头从肩上放下来。

"你们怕我干什么?"雷高汉说,"我又不会批斗你们。"

"你也有资格批斗我们。"包志默把腰弯了弯,"你比我们成分轻……"

雷高汉赶紧蹲到地上,用柴棍写下"天"。他说:"我就想请你帮我认两个字。你先看看这个……"

包志默把腰再弯一点,但立即就打直了。他问:"你想变天?"

雷高汉差点跳起来。他小声说:"你只告诉我,它念什么。"

"天。"包志默抬头看一下天,"要下暴雨了……"

"你是说,这个字念天?"

包志默不点头也不摇头,又抬头看天。

雷高汉再用柴棍写下"女",说:"你再看看这个……"

包志默又把腰弯了弯,然后看看虞婉芬说:"这个字,不识也。"

"天暗,你没看清。"雷高汉站起来,"你再看看……"

虞婉芬已经走开。包志默赶紧跟了上去,两个黑影子粘在了一起。

大雨就要来了,雷高汉扛上锄头,在黑松林里向上爬。他从梅云娥的坟地附近路过一次,就等于又亲近一次,所以,他一般不会走另一边那道长长的石梯。天已黑定,他就像在暗道里一样,什么也看不见。他认字的路差不多断了,回家的路差不多也断了。雷声滚了过来,一条蛇从脚边溜了过去。他心里一慌,脚下一乱,结果发现自己离开了石板路。松树不停地碰着他的额头,想把他拦下来。他是在向上还是向下都摸索不出来,一道闪电拉亮一下,他还来不及看清方向却又灭了。几道闪电过后,大雨就垮了下来。他抱着一把锄头,索性靠着一棵松树坐下来。那大概是一棵大松树,开头还能为他挡掉一点雨,但不一会儿,雨水就从头顶泼下来,让他呼吸都困难了。他要不是想认下那两个字,早就躲过了那一场雨。每一个炸雷都变成了一个字,闪电轮番照亮他已经认下的十二个字,它们是"一二三四打倒雷高漢人丁天"。

不知过了多久,两颗火星在近处亮起来。

"哪个?"

那一声喊,就像一声炸雷。

雷高汉认出来那是两盏马灯。鲁金奎和包喜泉不停向他喊话,他才站了起来,答应了一声:"雷高汉!"

包喜泉问:"你怎么在这里?"

雷高汉看出来,他离石板路只有几步,就走过去说:"躲雨。"

鲁金奎和包喜泉都戴着雨帽。包喜泉刚当上民兵小组长,他们在鸿祯寨开完会,接下来只好在大雨中又开了一个会。要是遇上

第六章

一个贫农事情就简单了，一个富农却不能轻易放过。其实他们都清楚，雷高汉不会是借着大雨来挖枪或者金银财宝，不过他们不能什么也不问就放他走了。

"薅苞谷草？"包喜泉问，"不知道要下雨吗？"

鲁金奎问："你已经傻了吗？"

包喜泉说："要不是我们看见你，你说不定会让雷劈了！"

鲁金奎说："他这个情况，屋里还是要有一个女人才好！"

"好！"包喜泉说，"我让乔桂花找一找那些有点办法的女人，暗中发动一下，大家都出点力！"

他们的声音大得就像山洪一样，雷高汉没有插上嘴。最后，他们见他反正就像是刚从河里捞上来，只塞给他一盏马灯。那马灯是从一户下中农家里借的，他最好当晚就还回去。他知道包喜泉会把鲁金奎先送回去，真像傻了一样连一个谢字都没有说。

雨一直没有停。雷高汉用衣裳遮着马灯回到了鸿祯塞，先去了那户下中农家，他那样子把人家吓了一跳。他说了马灯的事，一家子都没人吭一声。那盏马灯好像给他壮胆了，他站在门口说："我想请你们认一个字。"

小伙子问："什么字？"

雷高汉在衣裳上蘸了一点水，一急，却在门板上写下了"天"。然后，他又写下了"女"。

小伙子说："你连这两个字都不认识，天知道你这富农是怎么当上的！"

那一点水迹快被门板吸干了,雷高汉又在衣裳上蘸一点水,再把"女"写了一遍。

"女,女人的女!"小伙子说,"你为什么要认这个字?"

雷高汉舒一口气:"我缺这个。"

天井里的雨声和黑松林里不一样。他又冒失地认下一个字,心里却像从前蓄满一池水一样踏实。灯笼早就没有了,哪怕没有各家各户零星的灯光,他也能摸黑回到自己屋里去。他回屋以后没有点灯,把湿衣裳脱了个精光,清洗一下就睡下了。他刚认下的字已经让他饱了。他从被盖里摸到了那张手帕,那就是他的女人。

5

包志默和下中农一前一后检举雷高汉正在加紧识字。村干部开会分析说,雷高汉要认的两个字,一个是"天",一个是"女",合起来就是"天女"。什么是天女?就是七仙女吧?他梦想七仙女下凡呢,这是一个新动向。

鲁金奎识字不多,也能分析得出雷高汉事先并不知道什么"天女",那两个字不过是赶巧凑在了一起。他却错上加错说:"依我看,他就是想女人了!"

包喜泉立即顺着他说:"歪锅歪灶,也得配一个是不是?"

"给他找个女人吧。"鲁金奎说,"只有包松堂他们才不让雷高汉成亲,我们没有那个政策。他急于认字这回事,倒是要引起注意。一个富农认字,想干什么?下回批斗会上,让他老实交代!"

散了会,鲁金奎把雷高汉叫到望哨楼二楼,一见面就没好气:"今天认个'人丁',明天认个'天女',你这是故意给我出难题吗?"

那间屋子比三楼要大一些,已经摆上小圆桌和板凳,成了村干部开会的地方。四周也有瞭望口,声音大了就保不了密,所以,鲁金奎的声音很小。雷高汉假装没听见,望着天花板,想着几年前那个晚上,要是二楼有人,不知听到上面发出了怎样的声音。他听见鲁金奎的声音突然提高了:"你想考秀才呀?"

雷高汉回过神来,说:"你告诉我,哪个字是反动的,我今后不认它就是了。"

鲁金奎气冲冲地说:"无论哪个字,我认识它是革命的,你认识它就是反动的!"

雷高汉想了想,说:"雷高汉三个字,你认识吧?就是说,在你眼里,我这个名字是革命的?"

鲁金奎好像被噎住了,好一阵才从喉咙里挤出三个字:"你反动!"

雷高汉接着说:"照你的话说,在我眼里,你的名字才反动。"

鲁金奎趴在瞭望口朝外面望了望,然后回过头说:"我真想把你从这儿丢下去!"

"你不会因为几个字,就要了我的命吧?"

"为几个字掉脑袋，少吗？"

雷高汉笑了："我也就认几个字，你那么着急干什么？"

鲁金奎的脸色更难看了："从前，你给包松堂包松亭当狗腿子，他们怎么不教你认字？"

雷高汉立即收起了笑，脸色也难看起来。他说："会上叫我狗腿子，我斗不过那么多张嘴，认了。你在这个场合还这样叫，我不认！"

"你不认，我就不敢叫了？"

"你在这儿当过厨子，我是不是也可以这样叫你？"

鲁金奎又趴到瞭望口朝外面张望，好一阵才回过头说："我对你心慈面软，你却对我反攻倒算！"

雷高汉的口气就软下来："我不过是想识几个字……"

鲁金奎的声音又小了："你要识字找谁不好？当初让你娶了包志卓那小老婆，你不干。你不知道，那女人文化深，结果，人家改嫁了一个老师……"

"说字。"

"我说的就是字。"鲁金奎说，"你为什么去找包志默认字？"

"我找谁？"雷高汉说，"我上头找你，你那个态度。我下头找包志默，这不，还没斗他他就交代了。我中间找了个下中农，人家还不是把我检举了？"

"我给你指一条路。"鲁金奎快刀斩乱麻，"我们给你盘一个

第六章

识字的女人回来,让她焐在被窝里教你认字,行了吧?"

雷高汉不吭声了。

"等于把包松月给你请回来。"鲁金奎说,"那可不光是一张小镜子……"

雷高汉打断他说:"我没那个命。"

"你真想等什么七仙女?"

雷高汉好像没有听见,说:"这天底下,识字的女人有几个?就算有,又能识几个字?"

"你还真拿自己当省长妹夫了。"鲁金奎使劲拍了两下桌子,"不是识字,是过日子!"

雷高汉下了望哨楼,那个识字的小伙子从他面前走了过去。他不能生人家的气,他甚至也不能生包志默的气。他却能跟自己赌一回气,大摇大摆把几个天井都走了一遍。几年没去,他好像第一次去那些地方,几户人家都没人和他打一个招呼。他在一面墙上看到一条标语,却只认识前面两个字,那是"打倒"。城墙上还有两条标语,一个字也不认识,但那个"子"手帕上也有。他抬头看了看天井上面那一块天,天知道那个"子"什么时候才能认下来。他再看了看望哨楼,浑身微微一颤。他大概真应该有一个女人了。

没过几天,雷高汉从田里上来,打着一双光脚往回走,在板桥上遇到了罗红玉。

那是一座清代板桥,架在一条小溪上。罗红玉赶场回来,手里提着一只鸭子,那样子好像是要到溪边去给鸭子喂水,抬头看见了雷高汉,就返身上了桥。

雷高汉只有在批斗会上才能见到罗红玉。他在戏台上不能东张西望,何况不是埋头就是弯腰,最多也只能看上一眼。那个已经生过两个孩子的女人,比当姑娘时好看多了。

罗红玉一见他就说:"你还欠我两个馒头!"

雷高汉愣在那儿。小溪在太阳下面闪动,那光亮让他闭了闭眼睛。

"看来你已经忘了。"罗红玉说,"那小镜子,恐怕早就不在了吧?"

小溪的光亮加上了小镜子的光亮,直射过来。

罗红玉说:"要是有谁再说你是剥削阶级的孝子贤孙,我就要为你打抱不平了。那个婚姻是怎么回事,别人不清楚,我清楚!"

"不用不用。"雷高汉说,"我当时要是自己不答应,也不会有那个事。倒是我,害得人家包松月早死……"

罗红玉一听,火气就上来了:"看来还真没有冤枉你!一个没见过面的死人,你都对她有情有义,为什么独独对我无情无义呢?"

板桥湾就因那板桥得名。板桥靠近包家大院,站在上面看得见望哨楼,要是那二楼上正开会,鲁金奎在瞭望口就能看见他们。那只鸭子不知有了什么意见,突然大声叫起来。罗红玉诓不住鸭子,就在那叫声里拣要紧的话说,刚说完鸭子就不叫了。

雷高汉说:"你听,鸭子都觉得不妥。"

第六章

"过了这个村,再没那个店!"

罗红玉丢下一句话,走了。

6

罗红玉说的是一个小寡妇,男人死半年了,也没说识不识字,只说是为了落实鲁金奎交的任务。女人丑不丑无所谓,能识字当然好。但是,一个女人睡到了身边,雷高汉要去寻找孩子,差不多就不可能了。

田地里的活路并不够雷高汉做,但他总不能大白天窝在屋里。每天,他都要从鸿祯塞出去,从黑松林里的石板路下去,向右到他那块旱地,向左到他那块水田。那天,他又到了那水田边上,看见了一株稗子。他挽起裤子正要下田,听见一个女人喊他。他一看是乔桂花,走过去的时候两次差点溜下水田。

乔桂花知道是谁把孩子抱走了,她在雷高汉眼里就是活菩萨。她却也是给雷高汉提亲来了,并且说的也是那个小寡妇,还比罗红玉多了一点内容,雷高汉认识那个女人。她说:"你也别问是谁。这一回,由不得你挑肥拣瘦!"

既然是乔桂花说了话,雷高汉就把什么话都咽了回去。

最后,乔桂花才小声说,她最近听说了一个情况,四年前那个冬天,有人看见过那两个叫花子去了红石沟,在红石岩一个石窟里住了一阵。

雷高汉连忙问:"带着孩子?"

乔桂花刚点了一个头,看见有人走过来,不再说,走了。

那天是一个阴天,雷高汉顾不上那一株稗子了,但他也不会立即就到红石沟去。红石沟紧挨着板桥湾,等于在一个村。他不能让人察觉,更不能让人跟踪,要不让人在批斗会上一揭发,麻烦就顶了天了。倒是那小寡妇让他有点着急了。他想到了柳鸣凤。金庆春活不见人死不见尸,柳鸣凤算小寡妇吗?不管她是什么,雷高汉也不会接受。

那天晚上,罗红玉和乔桂花就把女人送来了。

雷高汉吃过晚饭,刚在灶房里洗了个凉水澡,就听见罗红玉在外面喊了一声:"人呢?"

接下来,雷高汉听见乔桂花跟着喊了一声:"人呢?"

雷高汉用手指在空中画了一个"人"字,等着那一户中农答应。

"雷高汉!"

罗红玉喊他了。他走出去,看见的却是三个女人的影子。中农家里也有人出来了。

乔桂花见了雷高汉,说:"人送来了,事情就这样了!"

罗红玉说:"我们的任务已经完成,这回你该满意了!"

雷高汉拼命睁大眼睛,却怎么也看不清那个一声不吭的女人的模样。他往前面走两步,借着天上的星光和屋里的灯光,立即就认出来了。他听见自己颤抖着喊了一声:"香草……"

第六章

"翠香。"女人笑了一下，"喊我翠香，丁翠香。"

罗红玉和乔桂花不知道撂下了什么话，说走就走了。翠香留了下来，一扭身进了屋。雷高汉站在门口，用手指在空中不停地画"丁"字，翠香抓住那只手把他拉了进去，然后把门关上了。

桐油灯盏那一颗火苗，照亮了翠香的脸。那已经不是从前的脸。几年过去，那一个简单的字，已经变成了一个复杂的字。那其实是很多字，比如眼睛，就是火，大概要一个蓄水池才能灭掉。

雷高汉不说话，翠香也就不说。桐油灯盏本来一拨一亮，翠香坐在床沿上拨那灯草，那颗火苗却越拨越小，只照得见那只手了。火苗最终让那只手拨灭了，雷高汉去摸火柴，那只手却又像长了眼睛，只轻轻一拽，就让他也坐到了床沿上。

两条手臂绕过来，紧紧箍住了他。

"翠香……"

翠香在他耳边悄声说："在这儿呢。"

"把灯点上吧。"

"不点。"翠香说，"过日子呢。"

"我看不见你。"

"从前没看够？"

"你变了。"

"好看了，还是不好看了？"

"好看了。"

"知道就行了！"

雷高汉刚洗过凉水澡，浑身却越来越热。他问："你今年多大啦？"

"你呢？"

"吃四十二岁的饭。"

"我知道，你大我十四岁。"

"你不嫌？"

"我还怕你嫌呢。"翠香的手松了一点，"我是一件衣裳，已经过了一水……"

"我也结过婚，你知道？"

"怎么不知道？"翠香说，"从前是和大小姐，今天是和小丫头。"

"今天，哪还有什么小丫头。"

"做你的小丫头，我愿意。你不知道，我多会伺候人呀……"

"她们没有对你隐瞒我的成分吧？"

"没有。"翠香说，"恶霸富农。"

"只有恶霸地主。"

"才不止呢。"翠香说，"你想想，从前你对我多恶霸呀！"

雷高汉在黑暗中话说得越多，就越像是在做梦。他摸到了火柴，点亮了灯。他说："你看，我像个恶霸吗？"

翠香把头偏过去偏过来，反倒让雷高汉看得浑身冒汗了。她一头拱进雷高汉怀里，一歪嘴吹灭了灯。

第六章

7

翠香早先进鸿祯塞的时候，罗红玉已经不在那儿了，但是转弯抹角的亲戚关系让她们早就认识。巧的是，乔桂花和翠香也有转弯抹角的亲戚关系，她们也认识。还有，论起来，翠香比两个女人都高一辈，她们都该叫翠香一声姑。翠香说你们千万别叫，叫了我也不敢答应。翠香说："你们总不能把雷高汉叫一声姑父吧？"

罗红玉和乔桂花商量好了一起去说这个亲，都准备了一捧芝麻的好话，哪知道一颗芝麻都没用上。要是知道那姑奶奶早就对雷高汉有意，还不如等她去倒求她们呢。

翠香说的"日子"已经过了两天，雷高汉在半夜醒来，依然觉得是梦。事实上，他一直是醒着的。翠香回到了鸿祯塞，闯进了他的屋里，唤醒了他那个一直无脸面对的承诺，那就是，他姓雷，他要给雷家传宗接代。

"呀……"

他已经将不同的夜晚不同的叫声，混为一谈。

第二个晚上，翠香悄声叫雷高汉停一停。然后，她赤身裸体跳下床去，猛地拉开了门，尖着嗓子骂起来："听，听，回去听你爹听你妈！我是贫农，我是明媒正娶，狗耳朵听见没有？"

雷高汉问："有人吗？"

"跑了。"翠香气鼓鼓地说，"两个呢。"

那会儿是热天，翠香嫌那棉被碍事，把它移进了木柜。雷高汉担心着手帕,却是过了两天才又想起来。他听翠香说了那么多话,已经放下大半个心了。

翠香的家在五里湾,和板桥湾隔着一个红石沟。她十四岁进了鸿祯塞,在那儿待了七年,过了二十岁还不嫁人,家里却突然出了大事。她爹妈不知把什么野生菌采回去,晒干了吃,还是中毒了,她妈当天就走了。她爹成天哭闹,让她伺候了不到一个月,也走了。要不是还有一个爷爷,她说不定也会跟着爹妈去了。她对爷爷说,她要守在他老人家身边,再也不回鸿祯塞了。她爷爷其实并不老,劝不动她,只好由着她,包括她说出嫁就出嫁。

雷高汉说:"我知道,你不愿意回来,是'恶霸'让你伤心了。"

"对。"翠香说,"汪碧鸾那个大恶霸!"

翠香单薄的身子里藏着鸿祯塞那么多秘密。她说:"电话,等于很多张嘴和一只耳朵。"

"电话里面的话你也能听见?"

"我也不敢多听。"翠香说,"最多三天,汪碧鸾都要和她大姐通一个电话。"

雷高汉的脑袋"嗡"一声响。既然有电话,为什么还要派他去送信?

翠香说:"我那时还小,一直没听懂汪碧鸾的一个抱怨,直到嫁了人才明白过来,原来包松堂老不中用了。"

雷高汉也是好一阵才明白她那话的意思,脑袋又"嗡"一声响。

"你还记得,我给你说过梅云娥吧?"

雷高汉一动不动。

"喂,你说,梅云娥漂亮,还是虞婉芬漂亮?"

雷高汉听见自己说:"梅云娥……"

"没错。"翠香说,"但是,梅云娥不像虞婉芬,她从不和我说话。她就是和我说话,我也不敢告诉她,汪碧鸾想她死……"

雷高汉突然坐了起来,下了床。他打开门透了一口气,翠香以为听墙根的又来了。他说他想去城墙上走走,不等翠香穿好衣裳,就已经出了门。他有一点恍惚,都不知道听到的是蚊子还是闷雷,看到的是烟火还是闪电。烟火他早就不管了,蓄水池他也早就不管了,几年过去,照样平安无事。可以说,从前那个"水官"不过是个摆设,再加上连摆设都算不上的暗道,他算是在鸿祯塞白吃了饭。

梅云娥住过的鸿雁院没有住户,那些屋子全都做了猪圈。雷高汉没有看见灯光,却听见了猪叫,还有女人骂猪的声音。城墙上没有乘凉的人,他走得很快,好像追赶着什么。

他在城墙上走了三圈,突然被一个人影拦下来。

"汉子。"

他听见了翠香委屈的喊声。

"怎么啦?"

"屋里太热。"雷高汉从一个瞭望口朝外望,"你现在还能认得出，哪边是五里湾，哪边是红石沟？"

翠香趴在他身上朝外望，说："天这么黑，我连天在哪儿地在哪儿都分不清了。"

"你爷爷，他好吗？"

"好。"翠香说，"喂，你怎么不问让我守寡的那个人呢？"

"他不是走了吗？"

"你知道他是怎么走的吗？"

雷高汉又走起来："生病？"

翠香跟上去说："让蛇咬了一口，大意了。"

"他对你好吗？"

"他是个老实人。"

"你们还没养孩子吧？"

"一起过了四年，一点动静也没有。"

雷高汉越走越慢，突然又停下来，从一个瞭望口朝外望。天上有了几颗星星，不停地眨着眼睛。

翠香却背靠着一个射击孔，说："我喜欢这儿。我知道你还在这儿，就天天想着回来。你不知道，有多少人打我主意……"

"我是要什么没什么，要个成分都没有。"

"你不是有个富农成分吗？"

"我不是那个意思……"

"我知道你的意思。"翠香说，"我不嫌，什么都不嫌，从前什么样还什么样。"

第六章

雷高汉小声问:"去找医生看过?"

"看什么?"

"你刚才说,四年没一点动静。"

"那是时候没到。"翠香嘻嘻一笑,"你的动静那么大,还担心没动静?"

雷高汉立即就想回屋,但他告诉自己还是要忍一忍。他问:"翠香,你认得字吗?"

"认得。"翠香说,"但是,只认得一个。"

"哪一个?"

"丁,我的姓。"

"我也认得它。谁教你的?"

"汪碧鸾。"翠香说,"她还教我一个词,目不识丁。她说,你只要认识了这个丁,以后就没人敢说你目不识丁了。"

"我也听说过这个词。"

翠香说:"它的意思是说,丁的笔画再简单不过,连这个字都认不得,那也就是个睁眼瞎啦!"

雷高汉说:"我们现在有两双眼睛,我们要多认些字。"

"认了字有什么用?"翠香说,"你从前那个大小姐,专门请来老师教她认那么多字,结果呢?"

天上的星星多了起来。雷高汉抬头看了一眼,望哨楼不知挡住了多少星星,让天上乱成一团。

8

翠香回到了鸿祯塞,就不让雷高汉再上灶做饭了。她已经知道雷高汉的小名叫饱饭,她让男人吃上饱饭的唯一手段只能是每顿多抓一把米,不上三天,米缸还没有空,她心里就有些空了。她对雷高汉说:"你那名字改改吧,我叫你半饱怎么样?"

"半饱叫顺口了,恐怕就改不回去了。"

"有我呢。到时候,我还给你叫回去。"

收了水稻以后,雷高汉要翠香领着他,去五里湾给爷爷送新米。他要出村,就得给鲁金奎请假。鲁金奎在望哨楼上开完会,悄声对他说:"人有亏处,天有补处。丁翠香对你还好吧?"

"什么都好。"雷高汉的声音也小得像蚊子一样,"就是夜里不好管,八个天井,恐怕有九个听见她那喊声了。"

"这么嚣张?"鲁金奎刚笑出来就收住了,"你可要把她的嚣张气焰坚决打下去!"

"我敢打贫农?"

"滚!"

他们去五里湾要路过红石沟。雷高汉背的米不重,一路走一路看。他看见了当年抓壮丁去过的瓦房,那烟囱正在冒烟。他没有看见乔桂花说的那个红石岩,就在那棵老槐树下面歇了歇。

翠香一路都在说话。雷高汉心里藏着的生死秘密,已经让她说乱了。梅云娥的孩子,会是他自己的吗?那之前他并不是没有那样想过，只不过不敢往深处想。事实上，他还没把孩子从暗道送出去，就有两个声音在心里潜伏下来，忽而说孩子是包松堂的，忽而说孩子是他自己的，只不过后一个声音有点弱小，或者，是他自己从不敢认真去听。他已经把那张手帕从棉被里转移进了小木匣。他也已经想好，要是翠香看见了问起来，他就说那是包松月留下来的。

要不是有个红石沟，五里湾和板桥湾连起来就是一个小平原了。雷高汉知道，五里湾那一坝田地从前也是包家的，翠香家原来就是包家的佃户，交不起租才让她去鸿祯塞听使唤。翠香的爷爷叫丁继业，他一见雷高汉就说，你过去来收过租，我见过你。雷高汉赶紧说，他是第一次到五里湾。丁继业就不再理雷高汉，对孙女说："你不单是嫁了一个富农，还嫁了一个骗子！"

翠香用新米煮了饭，在吃饭的时候对爷爷说："汉子说了，您将来做不动了，就搬过去和我们一起过。"

丁继业说："我做不动了，他也做不动了！"

他们往回走的时候，翠香说："我爹妈走了，爷爷还没有缓过那一口气，你不要生他的气。"

"我们来打个赌。"雷高汉说，"他将来一定会喜欢我！"

红石沟并没有一条像样的沟，只不过地势比板桥湾和五里湾要低许多，连着板桥湾那一头眼看要爬上去了，却被两个小山丘一齐挡了回来。雷高汉向一个耕田的人打听红石岩，那人向那两个小山丘中间一指，说："鸿祯塞里的人，不知道红石岩？"

雷高汉知道自己被那人认了出来，赶紧加快了脚步。翠香替他道了一声谢，跟上去说："就算鸿祯塞的石头是从那儿开采的，又有什么好看的呢？"

"天还早。"雷高汉说，"我们去看看鸿祯塞的娘家，你今天就等于回了两个娘家。"

一句话，就把翠香说动了。

红石岩夹在两座山丘之间，一面很大的岩壁微微泛红。当年的石头是在岩壁底部开采的，留下了一排大小不等的石窟，大的可以当一间教室，小的也住得下几个人。最大的石窟里供着一尊泥菩萨，一看就知道香火从没断过。小石窟都用条石拦了半截，差不多都成了屋子，里面都有灶头，有一个上面还留着一口烂铁锅。烟熏过后，石窟内外颜色正好相反。不用说，那里面住过当年的石匠，或者后来的叫花子。

石窟靠小溪那一边，有一口井，水是满的。

"你刚才说得好。"翠香说，"这儿就是鸿祯塞的娘家。"

雷高汉从石窟前面挨个儿走过去，再走回来。他不时用手摸一摸石壁，或是那些剩下的条石，好像有什么熟悉的气息袭了上来，一吸鼻子却又没有了。

翠香说："那些石头，不知在这儿养了多少年。"

没错，一匹岩从低处掏空了，一座塞在高处冒起来。

雷高汉和翠香进了那个最大的石窟，双双跪在泥菩萨面前。雷高汉许愿的时间有一点长，旁边的翠香都磕过头好一阵了，他才磕

第六章

了三个头。他对菩萨说,他知道爹的腰是为鸿祯塞抬石头扭伤的,却不知道是在红石岩还是在别处,菩萨保佑爹的腰伤和妈的病都好了,他们自然会一齐保佑他找回孩子。他对菩萨说,他小时候吃过的苦菩萨是知道的,不管那是不是他的孩子,他都希望能尽快找到她。他还特别提醒菩萨,那孩子丁亥年农历十月十三日生,属猪,和他自己一个属相。

那几条路都是专门修过的,但不管哪一条都快要让深草捂上了。翠香走在前面,手提那个空了的小背篓,一边走一边打草。她说:"有蛇呢。"

雷高汉明白过来,说:"你走后面。"

翠香说:"挨刀的蛇,我不怕它!"

雷高汉好像听见了深草被扇耳光的声音。

直到回到了原路,翠香把背篓背在身上,才问:"你许了什么愿?"

"说了就不灵了。"

"我就敢说。"翠香说,"灵与不灵都三个字,我一定对你好。"

"六个字。"雷高汉说,"我一定对你好,六个字。"

"不管几个字,都灵!"

9

有了翠香以后，雷高汉不知道日子是快了还是慢了，总之和从前大不一样。斗争会上的情形也是那样，头照样低，腰照样弯，但雷高汉知道有翠香在场，从前那些委屈就溜跑了大半，口号响起来的时候，他自己都想喊一声。

雷高汉要翠香留在屋里，一点农活都不想让她上手。田地本来就少，他一个人就能在上面绣出一朵花来。何况翠香做不了多少农活，话又多。雷高汉正在麦地中间浇水，她在地埂上看累了，突然想到收了麦子以后的事，大声问他会做包子吗？一瓢水泼出去，响声嘹亮，雷高汉没听清就不理她，她又一声比一声高地问。雷高汉只好停下来说不会，她就跑进地里来，当着麦苗的面，把她做包子的手艺炫耀一番。

"真不让我下地？"翠香以批斗的口气说，"我们把成分换一下，你来做我这个贫农，我来做你那个剥削阶级，怎么样？你看人家虞婉芬，从前那么娇贵的女人，现在还不是每天和包志默一起下地？难道我还不如她？"

那就让她做个拖油瓶儿，反正那点活路就跟闹着玩一样。

无论如何，日子都在一天一天地过，雷高汉却是过上一天心慌一天。他从红石岩回来以后，就老想日子要是能走一下回头路就好了。乔桂花说两个叫花子带着孩子在石窟里住过，他要是当时就知道了多好，一趟子就追过去了。

第六章

那只木匣，无论怎么摆放，都越来越显眼了。

翠香有心无心问起木匣，都有好几回了。还好，他已经把土地证锁在里面，每回都拿它遮了过去。谁知道哪天她会要求打开看看，那时候又该怎么说呢？

正在雷高汉为手帕上那些字着急时，全国规模的识字运动开始了。

板桥湾村的识字班办在鸿祯塞鸿鹄院，不过，已经很少有人知道它从前的名字，而是叫它"鬼院"。那个天井里的屋子全都锁着，因为汪碧鸾和两个家丁死在那儿，一直传说晚上闹鬼。识字班办在那儿，大概是要借夜里上课的人气把鬼赶走。

雷高汉听到那个消息，立即去鸿鹄院看了看。

结果却是，凭成分，他没有资格参加。

翠香当然有资格参加，她让雷高汉在屋里等着，她去把字全部搬回家来。

鸿祯塞在夜里亮晃晃地热闹起来。翠香去识字，雷高汉去鸿鹄院给她搭板凳，然后就回家。他每一次都去得最早，但他都不会把板凳搭到最前面，翠香也知道他的心思，从没有埋怨过他。字都送到家门口了，却还是和他沾不上边，那字大概和他有仇。他每一次等翠香回来，都像断顿了等米下锅。

翠香第一次带回来五个字，手帕上就占了三个，那是"人""上""下"。雷高汉已经认识了"人"，所以对他来说算是新增了两个。

翠香第二次带回来五个字，手帕上又占了三个，那是"男""女""子"。雷高汉已经认识了"女"，所以对他来说照样算是新增了两个。

翠香第三次带回来五个字，手帕上一个不占。青黄不接，断顿了。

翠香第四次带回来五个字，手帕上又占了两个，那是"春""分"。

翠香第五次带回来五个字，手帕上只占了一个，那是"家"。

翠香第六次带回来五个字，手帕上又一个不占。

第七次，第八次，第九次，依然没有。

雷高汉连夜把那生字强认下来，还像前几次那样，第二天趁着翠香在灶房里的工夫一一和手帕比对，确实一连四次一个没有。

直到第十次，才有了一个"早"。然后又没有了。

接下来，大忙季节到来，识字班暂停上课。

翠香成天快乐得像一只布谷。她出门进门都念叨着盘回来的那一大堆字，好像那比她收割回来的小麦还要紧。她拿雷高汉当学生，害怕他在水田里一弯腰一埋头就弄丢一个，站在田埂上报出两个字，雷高汉也乐得用秧苗插出一个"上"，再插出一个"卜"，然后，等她踮起脚眯着眼睛验收合格，才又把秧苗补齐。

"双抢"结束以后，考过了水田考旱地，雷高汉也完成了对翠香的考试，终于拿定主意，要向她出示那个秘密的答案了。

那天晚上，他们一起上了望哨楼。翠香早就说过她还从没有上

第六章

过望哨楼,雷高汉以那儿成了会议室搪塞过去。大月亮升起来,雷高汉已经有了文化,主动邀请老师赏月了。翠香跟在他的后面,却不大敢说话了。月亮那么近,人家什么没听过呢?雷高汉更像是怕惊动了什么,脚步轻得像月光一样。他们在三楼的廊道上转着圈,还好,翠香只顾着辨认脚下的天井,直到找出了自家的窗户,抱怨出门忘记灭灯了。

雷高汉好像在对两个人说话,一边对着眼前那望着月亮的瞭望口,一边对着下面那亮着灯光的窗户。他说:"我想着就心酸,都没个洞房,都没个喜酒……"

"呀!"耳边滑过暖暖的气息,"又不是露天,怎么没洞房呀!后来,不是都喝酒了么?"

"当初娶包松月,多排场啊!"雷高汉想收回那个名字,已经来不及。"光是鞭炮……"

"没给你划个地主,还真是便宜了你。"那暖暖的气息吹了一口,"她是老大,我是老二呢……"

雷高汉突然清醒过来,说:"楼下就是村干部开会的地方,什么也别说啦!"

他们下楼的时候,翠香走到了前面,在楼梯中间停下来悄声说:"我们应该……"

"什么?"

"在全村最高的地方……"

"什么?"

翠香向上爬一步，踮起脚咬了一下雷高汉的耳朵。

"你想让全村的人都看见啊？"

"只让月亮看见。"

"羞。"

"羞就羞！"

"回屋，管饱……"

回到屋里，雷高汉说："刚才提起包松月，我才想起来，除了那张小镜子，我还有一张她的手帕。"

"你不是没见上她吗？"

"小镜子是她妈派红玉送给我的，这你知道。那手帕，是她自己放在那木匣里的。"

"什么值钱的手帕。"翠香说，"死人的东西，快拿出来烧了吧！"

"她在那上面绣了字。"雷高汉说，"可能是一首诗，大概是留给她哥哥的。"

"快拿出来看看，什么字。"

雷高汉拿出钥匙打开了小木箱。他有一个奇怪的感觉，就像脚下的暗道直通望哨楼顶，他打开了望哨楼。

木匣被双手捧到了翠香面前。翠香双手捧出那张手帕，小心展开四行红字，让桐油灯盏那一颗豆火一连跳了几下。

漢家天下早三分，

戲子随波扮古人。
丁亥之春非夢境，
癡男怨女上青雲。

10

那个夜晚以后，雷高汉就有些后悔了。他开初后悔把手帕和小镜子放在一处，到了后来，他后悔让翠香知道了手帕。尽管那手帕上的字还没认下一半，但翠香认定那就是诗。从前的传说都到了她的眼前，她大概已经忘记包松月重病在身，好像亲眼看见雷高汉掀开了美女加才女的红盖头。她对包松月的那一份美丽和才情不服气，要是在旧社会也就罢了，但是早已经是新社会了。她相信，她只要在识字班上一个字都不耽误，就一定能够追上那一首诗。她对雷高汉说："我认下的字只要比她多，就一定会比她写得好。到时候，我也会给你写一首诗！"

雷高汉暗暗叫苦，更为梅云娥暗暗叫屈。梅云娥把孩子和手帕交到他手上，他先把孩子弄丢，接下来又把手帕弄混。他却不能把说过的话收回去，更没有胆量把真相说出来。何况，那第一行字他已经能够全部认下来，却是一点都不明白那是什么意思，那么，他就是把那二十八个字全部认完，大概也一样。

翠香相信了，那两件宝贝是包松月留给她同胞哥哥的。雷高汉对翠香说，既然我们都不知道手帕上绣的字是什么意思，那就千万不要让罗红玉和乔桂花知道，以免什么事牵连到她们。翠香知道她的倔脾气应该在什么地方发作，她相信自己除了撒娇，不会给雷高汉添乱。

大忙季节一过，识字班就又恢复了。翠香更积极了，她回来对雷高汉说："旧社会，汪碧鸾教我认了一个'丁'，就不再管我了。还是新社会好呀！"

雷高汉见她吃饭的时候用筷子在空中写字，说："一口也吃不成个胖子。"

"不准泼冷水。"翠香好像被羞着了，"你这个态度，我就是教得再好你也记不住。你说，你以后怎么读得懂我给你写的诗？"

水稻又扬花了。一天下午，太阳并不大，雷高汉要去查看稻田，翠香却没有说也要去，留在屋里写字。路上，他遇到了好几个住在鸿祯寨的人，人家朝他点头他就点头，人家不打招呼他也像不认识一样。他都是听了翠香的话那样做的。你不是要听墙根吗？你不是要跟踪吗？你不是要检举揭发吗？你不是要"打倒"吗？来呀！我老婆是贫农，我不怕你！

天阴下来，雷高汉快步走向自家稻田，看见里面的水已经有点浅了。一株稗子已经出穗，他不用下田就把它拔了。一条小鲤鱼游到了他的脚边，不停地张着小嘴，那样子快要喝不到水了。他蹲下身，看看旁边大水田里的水要多一些，就把小鲤鱼双手捧了进去。小鲤鱼朝他摆摆尾巴，眨眼间不见了。

雷高汉直起身，突然看见了翠香。他不知有了什么事，赶紧一趟子跑过去,问:"你怎么来了?"

"我来看看新米。"

雷高汉看清了翠香的脸色,心里的石头才落了地。他笑着说:"新米才怀上呢。"

翠香走到了前面,从后面看上去像个写诗的小姐,都有些走不来田埂了。她也在自家稻田看到了一条小鲤鱼,问:"哪来的鱼,你放的吗?"

雷高汉摇摇头说:"刚才我也遇到一条。我们这小田水浅,人家这大田水深,我就把它捧进了大田里。"

"肥水不流外人田。"

"一条小鱼,算不上什么肥水。"

翠香蹲下身,小鲤鱼却扭转身往回游了。她不停地招手,轻声说:"回来,回来……"

雷高汉也弯下腰轻声喊:"回来,回来……"

小鲤鱼就扭转身游了回来。翠香双手把它捧起来,好像舍不得一样,等它弹跳几下,也把它放进了大田。小鲤鱼却好一阵都不往里走,翠香说:"去,找你汉子哥哥去!"

"积德。"雷高汉把翠香拉起来,"我们这是积德。"

翠香说:"我们田里的水为什么比人家少呢?"

"够了。"雷高汉说,"不会影响收成。"

太阳已经下山,他们往回走了。翠香问:"刚才说新米的时候,你怎么说的?"

雷高汉想了想,悄声问:"你不会是怀上了吧?"

翠香双手捂住了脸。

"有动静了?"雷高汉的声音大起来,"有动静了吗?"

翠香那笑没有忍住,从指缝里淌了出来。

一进黑松林,雷高汉就要把翠香背起来。翠香死活不让,说:"你真以为我认下几个字,就是千金大小姐了?"

"翠香。"雷高汉说,"从今天起,我要把你当千金大小姐养着。"

太阳刚落山,黑松林里就暗了下来。两个人在石板路上并排着走,小声说着话。他们走到通往梅云娥坟地那个岔路口,翠香说:"我一直没问,这条小路通哪儿?"

"坟地。"雷高汉说,"梅云娥的坟地。"

"梅云娥埋在这儿?"

雷高汉点了点头,见翠香踮起脚看梅云娥的坟头,又说:"没错。"

翠香说:"她是我见过的最漂亮的女子,可惜红颜薄命。"

雷高汉好一阵没吭声,就像梅云娥能够听见一样。

翠香牟过雷高汉的手,放到她的小腹上。她说:"我们的孩子,将来一定要让他好好读书。"

"你不是正认字吗?"雷高汉小声说,"你认多少字,他就在你肚子里认多少字,所以,他一辈子认的字,肯定比你多!"

第六章

11

　　天气热起来了。天刚黑,雷高汉把那条板凳擦得干干净净,高高举过头顶。他和板凳就那样到了鸿鹄院,依然是他的板凳来了第一,也依然是他的板凳不占第一。但是,他没有马上离开,他在板凳上坐了一会儿。翠香回家对他说,他们那板凳的脚会走路了,都快跑到最后一排去了。那么,那一回,雷高汉坐在板凳上暂时不走,看看板凳是不是真能够像人一样能走几步。

　　黑板还在一间屋里没出来,人却陆陆续续来了。

　　"嗬,来新同学了!"

　　一个人刚说完,另一个人接着说:"留级的吧?"

　　"雷高汉!"又一个人说,"你把板凳往后面搭。你那么高一个桩在那儿戳着,后面的人怎么看黑板!"

　　"我哪有资格坐这儿。"雷高汉坐着不动,"翠香她没有我高。"

　　"你这不是已经坐这儿了吗?你还……"

　　鲁金奎来了,那几个人就闭了嘴。

　　雷高汉在返回的路上遇到了翠香,他悄声说:"我等你。"

　　识字班放学了,嘈杂的声音都过去了,仍不见翠香回来。很多时候,翠香都会留在后面帮着收拾黑板,或者扫地。那天晚上,雷高汉心里一直不踏实,因为翠香肚子疼了两天了。尽管疼得并不严重,他还是赶紧向鸿鹄院走过去,半路上就把翠香接住了。翠香在他怀里一软:"疼……"

翠香已经出怀,雷高汉不能背她,慌忙把她抱起来,一边走一边问:"很疼吗?"

"一上课,就很疼了……"

雷高汉急了:"那你怎么不回来呀!"

"我不想缺课,你在屋里等字下锅……"

翠香都疼得说胡话了。回到家里,她又恢复了呕吐,并且在床上打滚,把雷高汉急出了一身大汗。她背不得抱不得,轻不得重不得,等雷高汉要去喊人时,她已经喊不答应了。

但是,她那一双老爱眯起来的眼睛,一直大睁着,那样不舍地看着雷高汉。

"翠香!"雷高汉不敢哭出来,"你不要再疼了啊!等我,我这就去叫人……"

鸿祯塞安静极了。雷高汉拍打了三家的门,指望有人替他跑一趟去叫个医生。他赶紧跑回去,翠香还是喊不答应,眼睛也眯起来了。他豁出去了,抱起翠香出了门,看见四个人影站在门外,一副担架躺在地上。

翠香刚刚被放到担架上,就咽了气。

那会儿离天亮还早。雷高汉把翠香抱回床上,用草纸盖上了她的脸。鸿祯塞里的人都起来了,雷高汉哭成了一个泪人,天就要亮了。

"回来,回来……"

第六章

翠香的饭量刚刚大了一点,但她依然每一顿都要把自己碗里的饭往雷高汉碗里赶一点。她说,她学来的那些字已经跑掉了好几个,她要把它们都追回来。她还说,她那是为了自己的男人和孩子去追那些字的。但是,到了最后,她除了呕吐就是呻吟,一个字也没吐出来。

丁继业得了信,从五里湾一路小跑过来。他没有哭,也不和雷高汉说话。他对鲁金奎说:"这孩子,就是旧社会留下的一条小尾巴……"

鲁金奎说:"我问了医生,她也就是个阑尾炎,和怀孩子没什么关系。那个阑尾炎呢,倒是一刀割了就好了,但是,她自己耽误了。"

丁继业想把翠香带回五里湾,被鲁金奎劝下来。

罗红玉和乔桂花对雷高汉说话的声音小了许多。她们都没有哭出声来,泪水却是淌了好几碗。乔桂花说,她当时坐在翠香前面,老听见身后板凳响,她扭头看过好几次,翠香显然是忍着,什么都没让她看出来。

翠香被埋进了黑松林,和梅云娥的坟紧挨着。雷高汉请木匠做了一个木匣,总算不再是卷席筒了。天都黑了,人都散尽了,雷高汉还坐在那儿,浑身一阵一阵发冷。他望一阵新坟头又望一阵旧坟头,望一阵旧坟头又望一阵新坟头,很快就把两座坟里的人混淆起来。他已经有点糊涂,好像正在鸿祯塞城墙上,绕着一个女人走了一个大圈,又领着一个女人走了一个大圈,走着走着就只剩下他一个人了。

识字班停了两个晚上,雷高汉也在屋里躺了三天三夜。第三个晚上,他恍惚听见了嘈杂的声音,赶紧从床上坐起来,翠香就要回来了。

敲门声响起来,却有点犹豫,有点轻。

他打开门,看见门口横着一条板凳。

他当然一眼就能认出来,那是他每次去鸿鹄院为翠香搭好的那条板凳。

翠香坐过的板凳回来了。一条空板凳,在鸿鹄院里空等了好几夜了。

雷高汉弯下腰,就像那板凳也正疼着,他双手轻轻地把板凳抱进了屋。他一直没有松手,让板凳下地。他听见自己在轻声喊着。

"回来,回来……"

12

翠香走了,还带走了没有出生的孩子。雷高汉心里明白,翠香是为字死的,换句话说是为他死的。翠香还是姑娘时就说过愿意为他去死,他却是在翠香走了以后才想起了那句话。他们一起过了两年,谁也没有提起过那句话。翠香从识字班上为他盘回来的那些字,就像她做饭时多抓的那些米,几顿饱饭以后,米缸说空就空了。

一个家,一个人吃饭,从前的孤单日子说回来就又回来了。

雷高汉抓米做饭的时候,总会在米缸前面蹲一会儿,有时说几句话,有时一句话也不说。米缸有点矮,他就是蹲下了也还是要高出一截,虽然他没有弯腰,但他总会把头低下来。米缸那么大一张嘴,却吐不出一个字。米香冒上来,那是翠香抓米的手留下的香。他要是蹲累了,就会把大肚子米缸抱住,好半天不松手。

"一个疼字哄了我。"他一边哭一边说,"我们都说是肚子里的孩子闹的,谁知道还有个阑尾藏着呢……"

米缸嗡嗡嗡的,让他吐出来的每一个字都乱哄哄的。

"半饱!"

他学着翠香的腔调喊一声,然后和米缸一起瓮声瓮气地答应:"哎!"

"饱饭!"

他再学着翠香的腔调喊一声,然后再和米缸一起瓮声瓮气地答应:"哎!"

批斗会上,反倒好像有了两个翠香坐着,都没有人揭发雷高汉什么了。某一天,他要是突然坐到台下当了观众,大概也不会有人奇怪了。

包志默好几次想和他说话,他都假装没有看见。一个批斗会上,包志默交代自己近期的坏思想和坏言论,说:"我写过一首诗。"

"什么诗?"

"藏头诗。"

"什么内容?"

"歌颂劳动。"包志默说,"却不想让人读懂。"

雷高汉当时低头站在包志默旁边,他听清了包志默交代的每一句话。那首诗写了什么他一句也不明白,但他听懂了念诗的一个方法,比如包志默那首诗每一行第一个字连起来,就是"自食其力"。还有,第一行第一字,第二行第二字,第三行第三字,第四行第四字,依此类推,连起来念,也是一个方法。

老实交代!

包志默说:"我劳动能力不强,我对自己不满意。"

台上批斗包志默的人一时没了话说。那时候,台下就有人挥拳救场,领头喊起了口号。

那天深夜,雷高汉敲响了包志默家的门。包志默和虞婉芬都起来了。

包志默就像换回到了从前,不惊不诧。他把雷高汉让进屋里,说:"深夜登门,必有要事。"

雷高汉小声说:"把灯点上。"

虞婉芬划燃一根火柴,点亮了桐油灯盏。屋里有一团暗红的光,那是一只红色皮箱。

包志默问:"不会又是认字吧?"

雷高汉看一眼红色皮箱,在灯盏里蘸了一点桐油,在木桌上写了一个字。

虞婉芬说:"之。"

包志默说:"之乎者也的之。"

雷高汉说:"说我听得懂的吧。"

包志默的话还没说完,雷高汉就向他拱一拱手,从包家大院出来了。

弯月在天,白霜在地,那道长长的石梯亮晃晃的,而黑松林里的石板路只有一道隐约的影子。雷高汉走石梯回到鸿祯塞,望哨楼显露着巍峨的身影。他回到屋里,点上灯,从小木匣里拿出了那张手帕。那上面的字纷纷隐去,只有四个字蹒跚着走到了他的眼前。它们是,第一行第一字,第二行第二字,第三行第三字,第四行第四字。

它们是,"漢子之女"。

没错,汉子之女!

第七章　田庐

1

　　我在亲眼见到手帕之前,就已经记录下了那首诗,并且识破那是一首藏头诗。而在更早的时候,我已经认定梅云娥生下的孩子就是汉子大爷的。这并不是说,我比汉子大爷更有见识,而是他讲述中那些或多或少的暗示,已经让我靠着虚构或者预感,提前知道了这个结果。

　　"丁亥之春"怀上的女儿,出生在当年冬天,距离眼下这个即将到来的冬天已经七十一年。她要是还在世,已经和我奶奶一个年龄了。

　　汉子大爷用钥匙打开那只暗红皮箱,双手捧出折叠的手帕。我早已经看见,皮箱后一只角有被烧过的痕迹。他坐下来,双膝并拢,然后双手向两边缓缓移开。手帕躺在膝头,就像一出生就睡着了的婴儿。他打开手帕的动作更慢,先用拇指和食指拈起一角,就像拈起一粒新米，接下来再拈起一角，又像从一本旧得掉渣的书里拈起一页纸。

我在汉子大爷站起来时跟着站起来，在他坐下以后依然站着，只不过弯下了腰。那张七十一岁的手帕，已经在岁月中散尽了芬芳。我已经不能精准地说出布料的颜色，但用红线绣出来的那四行字，依然像四道血的印迹。它是朝着我的方向打开的，我一眼就看出来绣字人的急迫，第一行粗针大线，"漢"这个繁体字比其他字大出许多。接下来，看得出绣字人已经平心静气，其余三行字迹要绢秀一些，针脚也要细密一些。

通过大半年的磨合，我和汉子大爷已经有了很多默契。我不轻易向他发问，我的急脾气已经成了没脾气。比如，梅云娥是在什么情况下绣出的这首诗，她那么小就进了戏班，文字功夫从何而来？比如，梅云娥当时真不知道他不识字，并且，没有任何机会亲口告诉他那个天大的秘密吗？

再高明的藏头诗，都难免有牵强硬凑之嫌，但是，我还是写下了八个字："文意通达，机巧暗藏。"

温寒露已经告诉我一个秘密，也就是她和汉子大爷的血缘关系。但是，她表示依然不会听我的"口述"，只会看我的"整理"。我有足够的耐心，等待汉子大爷讲述的故事慢腾腾地跟上来，和温寒露那提前抵达的故事会面。

我已经知道，温寒露在成都长大，并且在那儿从小学读到大学。她大学本来想读演艺，但嗓音条件不好，结果，另选的专业还差半年毕业她就不读了。她母亲是川剧名角,那段日子正忙于离婚,只好由着她。那以前,她已经知道了自己和鸿祯塞的关系,索性再任性一回,坐火车从成都来到了板桥湾。她没有想到的是,她一见到汉子大爷,就决定留下来不走了。

三年前那个春天,温寒露一路问到"鸿祯田庐",正碰上汉子大爷要在正门口张贴招聘启事。那个高大的老人可怜巴巴地望着她,好像突然间回到了冬天,浑身瑟瑟发抖。

"大爷!"她喊道,"您就是汉子大爷吧?"

汉子大爷那会儿还能听见,但好一阵都不能应声。他已经用毛笔字在那张纸上写道,他叫雷高汉,需要一个钟点工,每天给他做午饭和晚饭。

温寒露说:"您不用贴这个啦!我已经来啦!"

"你怎么知道,我需要帮手?"汉子大爷缓过一口气,"你是神仙?"

"我是妖精!"温寒露笑起来,"但我也是晚辈!"

我在后来问过汉子大爷,他一辈子硬气,怎么见了温寒露如此害怕?他说,他真以为遇到了仙女。但是,他很快就不害怕了。他说,他要是真遇到了一个妖精,那么,他这一辈子就什么都齐了。

温寒露也说,转瞬之间,汉子大爷的那一份可怜便荡然无存,而那以后也再没有从他身上见到。她说:"他就像是两个老祖宗。"

2

七夕那天夜里,温寒露和我住到了一起。

油菜收割以后,我就看见有人在田里打桩,开初以为只是建一个望哨棚什么的,后来排场越搞越大,一边在桩上安装集装箱,一边在桩上架起防腐木步行道。插秧过后,路灯就竖了起来,"稻香田庐"的招牌也竖了起来。那以后,我就把散步从黄昏改到了夜间。每一次散步,差不多都不会少了温寒露。我们不走田埂,只往那悬空的步行道上走,朝平稳而阔气的路上走。

满天星星密得让人透不过气。蛙声混响成一片,飞虫却都到了诱杀灯那儿。温寒露看一眼那招牌说:"田庐这个词,听起来比草庐好。"

我问:"庐和塞,你喜欢哪一个?"

她想了想说:"庐。"

"为什么?"

"更有家的味道。"

一只飞蛾大概迷了路,在她身上乱扑。她受了惊吓,往我怀里乱扑,身后就有笑声响起来。崔蔓莉跟上来说:"好一只懂事的蛾儿呀!"

温寒露好像要把那只飞蛾追回来。她紧跑几步,才回过头对崔蔓莉说:"今天还早呀!蛙声又这么闹,你听得成吗?"

"我已经侦察过了。"崔蔓莉走到了我们前面,"今天重点听七号！"

温寒露说："七号怎么了？"

"今天是鹊桥会。"崔蔓莉说，"那一对，一看就知道是来偷的。"

我等崔蔓莉走远了，才悄声问："听什么呢？"

温寒露说："蛙。"

"偷什么呢？"

"水稻。"

"她不会因为人家抢了她的生意，使什么坏吧？"

温寒露快走几步，在步行道边上弯下腰，好像在看下方的水稻熟了没有。我看了看月亮，然后看了看灯，一只飞蛾却又向我扑过来。我挥舞双手都没有把它赶开，就朝温寒露那边躲过去。她向旁边一闪，我差点跌下稻田。

她小声说："好一只不懂事的蛾儿呀！"

我还没接上她的话，她母亲打电话来了。我放慢脚步，落在后面。她母亲离婚以后去了美国，母女二人在电话里说了不下二十分钟，最后好像要吵起来。我再一次放慢脚步，也拿出手机跟父母通了一个电话。步道上不停地有人过来过去，我说话好像上气不接下气。我已经对母亲简单说过我眼前的创作，她并不能够理解，弄得我每次谈起这个话题，就像是真偷了人家的水稻一样。

父亲还是那样，三言两语。母亲的话却越说越多，没有哪一句不是针对我眼前的困境。她说："你那是在给人家写传记。不管你收了多少钱,我觉得都是不务正业!"

我一点也不想辩解,只想通话尽快结束。但是,另一边,母女二人的拉锯战不知还要打到何时。我耐着性子对母亲说:"我写的这个人,一文不名。他说他做了一辈子无用功,并且,他已经没有未来……"

"那么,我倒想听听,你写这样一个人干什么?"

"我和他有约在先,他还在人世,我就不能泄露……"

"他若是活上一百岁,你就要一直等下去是不是?"

"他早已经活过了一百岁。"我说,"尽管他的故事还没有完,但我已经可以断定,即使我的作品过时了,他这个人也不会过时……"

温寒露已经挂上了电话,我就匆匆把电话挂了。

我们就要走到"稻香田庐七号"了,温寒露用力拽我一把,让我回头是岸。我们已经在无数次散步途中达成了某种默契,她那一拽让我明白,鹊桥正在架起,或者已经架起。

3

温寒露醒过来的时候,我已经工作了近两个小时。天已转凉,她的手脚裸露在被盖外面,我已经给她捂进去三次。我正写到那两条小鲤鱼,它们本该在上半夜一前一后游进稻田深处,却因为我们的卡位,改在了黎明时分。

我们在稻香深处迷失，溅起一片水花。

我们被锋利的稻叶划破，体无完肤。

我们都身在异乡，正急于寻找回家的路……

温寒露醒了。她坐起来，那样子却好像拿不准是不是在梦里，犹豫一下才小声问："那两条小鱼，没事吧？"

"当然。"我装出记不起来的样子，"我对你说小鱼了吗？"

"不记得啦？"她说，"你说，让我们一耽误，后面那一条就不一定追得上前面那一条了……"

汉子大爷起床晚，温寒露不着急起床去弄早餐。我们就那样说着话。她说，老祖宗好像有点熬不住了，要不要停一停？我说，我已经对他说过，要是有个什么闪失，我可担待不起。他却对我说，他不会说走就走，给我留下胡编乱造的机会。

乡下清晨的那一份宁静，让我们说到了成都。她问我什么时候到的成都，我在手机上查了一下记事本，让她看。她也拿起手机查微信朋友圈，小声惊呼起来："啊呀，这么巧？"

没错，我那天到了成都，她那天到了这儿。

我问："你是躲我吗？"

"躲得了初一，躲不过十五。"

"我就是迷了路，也能追上你。"

太阳正在升起，窗外那棵构树叶片闪亮。一只鸟儿藏在里面，叫声就像露珠，一颗一颗滚落。

她问："生活中的奇巧，是不是总对小说家格外关照？"

第七章

"你留意到了,它就关照过来。"我说,"你没有那一份细心,它就藏起来,或者溜过去。所以,它关照的不是小说家,而是那些穷追不舍的人。"

"老祖宗的故事里,这样的奇巧有吗?"

"无巧不成书。"我说,"但是,只要有了这样的状况,我都会反复核实,以免让人误判为噱头。"

温寒露说起了头天夜里的那个电话,她母亲已经在美国拿到了绿卡,希望她也能去美国。这是她第二次去美国的机会,她拒绝了。她母亲对她的选择怒不可遏,说女儿正在毁掉她的生活。我问第一次动员她去美国的人是谁,她说:"房地产商。"

我问:"做这个养老慈善项目的?"

她点点头。

"老祖宗一应开销,也是他出?"

"这些都由我哥出。"她说,"包括我的工资。"

4

汉子大爷在楼上看到了建造"稻香田庐"全过程。他从不向我打听眼前的事,但我知道,温寒露接受了他的任务,已经就他提出的问题向崔蔓莉做过了解,然后写了两页纸交给了他。

"三十天。"汉子大爷说,"二十年。"

我拿起笔,看着他。

他补充说:"三十天就建好了那么多别墅,而鸿祯塞,前前后后建了二十年。"

我在纸上问:"当年修这鸿祯田庐,花了多少时间?"

他说:"五十天。"

接下来他告诉我,眼前这"稻香田庐",按鸿祯塞园区总体规划建设,投资方以土地流转政策租用当地农民稻田,农民每年获取租金,还可以在酒店做零工。他好像是从什么资料上死记硬背下来,语速更慢。

我写下"庐"和"塞",问他喜欢哪一个。

"家。"他说,"这儿曾经是我的家,现在是我的店。"

我们并不是每次坐在一起,就忙不迭一头扎进从前的岁月,也并不是哪一段岁月都不能割舍。汉子大爷说,他知道自己并不是有什么特殊经历的人,也并不是每一步都踩在时代的刀口上,比如后来的大小运动,他都不过是陪个斗而已,差不多都是在空隙里过日子。

他说:"我后来知道了,包松年死在了那十年里。"

我问他和包松年见过面没有,他说没有。他相信包松年真是知道他的。我问何以见得,他说:"这个房子,就是他的后人建的。"

我写道:"人家告诉您了?"

他说:"建成之后,一个年轻人前呼后拥来到这儿。那是一个帅哥,跟他一起来的人都毕恭毕敬叫他李总。我一眼就认出他是包家的后人,和我当年看到的包松年的照片十分相像。"

"你还记得那照片?"

"有包企鹤的影子,自然记得。"

包松年死后四十年,他的后人知道了汉子大爷还活着,那里面不知又有多少需要弄清的问题。比如,包松年为什么一直不回板桥湾,他究竟给他的后人有一个什么样的交代?他的后人去包企鹤和庄瑞贞的墓前了吗?我不好问那墓还在不在,担心牵扯出让汉子大爷难为情的什么话题。

汉子大爷说:"我记得,你来这儿前几天,那位帅哥又一连来过两次。第二次轻车简从,但我看出来,他那不是来看我的。"

温寒露在中秋节之后对我说了,我刚来那会儿,她在夜里总会接到电话,就是那个李总打过来的。我在网上没有搜到副省长包松年或者李松年,但根据她提供的信息,我搜到了鸿祯豪庭董事长李翰。既有"鸿祯"二字铁板钉钉,又有汉子大爷的面相之说佐证,那么,帅哥李翰是包家后人应该没有疑问。我大概也能猜测到,包松年在世时不便回来,但他对老家的一切也还是知道一些。不过,他并不能预见四十年后他那个名义上的妹夫还会活着,并且他的后人又会做了房地产,所以说,"鸿祯田庐"不会是他对后人的一个交代,倒有可能是他的后人借题发挥的一个安排。

汉子大爷说:"一个人无论吃多少苦,并不是要谁记住你。网上说,有人搞过一个调查,现在的人只能记住上两辈人的名字。我也一样,除了老年痴呆,我不会忘记我爹叫雷长生,我爷爷叫雷文开,再往上我真不知道了。一辈管两辈,上管下,下管上,就够了。"

我打手势让他歇一歇,并把他的茶杯递过去。

他喝一口茶,接着说:"你看,这么漂亮新奇的房子,每天夜里住进去那么多来路不明的人,他会关心他是住在曾经的包家稻田之上吗?他会关心他是住在现在谁家的稻田之上吗?他们的屋子下面不需要挖什么逃跑的暗道,只有水稻和蛙声,我一想到这个,就愿意再活一年。"

我也喝起茶来,听他随便说。

"夜里,可能还有去听墙根的呢。"他笑起来,"那就让他听吧。他就是愿意拱到那下面去听,也没关系,该怎么还怎么。"

我在纸上画了一个问号,还让它长出了两只笑眯眯的眼睛。

他说:"你想啊,人家城里好好的不住,为什么要住到你这田坝里来呢?你不是叫个体验式入住吗?他不就图个'野'字吗?他办他的事,你听你的戏,要是挨了骂,也只好憋口气。嘀嘀嘀嘀,扯远了,我们接着来。"

第八章 黑松林

1

雷高汉当然知道,仅凭刚认识的十几个字,就解开了一首藏头诗,那可不是靠他的什么本事,而是全靠老天帮忙。要是没有包志默那个坦白交代,雷高汉怎么也不会知道还有个藏头诗,更不会知道还有个那样的解读方式。那四个字就像闪电,划亮了他正在爬行的长长的暗道。他终于明白过来,他一直苦苦寻求的,其实就是那个天大的结论。

那以后,每一天,雷高汉都想着三个人,梅云娥,翠香,还有女儿。他已经认清了自己的孤命,但在他的心里,他已经有了一个四口之家。他好几次都想不再把那小镜子留在身边,结果也还是觉得不舍。他不能忘了小镜子长久的陪伴,即使那一段没脸说出来,至少,还可以用它来照一照脸。

女儿六岁了。

女儿七岁了。

女儿八岁了……

他每一天都想着，老天既然指认了那是他的女儿，那么，一定还会帮他一个更大的忙，让他找到女儿。但是，老天就那样云淡风轻地耗着，或者电闪雷鸣地耗着，自然不会轻易给他指一条地上的路，让他径直走到女儿面前。

互助组搞起来的时候，那棵海棠不知为什么不在了。就是说，连路起头的地方都没有了。

别人的单干已经结束，他的单干却还要继续。互助组不接纳地主富农，不过那也正合了他的心意。无论是在水田还是旱地，他都可以一个人说话，有一搭无一搭，有时甚至说上一整天。那就像翠香还在旁边，和他一起薅秧，和他一起掰苞谷。他自己都不知道，他的那些话，哪些是说给翠香的，哪些是说给梅云娥的。他并不怕什么人偷听了去，也不怕什么人检举了他。难道说，还会给那躺在地下的可怜女人，定一个什么罪名不成？

罗红玉和乔桂花都让翠香伤了心，都不再给雷高汉做媒了。她们不起那个头，其他人也就不会积极，给一个富农牵红线，能落一个什么好呢？

鲁金奎的职务改了一个叫法，他已经是板桥湾村民兵连长。雷高汉对鲁金奎的态度也有了一些变化，不顺耳的话尽量不说，他要为自说自话留一些口水。鲁金奎好像不给他找一个女人就过不了一个坎，见了他说："女人一直有一个现成的，只是工作不大好做。

第八章

要不，我派几个民兵，把她捆绑了给你押来！"

"改抢了？"雷高汉说，"连长才当上几天，就腻了？"

鲁金奎说："接下来，我还要再找个理由，把你这个家伙镇压了。要不，我会当成天底下最窝囊的一个民兵连长！"

雷高汉问："你说的女人是谁？"

"你把她男人抓了壮丁……"

"柳鸣凤？"雷高汉说，"怎么还是她？"

"她怎么啦？配不上你？"

"我当年冒险帮她，人家都不领情。她要是睡到身边来，听我说一句梦话不就把我检举了？"

鲁金奎说："难道你没有发现，人家早就不批你了？"

雷高汉说："我和你都在她家当过长工，我可不想吃二遍苦，受二遍罪！"

春天早就来了，却一直暖和不起来。一天下午，雷高汉在地里一边干活一边说话，没有留意天色，他扛起锄头往回走时天已擦黑。

"雷高汉！"

雷高汉听见了女人的喊声，连忙把锄头放下来。那个地方在黑松林脚边，柳鸣凤在一棵松树下面站着。她大概没有干活，穿戴得就像走亲戚一样。她说："我没有想到，你收工这么晚……"

雷高汉说："地里一个人，家里一个人，早点晚点都一样。"

柳鸣凤向前走两步，说："我想和你说几句话。"

"天就要黑了……"

"我们是打开窗子说亮话,管它黑不黑。"

雷高汉挂着锄把,微微弯下了腰。他说:"说了你可能不信,我比你更盼望金庆春回来……"

"别说了。"柳鸣凤说,"我信了!"

锄把可怜地抬起了头:"你怎么……"

"你的眼睛告诉我的。"柳鸣凤说,"有一回批斗会下来,你看我一眼,我就信你了。因为,金庆春最后看我那一眼,也是你那样的眼神。"

"还是等金庆春回来,他一定会回来……"

"雷高汉!"柳鸣凤说,"我们家过去欠你的,我欠你的,我都会还你。但我不能把我拿给你,因为我是金庆春的!"

"你这是从哪儿说起……"

"我今天来见你,就为这几句话!"

柳鸣凤说完,转身就走,眨眼间影子就不见了。

雷高汉在黑松林里向上爬着,呼吸声粗重而急促。他好像不是在往鸿祯塞走,而是刚刚逃出来。

2

那张手帕不能和小镜子搁放一处,却又没有一个搁放它的合适地方。只要田地里没有什么活路,只要不上批斗会,雷高汉都会把它揣在贴身的衣兜里。那上面还有十三个字不认识,他一共在地里等了五次,一次一次拦下包志默和虞婉芬。包志默只教了三个字,其余十个字是虞婉芬教的。

第五次,也是最后一次,雷高汉请教的字是"戲"。那个字笔画多,一个等于两三个,被他留在了最后。

"戏,戏台的戏,唱戏的戏。"虞婉芬说。

雷高汉已经猜中了那个字。"戏子",梅云娥这样称呼自己。

虞婉芬轻声唱起来:"奴羡君风姿翩翩才绝代,但愿连理并蒂开。"

包志默四下看看,没人。他悄声问:"这唱的是哪一出?"

"《翠香记》呀!"

"哦呀!"包志默拍拍脑袋,"我都忘了!"

天已擦黑,两个人影匆匆走了,就像要赶回去登台唱戏一样。

雷高汉却让虞婉芬唱蒙了。一出戏已经散场,一个观众留在那儿。他刚刚听说了《翠香记》这个戏名,想必就是梅云娥最后一次登台唱的那一出。他也是才知道,那一出戏的主角并不是小姐,而是丫头。翠香,他听见自己轻轻喊出了声。

虞婉芬对雷高汉的态度已经改变。那个"戲",雷高汉用柴棍在地上写了三次才算成功,她一直站着等他。还有,她每一次都好像提前知道雷高汉要请教哪些字,比如第三次教他认了"怨",到了第四次,她教他认"癡"的时候说:"我上次还说了'痴男怨女'呢。"

二十八个字，终于全部让雷高汉吃进了肚子里。那首诗，他也终于能够背下来，只是连一个大致意思都弄不明白。不过不要紧，梅云娥下那么大的功夫，是要把孩子的秘密告诉他，而他已经知道了。

还有一个秘密，搁在包志默和虞婉芬家里。

就是那只红色皮箱。

雷高汉第一眼就认出来，那是梅云娥的遗物，当年他帮他们往包家大院搬家时，就知道已经到了他们手上。梅云娥教过虞婉芬唱川剧，她们的关系应该不错。如果是梅云娥交与虞婉芬的，那么，梅云娥当时大概已经知道凶多吉少，那皮箱应该算后事的一部分。如果是虞婉芬在梅云娥死后才收藏起来的，那么，那皮箱应该算友情的一部分。不管怎么说，他也要用什么东西把它换过来。家里除了有一点粮食，除了床，哪一件都抵不上一只皮箱。新米又出来了，给翠香的爷爷送一点过去，若再用它去换那皮箱的话，剩下的恐怕就不多了。翠香不是还给他留下另一个名字吗？半饱就半饱，他常常背着人自叫自答。再说，就是吃糠咽菜，又有什么关系呢？

可是，他怎么也想不出一个理由，向包志默和虞婉芬开那个口。

他决定豁出去了。

包志默和虞婉芬又被雷高汉拦下来。包志默说："哪见过你这样认字的。字那么多，这样可教不过来。"

雷高汉说："新米出来了，明天，我给你们送一点。"

第八章

"行不得呀!"虞婉芬说,"口粮送了人,你吃什么呀?再说,我们劳动生产,自食其力,吃饭没有一点问题。"

"先不说这个。"雷高汉蹲在地上,用柴棍写下一个"夢"字。"我把这个字忘了。"

"梦。"虞婉芬说,"做梦的梦,美梦的梦。"

"嘿,我这记性!"雷高汉站起来,"我昨天晚上就做了一个梦,请你们帮我解一解。"

虞婉芬说:"我们可都不会解梦。"

雷高汉说了他的那个梦。一个白胡子老头在梦里对他说,雷高汉,你知道你为什么一直走背运吗?为什么?那是因为你在前世把一件宝贝弄丢了。什么宝贝?一只红色皮箱,一只角有火烧过的痕迹。皮箱有什么用?它对别人来说是无用之物,对你雷高汉来说,却是要什么有什么。

虞婉芬对包志默说:"听起来,白胡子老头把我们家盯上了。"

包志默对雷高汉说:"你不就是想要我们家那只皮箱吗?"

雷高汉就像让一把长长的白胡子遮住了嘴,一时说不出话来。

3

一大早,雷高汉吃了一顿饱饭,然后去五里湾给翠香的爷爷送新米。他走在和翠香一起走过的路上,埋着头,不往远处看,不往近处想，可泪水还是流了出来。

见到爷爷，泪水已经干了。

丁继业对雷高汉说："人来了就有了，米给我背回去。"

"爷爷！"雷高汉把背篼放下来，"翠香在天上看呢！"

爷爷问："你在路上哭过？"

"一路哭过来。"

丁继业拖过一条板凳让雷高汉坐下，然后再拖过一条板凳坐在对面。雷高汉见丁继业坐的是一条烂板凳，随时都有散架的危险，就站起来要和他换。丁继业直摆手，雷高汉二话不说就把他抱了过去。

丁继业说："那好，你也坐过来吧，我们坐在一条板凳上。"

雷高汉却小心地坐在那条烂板凳上，说："这样坐，我才能够看见你，看见翠香的影子。"

丁继业说："你赶紧把这条路断了，有合适的就续一个，富农也要过日子不是？人一转眼就老了，不要到时候像我一样，一个人坐在一条垮板凳上等死！"

雷高汉真怕把那条板凳坐垮了。他站起来，在屋里寻出斧子和木块，没几下就把那板凳修好了。他修完暗道以后，都差不多成木匠和石匠了。他在那条稳当的板凳上陪着丁继业坐上一阵，就起身往回走了。

路过红石沟的时候，一个空背篼好像也让雷高汉累着了，他在那棵老槐树下面坐下来歇气。快吃午饭了，下地的人从他面前三三两两往回走,他终于看见一个老汉独自一人走过来。他叫一声"大叔",问了几句话。

"你说什么?"老汉说,"九年前?九年前还是旧社会!旧社会的事你还问它干什么!"

一会儿过来一个女人,雷高汉又叫一声"大姐",拿那几句话再问一遍。

"你这问的是旧社会的事了。"大姐说,"当年,我倒是知道,红石岩住过两个叫花子,还带着一个孩子。后面的事就不知道了。"

老槐树把太阳全遮住了,雷高汉觉得冷飕飕的。

那女人走开几步,又走了回来。她向四周看看,压低声音说:"你去金庆余家问问吧。"

"他家……"

"当年,叫花子上他家门上去要过饭,因为他女人刚生了孩子……"

"金庆余的女人叫什么名字?"

"张巧兰。"

这时候,两个民兵拖着步枪跑过来,其中一个喊了一声:"雷高汉!"

那女人赶紧走了。两个民兵跑拢了,雷高汉一个都不认识,但他们好像都认识他。他们问他在打听谁的孩子,又问那孩子在红石沟怎么了,雷高汉什么也说不出。一会儿,村上的民兵连长来了,他叫人拿来一根麻绳，把雷高汉捆绑在老槐树上。

一个女人的声音突然响起来："这是怎么啦？"

雷高汉听出来，那是柳鸣凤的声音。他把脑袋扭不过去，看不见人在哪儿。

"这个人我认识。"柳鸣凤大声说，"你们把他解开！"

民兵连长说："凤姐，我们也认识他，富农雷高汉。他到红石沟来搞破坏活动，我不管谁管？"

"他砍了树还是炸了桥？"柳鸣凤说，"人家也就过个路，你快给我解开！"

"解开！"民兵连长挥了挥手，"听凤姐的，解开！"

麻绳被解开的时候，雷高汉不停地去看柳鸣凤，可是柳鸣凤一眼也不看他。

雷高汉还不能走，必须把孩子的事交代清楚。柳鸣凤终于看了雷高汉一眼，问他怎么回事，他说："我回去向鲁连长交代。"

最后，因为柳鸣凤担保，民兵连长派那两个民兵把雷高汉押回板桥湾村，交到鲁金奎手上。柳鸣凤本来是一个带路的，但那个阵形看过去，好像她和雷高汉私奔，被外村民兵拿住了。她一路走一路说："我这是给两个村当联络员，看什么看！"

鲁金奎在鸿祯塞开会，柳鸣凤就不去了。两个民兵把雷高汉押到戏台上，一个看守，一个上望哨楼去交涉。会过了好一阵才结束，两个民兵交了差就走了。鲁金奎和包喜泉都在望哨楼二楼坐着，雷高汉进门的时候埋了头，然后就一直那样埋着头。

第八章

"你不是去给爷爷送新米吗?"鲁金奎问,"怎么变成给孩子送月米了?"

"什么孩子?"包喜泉问,"谁的孩子?"

雷高汉想了一路,把时间向前提了两年。他说:"十一年前,我在板桥上捡了一个孩子……"

鲁金奎说:"这么大的事,我怎么不知道?"

包喜泉说:"那还是旧社会。"

雷高汉说:"我把孩子刚抱起来就放下了。我连女人都没有,怎么养得活……"

包喜泉问:"男孩还是女孩?"

雷高汉说:"当时顾不上看。"

包喜泉问:"那和红石沟有什么关系?"

雷高汉说:"后来我听人说,孩子让两个叫花子捡走了,在红石沟采石场那石窟里住过……"

"谁说的?"

雷高汉说了一个女人的名字,而那个女人已经死好几年了。

"行啦行啦,我以为什么事呢!"包喜泉说,"雷高汉,你要记住一条,只准规规矩矩,不准乱说乱动!"

4

冬天,黑松林很少有安静的时候。北风吹过来,从沙沙沙到呼呼呼是刹那间的事。沙沙沙撒落下地，变成了人的走动。呼呼呼远走高飞，不知又带走了什么。无论哪一种声音，只要是在天黑以后，都是很吓人的，所以，冬天的夜里很少有人从黑松林里穿过。

在黑松林下边，在包家大院外面的水井旁边，虞婉芬把一只皮箱交到雷高汉手上。天已经黑定，看不出皮箱的颜色，也看不出上面的疤痕。雷高汉也看不见站在一旁的包志默的表情，三个人都没有说话。

雷高汉扛上皮箱，掉头就走。

天黑得像锅底，他越走越慢，生怕脚下一虚让皮箱掉落在地。爬坡了，他脚下就更仔细了。什么也看不见，但是，石板路把黑松林分成了两半，他能够听出风在头顶断裂的声音。他好像扛着一团亮光，在风声的裂缝里向上爬。他分明是扛着皮箱的，但不知什么时候，皮箱已经趴在了他的身上，他是背着皮箱在走。他好像听见皮箱在他耳边有一句没一句说话。

沙沙沙呀……

呼呼呼呀……

突然，他听见了一个声音，真是从皮箱里发出来的。那细微的沙沙声，就像女人在梳头发。他停下来，那声音却没有了。他一迈开步子，那声音就又起来了，变成了加重的呼呼声，就像渐渐燃烧起来的火焰。

那样的声音做伴，雷高汉没有一点害怕，相反，他就像在把他的媳妇背回家。他背着一团火，经过那坟地附近时停了停。他在心里轻轻喊了几声,这一回,他喊的是梅云娥。

北风翻落到他的身上,他感到背上加重了。

出了黑松林,他看见了鸿祯塞的影子。一抬头,原来天上有了一点月亮。那不知道是让云遮住了,还是让风吹掉了,只剩下可怜的一点渣。北风从大门外面的老松树上掠过,轰轰轰的。喜鹊窝已经不在,被大门里哪家的孩子抄了下来,抱回家喂灶孔了。

他在大石头那儿停了停,要把从前的一个梦续上。他在那个梦里背回了他的女人,可是大门不让进。野花的香气已经被北风刮走,但是,他还是闻到了别样的香气。他没有再摸石头,双手紧紧地搂着他的皮箱,搂着那满腔要说出来的话。

他不急,没有人再阻拦他进大门了。

他回到屋里,闩上了门。

"点灯……"

他好一阵才摸到了火柴。他点亮了煤油灯,一团红色光芒闪耀起来。

"解开……"

他的手颤抖着,好一阵才打开了皮箱。里面有一个相框,他只看了一眼。

"我是来救你的……"

风声从窗外扫过,就像有人过来过去。他打了一盆冷水,洗过了脸,洗过了手。他一点不急,等一双手在身上焐热了,才小心地把相框捧起来。那是梅云娥的照片,一个头像。看上去,她比在那客栈里时大了不少,也就是说,照片是在他们相见之后拍摄的。她那一双漂亮的大眼睛好像在对他说话。她那薄薄的嘴皮微微张开,好像有一点惊讶,不知把什么好戏词忍了回去。她没有辫子,微微翘起来的短发让那张脸看上去更加迷人,却也没有掩住几分忧伤。

"我没有想到,我还能再见到你!"

风刮了一夜,他迷迷糊糊睡了一夜。他好几次把灯点亮,担心那风会把照片吹跑了……

5

包志默在旧社会娶了两房老婆。虞婉芬是二房,嫁过来不久大房就生病死了。《婚姻法》出来以后,包志默在鸿祯塞成了一个例外,成年男人里面只有他是一房女人。包志默读过高中,而虞婉芬读过初中,尽管她的年龄比包志默小许多,并且也和那个大房一样迟迟没有生下一男半女,夫妻二人却是出了名的恩爱。

虞婉芬曾经是鸿祯塞最漂亮的女人,后来也一直是板桥湾最漂亮的女人。她生在县城,嘉陵江把水的柔性和亮色一齐给了她,即使她已经下地做了好几年农活,太阳也并没有让她白皙的肤色有多少修改,锄头、扁担、背篼也并没有让她轻软的身段有多少走形。她穿一身粗布旧衣裳,依然掩不住那一身鲜活,就像白雪被枯枝败叶覆盖,也会顺应着天气化成了水,滋润着种子冒出了芽。

包志默比雷高汉小一岁,个子和形象也都比雷高汉差一截。

那个差别，常常让雷高汉胡思乱想，说不定自己本来就出自大户人家。不是么，大户人家的人常常被绑票，拐走一个孩子费什么事呢？他想，要是没有被人拐卖，他也会拥有虞婉芬那样一个女人。他在批斗会上和虞婉芬站在一起，浑身不自在得都快要抖起来，人家大概正想呢，你凭什么和我站在一起？

雷高汉还在挖暗道时就知道，包志默算是白当了包松堂的儿子。他除了生得酷似父亲，不爱摸枪，不想做官，独独喜好看小说，尽管满口之乎者也，其实并没有多少学问。他却有一样了不得的本事，那就是和虞婉芬形影不离。虞婉芬吟诗作画，他守着。虞婉芬喜欢川剧，时不时唱几句，他除了当听众喝彩，有时候还要帮一腔。他的脑袋里甚至也没有装下那个"孝"字，凡事都站在虞婉芬一边。汪碧鸾骂虞婉芬是不生蛋的鸡，他好长一段时间拒绝吃鸡肉，以示抗议。

汪碧鸾也是一个颇有姿色的女人，却天生见不得别的女人漂亮，因此，她和虞婉芬水火难容。梅云娥住进了鸿雁院，虞婉芬那个第一漂亮就让位了。梅云娥是姨娘，虞婉芬比她矮一辈，却又比她大一岁，打心眼儿里怜惜她。汪碧鸾并不是一个胸有城府的女人，就像生怕不够嚣张一样，就连包松堂在床上没了能力那样一个秘密，竟然也敢吐露出来，并且让儿媳妇听到了。那么，包松堂为什么还要把梅云娥娉了来？虞婉芬请教丈夫，包志默站在男人的立场上，却也给不出一个像样的答案。

小姨娘不谙世事，倒好相处，而虞婉芬自小就爱川剧，她们两个人不顾汪碧鸾的淫威,或者是要故意做出来给她看,就在鸿雁院里扮了师徒唱开了。

后来,梅云娥让包松堂带走了。她怀孕的消息传回鸿祯塞时,虞婉芬心惊肉跳。包志默毕竟是男人,他说:"老人家重展雄风,也未可知。"

渐渐地,虞婉芬却嗅到了一股火药味。她从种种迹象判断出来,事情并不像包志默说的那样,并且她已经听出来,包松堂和汪碧鸾站到了一起。

虞婉芬没有想到,梅云娥会亲口告诉她,那个色胆包天的人是谁。

那是梅云娥腆着肚子回到鸿祯塞第二天,虞婉芬要去鸿雁院,叫包志默不要跟去。她在梅云娥屋里不敢久留,离开时好像也快要生孩子一样,好几步没有走稳。

包志默问:"什么情况?"

"万分危急。"

虞婉芬把知道的都悄悄讲了出来,包志默听傻了。他把右手掌举过头顶,比出了一个高个子,悄声问:"老人家知道是这个人吗?"

"怀疑。"虞婉芬说,"梅云娥说,你爹要动手了……"

"那为什么要等到现在……"

"她来不及对我说。"

过了一阵,包志默才说:"这事你要躲得远远的,千万不要让血溅到自己身上！"

"我已经答应为梅云娥做一件事。"虞婉芬说，"我要让那个人知道，孩子是他的。"

"那更容易惹火烧身。"

"我不会去找那个人。"虞婉芬说，"那个人识字吗？"

包志默说："他不识字，怎么当上了水官？"

"那就好办。我给他写一封信。"

"信？"包志默有点急了，"要是落到我妈手里……"

虞婉芬却没有动纸笔墨砚。她拿出一张白手帕，还有针和线。线是红色的，一根不够。

6

雷高汉知道那首诗并不是出自梅云娥之手，已经是红色皮箱到他屋里半年以后的事了。

那会儿，人民公社已经成立，鸿祯塞被征用做了粮站，住在里面的人几天之内全部搬了出来。雷高汉临时搬进了包家大院旁边的碉楼。碉楼由石材建成，里面冬暖夏凉。每户人家得到的补贴不等，雷高汉单人独户自然是最少的，不过，他算了算，修两三间瓦房没什么问题。他申请回到他家草房原址建房，被批准了。

但是，房子并不是说修就修，什么时候修还得大队说了算。所以，十户人家分散在各处的过渡房里。雷高汉一个人的那点家当，也前前后后跑了五趟，才从鸿祯塞全部搬进碉楼。红色皮箱是他在夜里背下来的。没有床，他在石头上照样睡觉。没有锅也不要紧，反正都大办食堂了。但是，要是没有了红色皮箱，他的日子就不只是毁坏了一只角。

碉楼里并不是只住了他一个人，还有从鸿祯塞里搬出来的一户人。还好，那一户人对他一直和气。大家一起钻进了大烟囱一样的建筑里，进进出出尽管不像鸿祯塞那样方便，但是，碉楼早已没有了从前站岗放哨的紧张气息，倒有了几分忆苦思甜的平淡味道。

反而，雷高汉和白送给他皮箱的两个人生疏起来。他躲着包志默和虞婉芬，就像过河拆桥一样。他们在皮箱里放进相框，显然是要告诉他，他的事天知道地知道他们知道。他们大概并没有什么恶意，要不在批斗会上早就交代了。那么，他们究竟知道多少呢？他们要是问起来，他怎么说呢？毕竟，包松堂是包志默的父亲，汪碧鸾是包志默的母亲。

不管怎么说，雷高汉欠着他们一个人情，他不会忘记他们的慷慨。那还是包志默主动提出来的，他说："那皮箱，你什么时候要，我们什么时候给。"

"不能白要……"

虞婉芬说："你要再说以物易物的话，我们就不给了。"

雷高汉把红色皮箱背上去又背下来，两次穿过黑松林。第二次，他提着马灯，却差点踏上了通往两座坟头的那段岔路。他在心里说，我背着你啊，你疼就喊出来啊……

第八章

土地已经收归公有，板桥湾大队的食堂办在从前包家的枪厂和药厂里。雷高汉和包志默两口子在一个生产队，他们都在枪厂那个食堂吃饭。春天里的一个黄昏，包志默和虞婉芬并排着回家，脚下的小路就不够他们走，虞婉芬几次都要把包志默挤下地沟里去。他们发现了雷高汉跟在身后，队形就变成了一前一后，还让脚步慢了下来。包志默一等雷高汉靠拢来，就背诵了一首诗。雷高汉并没有听清，包志默见他无动于衷，把那首诗又背诵了一遍。雷高汉的脚下好像粘住了，他听出来，那正是手帕上那首诗。

虞婉芬没有转身，说："你的事，我们略知一二。"

雷高汉跟上去说："我想知道……"

"晚上，等着我们。"包志默说，"到时候，你就什么都知道了。"

那天夜里，雷高汉等到肚子都饿了，还不见包志默的影子。肚子是人身上最贱的部分，吃不上饱饭的时候它还不怎么吵饿，已经在食堂吃上饱饭了，它倒放肆起来，吃了上顿盼下顿。

雷高汉住在碉楼最高层，从瞭望口往上还能看见几颗星星，往下却什么也看不清。所以，快半夜了，包志默和虞婉芬都到了门口，他还在那儿往下望。

煤油灯亮了。虞婉芬进屋坐下来，包志默在外面望风。那并不是他们最初的分工，而是临时的主意。包志默对虞婉芬说："我说来说去就说成了小说，还是你去说吧。"

本来，包志默和虞婉芬是要把那一切都忘掉的，但雷高汉自己跳了出来。他一遍一遍请教那些字的时候，虞婉芬就知道了，那张手帕在他手上。他们早已知道他不识字，那首拼拼凑凑的诗一定把他害苦了。事情都走到了那一步，虞婉芬对包志默说，我们要帮一帮他。包志默不会写藏头诗，虞婉芬就替他写了一首，他在批斗会上那个坦白交代，实际上就是要教给雷高汉一个方法，让他读懂那首诗。

深夜里的碉楼安静得就像一堆石头。虞婉芬讲了她和梅云娥的交往，雷高汉很想她讲得细一点，但不好意思开口。她一字不差地背出了十年前写的诗，原来那并不是梅云娥写的。她说："我的针线活儿不好，绣的那些字大的大，小的小。"

雷高汉听到那儿，小声问："梅云娥，她也不识字吗？"

虞婉芬说："她告诉我，她很小就学戏了，识字不多。"

"那诗，她自己没有看过？"

"当然看过，她懂呢。"虞婉芬说，"那字并不是出自我一个人之手。后面三行是她绣的，她的针线活比我好。"

"我不识字。"雷高汉说，"她恐怕不知道这个。"

"我们都不知道。"虞婉芬说，"出事以后，我到处找那张手帕……"

"你要是直接告诉我就好了。"

"你不知道，当时你有多危险。"虞婉芬说，"她为了把手帕交给你，把蚊帐都点燃了。"

突然，住在楼下的人大声喊起来："雷高汉！汉子，雷高汉!"

雷高汉赶紧出门去。

"你门口有一个贼!"

雷高汉说:"包志默有胆子做贼吗?他来向我借黄历。没事,你睡吧!"

"半夜三更,翻什么黄历!"

虞婉芬已经走到门口,小声对雷高汉说:"到此为止。"

7

雷高汉和柳鸣凤不在一个生产队,也不在一个食堂吃饭,就一直没有机会说上话。雷高汉要在谢她老槐树上救人的时候,向她打听一个叫张巧兰的女人。

老槐树上的那个捆绑,对雷高汉来说还是第一次。那捆绑之后又多出来一个押送,让他成了红石沟的敌人,等于把他去那儿的路断了。红石沟近在眼前,就算那路没有断,生产队管得那样严,他也没有机会再去一趟。好的是,那抓壮丁结下的仇,已经让柳鸣凤几句话说散了。

一个单身男人一个单身女人,一个富农一个中农,碰上了说一句话,不知会惹出什么事。柳鸣凤守活寡已经二十几年,看样子是要守到底了,那些光棍汉在她那儿碰够了钉子,心早就死了,可眼睛还活着。柳鸣凤和雷高汉天都要黑了还凑在一起,加上又被红石沟的民兵一起押送回来，那些眼睛就红的红绿的绿了。

一个传说突然就要兑现，黑松林要全部砍光大炼钢铁，然后，把腾出来的坡地开荒种粮。

那可让雷高汉急坏了。黑松林里那两座坟，怎么办呢？他去申请把翠香的坟迁走，把梅云娥丢下不管吗？他又有什么理由提出让梅云娥一起走呢？黑松林里另外还有三座坟，大队已经决定，一座也不迁。那样一来，雷高汉就连翠香也说不出口了。他准备单干，一夜之间把他的两个女人一齐迁走，但怎么做得到呢？何况，土地都是集体的，往哪儿迁呢？一查就查到他头上，他背上一个罪名倒没什么，要是让地下的尸骨蒙了羞，他就是想哭都没个地方了。

社员第二天就要开上去砍树了，雷高汉在两座坟前坐到了半夜。他嘴上一句话也没有说，心里却是分开说的。他先说是他害死了梅云娥，他唯一能做的就是找到孩子。接着，他说是翠香让他过上了真正的日子，可是太短了，他唯一能做的就是对爷爷好，为老人家养老送终。他在心里说着说着就哭出声来："今后，我到哪儿去找你们说话啊！"

全大队的社员都开进了黑松林，板桥湾的锯子和斧子都来了。

松树们站在一起，一丝儿风也没有。

一声喊，一棵小松树倒下了。

又一声喊，一棵老松树倒下了。

不出两天，黑松林就砍光了。

月亮早早就出来了，那保留下来的石板泛起亮光，就像一条

第八章

崭新的路。雷高汉在食堂吃过晚饭,顺着石板路向上爬。风凉幽幽的,石板路软绵绵的,他却没有走稳。还没爬到一半,他停下来,然后转身向下走。月亮那么大,天地那么空,他实在没脸再去见那两座坟了。

他又看到了柳鸣凤。柳鸣凤还站在上回见面的地方,前后亮堂堂。

雷高汉说:"我以为还剩下一棵树。"

柳鸣凤说:"你不该走这条路吧?"

雷高汉说:"感谢你上次救我。"

柳鸣凤说:"我说过,我欠你的,我会还。"

雷高汉问:"那天怎么那么巧?"

"金庆春母亲过生日。"柳鸣凤说,"每年我都去。那天是个例外,我没吃饭就走了。"

雷高汉一时没了话,想了想才说:"你为什么一定要回到娘家来呢?"

柳鸣凤一边向下走,一边说:"你自己那碗稀饭还没热呢,倒管起我来了!"

雷高汉生怕她一气之下走了,跟在后面问:"红石沟有个张巧兰,你认识?"

"怎么啦?她要把男人休了,嫁给你?"

"不要乱说……"

"为什么问她?"

"翠香在世的时候，说过她。她们好像是亲戚。"

柳鸣凤不说话了。剩下的石板路已经走完，又该分手了。

雷高汉说："你要是不认识她，就等于我没有问。"

"我倒是要问你，那次你打听的是谁的孩子？"

雷高汉一听就慌了："也就帮翠香问问……"

"金庆春有个弟弟，叫金庆余。"柳鸣凤说，"张巧兰是金庆余的老婆，那女人大概和我前世有仇，我就是因为她才回到娘家来的。还有，那天我没吃饭就走，也是因为她。"

雷高汉望着柳鸣凤在月光里远去的背影。那好不容易才刨出来的一条路，让她这一说，等于又断了。

8

黑松林倒下以后，剩在地上的那些灌木、荆棘和草丛，还有厚厚的松针，一把火烧光了。一片黑烟散尽，一面黑坡从鸿祯塞脚边挂下来。板桥湾大队全体社员一拥而上，在草木灰里开荒。每个人浑身都是黑的，已经从脸上分不清谁是谁。大队为各个生产队划分了任务，社员谁也不会趁着面目不清就突破了规定的地块，去为别的生产队干活。

雷高汉所在生产队的地块里没有那两座坟，所以，在开荒头一天，他只能心惊肉跳地牵挂着。锄头挖到了树根上，或者挖到了石头上，都像是挖到了他身上。第二天，他在下午收工以后落在后面，等人走光以后，顺着石板路急匆匆向上爬。他看见了，那条岔路已经消失，那个土台也已经成了斜坡的一部分。

天很快就黑得什么也看不见了，他都不知道是怎么回到碉楼去的。

那是一个干旱的夏天。一天晚上，繁星满天，雷高汉从碉楼出来，顺着石板路往上走。突然，他望见坡地里有一片闪闪烁烁的光点，就像天上撒下了一捧星星。他一口气冲了上去，不用细看，正是两座坟那个地方。

没错，那是磷火，又叫鬼火。

梅云娥的骨头，翠香的骨头，在夜里燃烧起来，在泥土里燃烧起来了。

那小火苗飘忽不定，好像知道是谁到了跟前，赌气一般灭掉了几颗，又撒娇一般冒出了几颗。雷高汉蹲下身，却怎么也护不住那娇嫩的火焰，人家只一闪就躲进了地下。他站起身，人家却又从身后跟了上来。

最后，雷高汉发现，他已经被一片忽闪忽闪的星光包围起来了。

他跪倒在地，紧接着匍匐在地，用身体拢住了两颗磷火。他在泥土里翻身，一连打了几个滚。他的身上好像也燃烧起来，呼呼呼冒起了火焰。他终于拾起了一颗磷火，捧在手上。他坐起来，在星光里辨认出来，那是一块尸骨。他嘴唇动了动，却不知道喊谁的名字。他把衣裳脱下来，铺在地上，然后把那块尸骨放上去。

他小心地拾着磷火，一颗接着一颗。

磷火是尸骨冒出的嫩芽。

夜里长出了女人的小腿，以及手臂。

泥土里长出了女人的一切，不分彼此。

一颗磷火也不剩了。他用衣裳把尸骨包裹起来，带回碉楼，让她们回了一趟家。

他从床上取下两块木板，就像取下床的两根肋骨。他有木匠的家什，也有木匠的手艺，在灯光里把一副微型木棺造好，还没到半夜。他把衣裳的包裹打开，小心地把那些零碎的尸骨转移进了木棺。木棺比那红色皮箱还小一些，住进去的却是两个女人。

灯火明亮，他看着她们，还是分不出谁是谁。但是，在他的记忆里，他却永远不会让她们混淆。

他知道，她们的家不在那儿。碉楼，还有黑松林，都只是她们住过的店。她们的家，应该在更深的地下。

第二天晚上，天上的星星稀疏了。等到快半夜了，雷高汉才出了门。一把铁锹让他用麻绳拴好，背在身上。一盏马灯没有点亮，提在手上。一盒火柴揣在衣兜里。他双手把那木棺搂在怀里，走进了淡淡的星光。他沿着老路走上去，望着坡地里那片老地方，星星好像已经被上天收了回去。他好像正是在朝天上走。他再一次扭过头去的时候，又看到了一颗磷火。他没有一点迟疑，转身向下走。

他走进那片坡地，那颗磷火却不见了。

他等了一阵，慢慢向外走，那颗磷火却又跟了上来。

第八章

他正要走过去,那颗磷火却又灭了。

她是翠香,还是梅云娥呢?

他轻声喊起来:"梅云娥!"

那颗磷火立即亮了。

他呆在那儿,停了停,又轻声喊起来:"翠香!"

另有一颗紧挨着的磷火,立即亮了。

他听着自己的心跳,又喊一声:"梅云娥……"

第二颗磷火立即就不见了。

"翠香……"

第二颗磷火又闪出来,但是,第一颗磷火也依然亮着。

他不知在那儿待了多久,那两颗磷火就那样应着他的喊声轮番亮着,一点差错没有。

夜已经很深了。他把木棺放到地上,把那两朵小火苗采摘下来,然后放了进去。他抱着木棺,站起来。

"梅云娥!"

他的声音大了一些,他好像听到了沙沙沙的声音。

"翠香!"

他的声音更大了一些,他好像听到了呼呼呼的声音。

山坡黑黢黢的,静悄悄的。

雷高汉回到石板路上,向上爬着。他再也没有回头。鸿祯塞已经做了粮站,粮食和石头一起在头顶压着。烧山以后,那暗道出口却依然隐蔽着。那儿是一面陡壁,蔓延的山火把那一蓬七里香烧掉了，那一道宽大的石缝已经无遮无掩。但是，就是爬进石缝，也没有人知道暗道出口的位置，知道了也不能打开。快十年了，他随时都准备着有人来过问暗道，结果，什么事也没有发生。好像没有人知道它的存在，或者，谁都以为它并不存在。如此一来，他反倒有点怕它了。

他借着星光，费了好一阵工夫，进入了暗道。

马灯依然没有点上，眼前却好像照着一盏灯笼，或者一团灶火。雷高汉紧紧地抱着木棺，他是一个顾家的庄稼汉，刚从外面回来。他好像闻到了无孔不入的粮食的气息，那么沉闷，那么单调，那么没有商量。

他一步也没有走错，停了下来。他知道，他已经来到了戏台下面，来到了那个救过他命的石头旁边。他把木棺轻轻往下放，那石头就接住了。他从身上放下铁锹。他还是没有点上马灯，弯下腰打开了木棺。他的手可是长了眼睛的，他还得一遍又一遍确认，那是他的女人。女人的骨头，在他的手掌里渐渐柔软起来。那个石头，也跟着女人一起柔软起来。

女人好像把身子往旁边挪了挪，让他在石头上坐了下来。

他对一个说："你身上，还是那样啊！"

他对另一个说："你睡吧，睡吧，没人敢说你懒……"

他对一个说："你还不知道，我的小名叫饱饭。你的小名叫什么？"

他对另一个说："你给我取个名字叫半饱，结果你是白取了。

第八章

你看，我是顿顿吃饱……"

他对一个说："你别怪我啊，我还没有找到孩子。"

他对另一个说："你别担心爷爷啊，他老了，我会把他接来和我一起住，我照顾他……"

他好像已经说混了，就不再往下说了，摸出火柴把马灯点亮了。暗道里空气不畅，那一颗火苗，远不如一颗磷火。他用铁锹在石头前面挖出一个方方正正的坑，然后把木棺端端正正安放进去。

"梅云娥！"

他叫了一声，头顶戏台上响起了闹台锣鼓。

"翠香！"

他又叫了一声，头顶戏台上起了一句高腔。

在锣鼓和高腔里，梅云娥和翠香的墓移到了鸿祯塞戏台下方，没有坟头。那个石头，成了一块躺着的墓碑。

雷高汉原路返回，从暗道出去时天就要亮了。外面非常安静，他听到了一声鸟鸣。

9

冬天的一个黄昏，雷高汉在水井边上，把半担水都没有挑起来。前几天，他还能挑起半担水。食堂快要断顿了，那天每个人只发了半个馒头。罗红玉是食堂的管理员，她不知变什么戏法为雷高汉藏了一个馒头。她悄声说："记住，你这辈子，欠我三个馒头了。"

一个人吃了三个人的伙食,雷高汉却没有力气挑起半担水,只好把两只桶里的水都再倒出来一些。那是包家大院的外井,水挑回去并不用来煮饭。他正要往下一蹲,包志默朝他慢悠悠摇晃过来。雷高汉把扁担架在水桶上,说:"两天没看见虞婉芬和你一路,怎么了啊?"

包志默想哭出来,却没有那个力气。他说:"我把我的饭都给她了,她恐怕还是活不成……"

月亮快半圆了,井水闪着亮光。他们好一阵不说话,那亮光好像也要灭了。

雷高汉说:"就是有米,没锅,你拿什么煮饭?"

"有米?"包志默喘一口气,"有米就好办。"

雷高汉把两桶水倒在地上,说:"省点力气。"

包志默不停地搓着两只手。

"守着她,等着我……"

雷高汉挑着空桶回到碉楼,接下来,他把红色皮箱腾空了。那里面有虞婉芬的诗,还有她偷偷保留下来的相框。他不用看梅云娥的眼神,他就是搭上一条命也要救虞婉芬。他其实要救的是两条命,没有了虞婉芬,包志默大概也活不成了。

他稍稍挨了挨时间,提上皮箱出了碉楼。鸿祯塞那暗道已经救下一个孩子的命,他要它再救下一个女人的命。他凭着剩下的一点力气,恐怕进了暗道就不一定出得来了,但是已经没有商量。最

第八章

好是打开任何一个入口就能遇到大米，有半皮箱就足够了，哪怕能让人吃上两三顿饱饭，就有可能缓过一口气吊起一条命。犯下盗窃国家粮食罪，不知被抓了会不会枪毙，大不了他拿一条命去换两条命。

他正要上坡，看见一个背着背篼的人影朝他慢悠悠走过来。他一眼就认出来，那是丁继业。

"爷爷……"

"你这是去哪里？去做贼吗？"

"您背的什么？"

"米。"

"米？"

"你的屋在哪里？"

雷高汉要把背篼接过去，丁继业不让："你还拿着家什呢，前面带路！"

丁继业跟着雷高汉上了碉楼。雷高汉给他送过两次新米，但他每顿饭都没有多加过半把米。他把陈米吃完，新米已经变成了陈米，所以他一次也没尝过那新米的味道。办食堂了，他就把那多出来的米偷偷保管起来。食堂开头都让大家敞开肚皮吃，哪有那样过日子的，不用说，缺粮断顿是迟早的事。他一直惦记着雷高汉，那样一个大个子，每顿要多少饭才把他喂得饱。但是，他不敢大白天送米过来，害怕让人撞见给没收了。

"你闻闻。"丁继业说，"我鼻子不好使了。米有点陈了，还香吧?"

"香,还香。"雷高汉的鼻子一股股发酸,"神仙爷爷,您一出手,救了三条命啊!"

丁继业把米倒进一口空缸里,那沙沙沙的声音让他没有听清雷高汉的话。他没有坐一下就要回去。雷高汉挽留他住一夜,说:"锅没有了,我还有个大盅子。我们先弄一口米饭吃,然后摆一夜龙门阵,耽搁您什么了?"

"你有你的夜,我有我的夜。"丁继业说,"金窝银窝,不如自己的狗窝。"

雷高汉把马灯点起来,让丁继业一口吹灭了。丁继业说:"天上那么好一个月亮,干什么用的?那就是天老爷给走夜路的人点的灯。摸不来黑的人,走不来夜路的人,过不好日子!"

丁继业却没有反对雷高汉送他一程。他已经七十岁,还在生产队参加劳动挣工分。他说:"儿孙命短没挣够,我命长帮他们挣。我还能做,能挣多少是多少。"

那话等于说到翠香了。雷高汉闷了好一阵,还是对他说了,翠香的坟没了。

"没了就没了。"丁继业说,"死人给活人让路,也没话说。"

雷高汉从丁继业的声音听出来,他不能再往下说了。他本来也不会说到磷火。丁继业不让他再送,影子很快就在月光里消失,那风快的步子是故意走出来给他看的。老头儿一句也没有问他夜里提着家什干什么去,又让他的鼻子一股股发酸。

缸里的大米全部转到了红色皮箱,都快满了。那一阵,雷高汉挨的时间有一点长。他得格外小心,不能让人把到口的饭夺了。他打算挨到后半夜,但他又怕虞婉芬等不及了。他本来是要试一试能不能扛起那一箱米,既然扛起来了,那就用不着放下了。

还好,夜里没人出门。

包志默就像等在门边。敲门声一响,门就开了。

"米。"

"米?"

雷高汉把皮箱小心地放下来。

"天,这么多?"

"有煮饭的家什吗?"雷高汉说,"要是没有,我回去拿。"

"不用,有个药罐。"

包志默去了床边,趴在虞婉芬耳边说了几句什么,然后直起身来,对雷高汉摇了摇头。

"怎么啦?"雷高汉慌了,"怎么啦?"

虞婉芬以为那米是从鸿祯塞出来的,说她就是饿死,也不连累雷高汉。包志默对雷高汉说:"你劝劝她……"

雷高汉不敢大声说话,只好也到床前去,说了米的来路。他的大个子挡住了暗淡的灯光,床上的人什么样子一点也看不见。他说完了,包志默又到了床边,把耳朵贴在虞婉芬嘴边听起了悄悄话。

"她怎么说?"

包志默用哭腔说:"她说,谢谢神仙爷爷……"

雷高汉的眼睛湿了。

"她说,谢谢翠香……"

雷高汉的喉咙哽了。

"她说,谢谢你!"

10

下放食堂以后,雷高汉的新房也在他家原址上建好了。那又是一个秋天了,他搬家前一天晚上,快半夜了,包志默和虞婉芬上了碉楼。虞婉芬看一眼那只早已经还回来的红色皮箱,对雷高汉说:"救我一命,无以为报……"

雷高汉连忙说:"这话,你们都说过好几遍了。"

包志默说:"今天,她不是来说这个的。"

雷高汉请他们坐下来,对虞婉芬说:"上回来这儿,话没有说完吧?"

虞婉芬指一下包志默,说:"不把真相全部给你讲出来,他心里都过不去。"

包志默说:"你应该知道。"

雷高汉记得,上一回,虞婉芬是在说到鸿祯寨里那一场小火灾时中断的。当年梅云娥对虞婉芬只说了那么多,而包志默不过是从叔父包松亭那儿零星得到一点信息,所以,有的地方还得依靠雷高汉的补充，比如让他冒充未婚夫去救梅云娥。那是一桩家丑，包志默想为他父母做一些隐瞒，不过虞婉芬愿意抖落多少都由着她自己，包志默并不阻拦。

那年元宵节过后，包松堂带着梅云娥出了门。当时的情形是，包松堂所掌控的地方联防力量正在崩溃，他已经是泥菩萨过河自身难保。他发现梅云娥怀孕以后，雷霆大怒。他并不想让梅云娥死，但那个让他蒙受奇耻大辱的人，还有孩子，必须得死。梅云娥却是宁愿去死，也不说出那个人是谁。就在那个时候，家丁包贵安向汪碧鸾吐露了一个秘密，元宵节头天晚上，他亲眼看见一男一女上了望哨楼。包贵安为什么要等到那会儿才说出来，后来有两个说法，一是说他和汪碧鸾有了勾搭，二是说他喜欢丫头香草，而香草只喜欢雷高汉。包志默说第一个说法绝对不成立。雷高汉却不相信第二个说法，因为翠香在世时从没有说过包贵安喜欢过她。

包松堂从汪碧鸾那儿得到了他想要的答案，大概也由此想起了县城客栈里那一幕。如此说来，那都是他的一句戏词引起的。他只好再自编自导一出戏了。闹匪，那是他在当时能够想到的最好的戏词。没错，两辈人花那么大的力气建了鸿祯塞，土匪都不见一个，还真有点说不过去。

梅云娥得知自己被安排到鸿祯塞生孩子，还以为老天开眼了。她不知道雷高汉也暴露了，一心指望雷高汉再一次救她。

包松堂没有想到，包松亭会那样强烈地反对他所做的安排。一句话，包松亭反对在家里杀人，尤其是自家的人。包松亭说，尽管我们并没有谁拿雷高汉当自家人看，但我们不要忘了，还有个包松年在背后站着呢。包松亭甚至主张成全了雷高汉和梅云娥，至少一个也不能杀。包松亭说，我们要给自己留一条后路！

汪碧鸾觉得包松亭实在可笑，她把包松堂都瞒着，开始单干起来。她的计划是，大人和孩子都必须死，只不过雷高汉可以不死在鸿祯塞。汪碧鸾还要在利用完包贵安以后，借土匪之名把包贵安除掉，因为她越来越担心，那家伙的贪婪迟早会给她惹下大祸。还有，那个修暗道的包文明，也一并死了干净。

汪碧鸾让雷高汉去给她大姐送信，并派人提早在路上埋伏。这本来就是一个漏洞，因为她与大姐能通电话，要不，就是故意欺负雷高汉既不识字又不懂电话。结果，那个漏洞连通了暗道，让汪碧鸾自以为得计的一出好戏演砸了，还把她自己的命搭了进去。

雷高汉问："包贵安当时已经吓得丢了枪，他和汪碧鸾对射的枪从何而来？"

虞婉芬说："包贵安在往回跑的途中，撞上了追过来枪杀他的包文明，他夺了枪并打死了包文明。汪碧鸾先朝包贵安开枪，但第一枪没有打中。当时我在打牌，在窗后看见了那一幕。"

雷高汉问："孩子既然找不到了，那么，哪儿去了？"

包志默说："事实上，在父亲赶回来之前，叔父已经发现了杂物间里暗道口的异样，揣测大概是你把孩子抱走了。叔父对父亲说，孩子让包贵安丢下了旱井，而旱井太深，他已经叫人往里面倒了泥土。"

第八章

雷高汉问："有人朝我那屋里打枪，真是要杀鲁金奎吗？"

"不是。"虞婉芬说，"小妾死了，太太也死了，包松堂再也听不进包松亭的话了。结果，你没有死，他泄气了。谁叫你命大呢？"

雷高汉悄声问："你们都知道我在暗道里进进出出？"

虞婉芬说："想必。"

包志默说："要不，她怎么一听说米，就想到了你那是向粮站借的呢？"

雷高汉说："实话告诉你们，要不是神仙爷爷来了，我真要去走那条路了。"

包志默说："还好，命里没有……"

雷高汉就让话回到从前："难道把人杀了，问题就解决了？"

"小说里就是这样。"包志默说，"我也没有想通。"

雷高汉对包志默说："你爹，还有你妈，他们都想要我的命！"

虞婉芬替包志默说："你却救了我们的命！"

第九章 井

1

我急于想看到梅云娥的照片,汉子大爷却说,四十年前就被抄家的给抄走了。我从他的表情看出来,那相框就在那暗红皮箱里,他不过是要卖一个关子,又把它列入了"后话"。

说着话就到了冬天。我在秋天快完时回了一趟成都,拿来一些御寒衣物。这是一个暖冬,汉子大爷比我晚一天穿毛衣,他说本来还要再晚几天的,但他不想让温寒露看我的笑话。我和温寒露住到一起以后,都有了一个奇怪的感觉,汉子大爷好像一下子老了几岁。一天,夜已深了,屋外好像有人在走动。我们都吓了一跳,难道老祖宗下楼来了?我踅到窗边,却是什么都没有看到。不一会儿,铃声突然响起来,温寒露鞋都没穿就冲上楼去,汉子大爷正鼾声如雷。第二天,温寒露写下一段话,告诉他呼叫铃出了问题。他却说那是他做梦了,可能情急之下顺手按了床头的按钮。

温寒露写道:"梦见什么了?"

他说:"偷听的人又出来了。"

"看清了是谁吗?"

"雾大,没有看清。"

汉子大爷可能病了。温寒露建议,对谈过程尽量压缩,或者尽快结束。

读过一章之后,温寒露坚持要等我完稿之后再读,而我也坚持不再给她讲述。我在写作的时候,她都不到我那间屋子里去了。她说,她不能在春天就把夏天挥霍了。她相信汉子大爷的记忆,希望读到真切而不是虚饰的文字。

然而,很多资料都是靠不住的。比如,网上说,当年大旱,鸿祯塞里的水井救了一村百姓,事实显然并非如此。还有一个资料说,鸿祯塞的暗道藏在那一口旱井里。还好,温寒露对鸿祯塞的了解也不少,可以让我少走一些弯路。

说起那口旱井,她说:"听说,那年整修鸿祯塞,在清理旱井时发现了孩子的尸骨。"

我说:"那一定另有故事。"

"你只听到了老祖宗的故事。"她说,"还有的故事,可能永远也听不到了。"

"包家近百口人呢。"

"我听过一个包志卓的故事,他的一个姨太太就在鸿祯塞投了井。"

"旱井,还是水井?"

"水井。"她说,"听说包志卓家暴。不过还好,那女人被救起来了。"

"家暴到让人投井,那会有多厉害。"

"我还知道,包志默是怎么死的……"

我朝她打了一个暂停的手势。

她说:"这一带,很多人都知道包志默那一桩案子,当年非常轰动。"

"老祖宗对你讲的?"

"不是。"她说,"我哥。"

温寒枫又来过一次。他带给汉子大爷的依然是桃片,带给我的是一台笔记本电脑。这一次,兄妹两人在屋里说了半小时话。临走时,温寒枫笑着问我:"作家的魅力都这么大吗?"

温寒露对他说:"再不走,大雾起来,高速公路就要封了!"

温寒枫对我说:"我买了你的《宫影记》。"

温寒露问:"怎么样?"

温寒枫说:"我希望他这一部《塞影记》会好一些。"

我说:"有了新电脑,一定。"

傍晚,真起大雾了。田野里的油菜苗看不见了,"稻香田庐"只冒出一个一个顶。这样的天气不宜散步,但温寒露拽着我往前走,她那是嫌我成天坐得太多。崔蔓莉突然从大雾里钻出来,在我们面前停下来。温寒露开玩笑说:"今天好天气,不用躲,不用藏，你可以听个不亦乐乎！"

"这是淡季。"崔蔓莉说，"不像你们，天天旺季！"

温寒露松开我，两只手就像要驱散雾霾一样："从雾里来，滚雾里去！"

崔蔓莉没入雾中不见了，只有湿漉漉的笑声传回来。

2

我和温寒露一起去了一趟鸿祯塞。

尽管我在文字里从那道唯一的大门进出了不知多少回，就连那暗道也进出了好几趟，但是，眼前的鸿祯塞比我第一次见到它时还要陌生。要不是有温寒露，我说不定一进门就会把南塞北塞搞反，或者干脆就迷了路。

那天，我们重点要看的是汉子大爷在鸿达院住过的屋子，还有戏台和鸿雁院。凑巧的是，一个电视剧组正在鸿达院拍戏，正好选中了那间屋子。我一眼就看出来，又是辫子戏。

我说："走，听听演员说什么。"

我们一起往跟前凑。现场没有什么闲人，好像就我们两个人爱看热闹。

"井里找过了？"

"找过了，老爷！"

"发现什么了？"

"什么也没有,老爷!"

我们一起走开,温寒露说:"没头没脑。"

"听墙根,只能是一鳞半爪。"

"这也算听墙根?"她问,"他们在找什么?"

"管他呢。"我说,"反正什么也没有。"

望哨楼也凑巧正在维修。我在跟前望上去,它远没有我在低处看到的那样高。我说:"或许上去一看,它的神秘感就淡化了。"

温寒露上过望哨楼,却并不知道我都写过它什么。她说:"它本来就没什么神秘感,不过是看得远一些罢了。"

戏台时有文艺演出,却是难得看到川剧。那天没有演出,我们从石梯爬了上去。当年,川剧《翠香记》里的那一次昏倒,让梅云娥跌下了这个戏台,继而跌到了黑暗深处。戏台下面也有一个翠香,她本不是剧中人,却也在这儿成为一个令人伤心的角色。我向汉子大爷问起过《翠香记》,他二话没说,从书架上为我挑出一本很薄的旧书。那是一个川剧剧本汇编集子,其中就有那一出戏。那个剧本不长,剧中那个翠香也有点像《西厢记》里的红娘。他说那本书是温寒枫送给他的。

我的脚步很慢,也很轻。温寒露并不知道,戏楼下面的暗道里,安睡着这部尚未完成的作品的两个女主角。她们弱小而寻常,却都年轻而美丽。她们都被埋葬过两次,尸骨已经彼此不分。我不知道,我是否能够凭借望哨楼的高度,用文字为她们建起一座墓碑。

第九章

戏台下边有人望上来，我们并排着走下去。温寒露一直没说话，我小声对她说："我想起那出戏了。"

"《翠香记》？"

我和她也谈起过《翠香记》，她说她母亲演过，她自己一句不会。这会儿，我却是听见她轻声哼唱起来："我命翠香把书带，书房去请秋秀才。"

我胡乱应一声："秋秀才来也！"

她接着唱："独坐绣帏愁难解，这般时候未归来。牛郎隔在星河外，好教织女挂心怀。闷坐绣楼且等待……"

我轻轻喊一声："好！"

"哪有这样叫好的。"

我朝四周看一下，大喊一声："好！"

"喝倒彩吧？这也叫好呀？"

"你不是说不会唱吗？"

"才跟我妈学的。"她说，"她把她的影像资料发给了我。"

"你母亲可是川剧名角，为什么不让我也听听？"

"你不是想听我唱吗？"

说着话到了鸿雁院。我想在她耳边说点什么，却只是搂了搂她。鸿雁院正在搞一个民俗展览，几间屋子摆满了老旧家具。我拿不准哪间屋子是梅云娥当年住过的，也看不出哪间屋子藏着暗道入口。我不断朝城墙上望，却也看不出汉子大爷当年在哪个位置看着梅云娥。

温寒露问:"你是在核对某个细节吗?"

我说:"我是在看,悲剧能不能避免。"

温寒露径直向天井一角的一口井走了过去。那就是障眼法的那口旱井,井台显然是重新修葺的。标牌上的文字说,真正的暗道入口并不在此,而是在本院某室内,已被封填。我朝井底看了看,说:"你看,掩盖真实,还得用虚假这一招。"

"它至少还是个储水窖,也不是一点作用没有。"

干冷的风从背后袭来,让我打了一个寒战。我说:"它甚至可能救人一命。"

要不是有温寒露带路,我不知要绕多少路才能找到北塞那一口水井。井水伸手可掬,只是不太清亮。我问她:"你不是说,地震以后它就干涸了吗?"

"你看不出来,这是自来水吗?"

我用新学到的四川话问:"踩假水?"

还好,并没有一块标牌来说,这口井活泉如初。

如果真是自来水,就不知它是在浅处还是深处喷吐,水面上看不出一丝波纹。那么,它真需要一个"水官",水面一旦下降,就得打开某个神秘的开关补水。这并不算一个坏办法,总比一口枯井要好,总比把它填埋了要好。那水依然像一面镜子,只是看上去年代已久,并不能照出一个人清晰的面容。温寒露只照了一下,就走开了。我也照了照,水面上的男人面目不清,看不出他的年龄,也看不出他的悲喜。

第九章

3

汉子大爷的笔记本已经翻开了红石沟水库，我知道，以他参加修建水库时的年龄推断，他的故事距离尾声还早。一天早晨，我对温寒露说："我们上午去水库看看。"

"你也应该松口气。"她说，"不急，有两个小时就够了，不耽误午饭。"

开车去红石沟水库只要十来分钟，温寒露在夏天就说过要带我去兜风，结果我一心赶稿，一拖再拖。上车以后，温寒露说："老祖宗说，早去早回。他可是第一次这样对我说。"

"他身体不适吗？"我说，"我们改日再去？"

"别担心。"车开上了大路，她的声音也大了一点。"我看出来，他是越来越离不开我们了。"

"我们？"

"他刚才还对我说，景老师不会半途而废，带上你走了吧？"

"你怎么说？"

"我问他，您觉得他是那样的人吗？"

"他怎么说？"

"他对我说，你怎么看我就怎么看。"

"那么，你怎么看？"

"我正好和他相反。"她说，"你没有理由不写下去，你写完了当然会走。我是不是跟你走，那得我说了算。"

我听出来，她是认真的。

"不过，我没对他这样说。"

我问："为什么呢？"

"话太长，写出来费时间。"

说完，她专心开车，听着我一路上不停地夸好天气。

辽阔的水面突然在眼前打开。太阳很好，车在水边走得更慢，过了大坝就停下来，我们在那儿逗留了一阵。红石沟水库两度上马，中间停建时间不长。石头砌起来的大坝很高，石头的成色和鸿祯塞的城墙差不多，微微泛红。红石沟在低处，堵上一个狭窄的豁口，蓄上了水，和周边扯平了不说，好像还高出了一头。原来居住在这儿的人，也都往高处走了，往别处迁了，水库四周散落的民居不多。

我望着微微皱起波纹的水面，说："不知道红石岩在哪个位置。"

温寒露指着对面岸边两个小山丘，说："就在那儿，下面。"

我没有问她是怎么知道的。我说："汉子大爷说，建鸿祯塞的石头大部分就是在那儿开采的，留下了大大小小的石窟。"

她说："他说，后来建这水库大坝，石头也是在那儿开采的。"

"恐怕又留下了新的石窟。"

"他说，整个山岩都没有了。"

汉子大爷说过，红石岩前面有一口井。我说："那儿有一口井,也在水底了。"

她并不知道那口井在哪儿,却说:"这么多水,你能看出哪是从那井里出来的吗?"

我向那两个小山丘望过去,太阳正在它的上空。我说:"我看见,石窟里有故事浮上来。"

温寒露说:"老祖宗对我说过,红石沟水库里有鸿祯塞的倒影。"

第十章 水库

1

雷高汉搬进新房的时候，已经满五十一岁了。那是三间瓦房，布局像木匠用的角尺，那种叫"尺子拐"的房子，当时在农村已经够体面了。

养父养母离世以后，雷高汉就离那块地皮越来越远，直到兜一个圈儿回来，三十几年过去了。半辈子了，终于不再寄人篱下，有了一个像样的家。结实的木床，换洗的被盖，至少能供四个人吃饭的桌子和锅碗瓢盆，柜子箱子，犁铧耙纤，更主要的是草房变成了瓦房，家境比从前不知好了多少。他还像在鸿祯塞里一样爱整洁，加上他既能做石匠又能做木匠，小院被他收拾得有模有样。

他从碉楼搬回新家那天，天还没黑就下起雨来，一直下到天亮。他累了，早早上床睡了，恍恍惚惚把从门前到红石岩那一段路走了一遍。他好像听见了那石窟外面下雨的声音。石头去了鸿祯塞，身后空空洞洞。十五岁的女儿从雨中回来了，立即就让他的心里满满实实。苦命的孩子，她多像梅云娥啊！哪儿都像，一模一样。她喊了一声"爹"，一声就把他喊醒了。

食堂早已经下放，和各家各户重新冒起的烟比起来，雷高汉烟囱里那一点烟是那样局促，那样孤单。那是一个人的炊烟，那是一碗饭的炊烟。但是，雷高汉在生产队并没有受到多少歧视，加之他已经在鸿祯塞过惯了集体生活，所以，他拥护生产队并且热爱集体生产。大食堂最终没办下去，他反倒有点难过。

那是秋天，水稻快要收割了。他搬回新家以后一连两天没吃晚饭，连"半饱"那个名字都有点对不起了。第三天，天都黑了好一阵，他还没有拿定主意，那一顿晚饭是吃还是不吃。天气头天就放晴了，他搭一把矮板凳坐在院坝里，望着天上的一弯月亮。他看累了，一低头，就看见一个人影从小路上过来，好一阵才看清是一个女人。院坝边上还没有一棵像样的树，所以，女人走近了，他一眼就认了出来。

"问个路。"

没错，那是柳鸣凤的声音。他等心跳稳了稳，才问："哪条路？"

"到红石沟怎么走？"

"不远。"他说。

柳鸣凤见他坐着不动，说："你不会让我们坐一条板凳吧？"

雷高汉站起来，搬来一条高板凳。他说："你坐高的，还是坐矮的?"

柳鸣凤在高板凳上坐下来,笑一声说:"你成分高,就该坐个矮的,不是这个理吗?"

雷高汉把矮板凳挪开一点,却没有坐下来,那样子就像在批斗会上。他说:"是这个理。"

柳鸣凤只比雷高汉小四岁,要是在白天,她看上去可能要比雷高汉小十岁以上。雷高汉并不显老,只是柳鸣凤没有生过孩子,更显年轻。月光很淡,她的脸色不大看得清,但她那难得的一声笑,已经让夜气柔和起来。

雷高汉问:"吃过饭了?"

"都什么时候了,你还没吃晚饭吗?"

"刚刚吃过。"

近处几户人家静悄悄的。杨二武已经在一年前得病死了,李慧莲带着孩子改嫁了。包喜泉更加忙了。雷高汉和柳鸣凤不在一个生产队,柳家门口却看得见那新瓦房的烟囱冒烟。雷高汉坐下来,那板凳真变矮了。他那个坐的姿势让胸口那儿憋着,空肚子里有好多话说不出来,他就装傻一样问:"你去红石沟干什么?"

"找个孩子。"

"谁?"雷高汉立即结巴了,"谁的孩子?"

"你不是在找一个孩子吗?"

"我上回对你说了。"雷高汉扭头看看,"那不过是,帮翠香随便问问……"

第十章

"翠香生过孩子?"

"没有。"雷高汉连忙说,"当年,她在板桥上遇到一个被人丢了的孩子,后来她听说,那孩子让叫花子捡走了……"

"男孩还是女孩?"

"女孩。"

柳鸣凤问:"你为什么要找那个孩子?"

雷高汉说:"翠香说,当时她还是个大姑娘,怎么能捡一个孩子回去?那是冬天,正飘雪,孩子还能哭。翠香后来一直后悔,当时没有把孩子抱走。翠香说,她老觉得,她那是把自己的孩子弄丢了。翠香的孩子,是不是我的孩子?既然是,我要是不关心一下孩子的下落,心里怎么也过不去。"

那番话一听就知道是临时拼凑的,他从没有想过自己会那样说。不过,翠香真就是那样一个人。

"那回你问到了张巧兰。"柳鸣凤说。

"对,是这个名字。"

"要不是她,我不会回娘家来。"

"那回我就知道了。"

"你和翠香还做了两年夫妻。金庆春和我,只有半年……"

"那么多人要对你好……"

"这么多年,你听到我什么风言风语了?"

雷高汉说:"今天这一走动,说不定就有了。"

一只虫儿在院坝边上叫。过了一阵,柳鸣凤才说:"我来是告诉你,水稻一收,就要去修水库了。"

"水库?"雷高汉问,"什么水库?"

柳鸣凤站起来说:"红石沟水库。"

雷高汉也跟着站起来。

"到时候,全公社的人都要驻扎在工地上。我有办法,让张巧兰说出孩子的下落。"

"但愿她知道,但愿她还记得……"

"孩子是你自己的吧?"

"不要乱说……"

"我不管是谁的。"柳鸣凤说,"我就当成是在找金庆春,或者,找金庆春和我的孩子!"

2

板桥湾大队的队伍很长,雷高汉走在后面,踏进红石沟以后想把步子迈大一点,但前面的人走不动,他就尽量把腰杆挺直一些。他是来修红石沟水库的,不是来干别的什么的。他看见几个人正在砍那棵老槐树,多看几眼却又掉队了。

水稻已经收过,全公社社员都开进了红石沟,板桥湾大队按分配驻扎在红石岩石窟里。雷高汉知道,这是老天给他的一个安排。他弄丢了孩子,花了好几年才认识了几个字,终于知道了那是他自己的孩子。他一心要把孩子找回来,却是跨出一步就走不动了。他不得不接受老天为他安排的一切。他相信，谁处在他那样的位置上都会像他一样，除了盼，除了等，除了看看照片摸摸手帕，还能怎么样呢？

雷高汉想再偷偷拜一拜泥菩萨，但是他落在后面去迟了，泥菩萨已经被掀倒在地。他在清理那些泥块的时候，想起了当年他和翠香的那一次跪拜，还有他们说过的那些话。他摸了摸胸口，菩萨在心里呢。

大石窟里挤满了地铺，天气已经有了寒意，石头冷硬的气息从四面八方围过来。雷高汉在工地上背土，不管白天累成什么样，都大半夜睡不着。他并不是不再习惯在石头上睡觉，而是一睡下去就会想孩子。当年，孩子让两个叫花子带到了红石岩，是不是活下来了都还是一个悬案。

"孩子……"

雷高汉以为自己说梦话了，吓了一跳。

"孩子！"

他差点坐起来。没错，那梦话是包志默喊出来的。包志默睡在边上，和他的地铺紧挨着。来红石沟那天，虞婉芬瞅空儿对雷高汉说，包志默梦话多，你帮忙听着点，要紧的时候想办法打断他，千万不能说个什么让人抓个把柄，抓个现行。

那可是包志默第一次说梦话，说个什么梦话不好，为什么偏偏要喊"孩子"，还喊两遍呢？

石窟里早已经鼾声四起，那梦话没人听见。

午饭是一人一碗米饭，半勺白菜炒肉，一勺萝卜汤。包志默和虞婉芬盛了饭菜以后往人群边上走，雷高汉不管不顾跟了上去，说："包志默，昨天晚上你说梦话了。"

包志默往虞婉芬碗里夹肉，对雷高汉说："我梦见你的孩子了。"

"你都喊出来了。"雷高汉抓紧说，"要是有人问起来，你就说你想虞婉芬给你生个孩子。"

虞婉芬轻声说："他该怎么说，我来教他。"

雷高汉却只管问包志默："你到底梦见什么了？"

包志默说："孩子刚生下来，在这石窟里哭……"

整个下午，雷高汉背土的时候眼前老是发黑，就像当年在夜里从暗道往外背土一样。他并没有对包志默和虞婉芬说过孩子后面的情况，他们是不是听到什么风声了？

夜里的风有些冷了。包志默睡在风口上，从地铺上爬起来坐一阵，又倒下去睡一阵，弄得雷高汉想睡也不敢睡了。

突然，石窟深处发出一声低喊："包志默！"

包志默站起来。他应该已经听出来，喊他的是民兵排长包喜泉。

"你站到外面去，不要影响大家睡觉！"

包志默一声没吭就走了出去。几个人被包喜泉那一声喊吵醒了，高一声低一句说起话来。雷高汉听不清石窟深处那些瓮声瓮气的话，近旁的话倒是听得一清二楚。一个好像受了凉的声音说，当年这儿的石岩都是可以住人的,就是因为包志默他们家采了这儿的石头去修鸿祯塞,留下这样的石窟,让大家来受这个罪。

几个人总算都闭了嘴,雷高汉装着出去解手,看见包志默的影子站着,虞婉芬的影子陪着。包志默一见他就蹲在地上,虞婉芬突然轻声哭起来。

"怎么了?"雷高汉问,"他怎么了?"

虞婉芬一边哭一边说:"他早就病了,一直瞒着我。"

"疼。"包志默站不起来,"胃疼。"

"胃在哪儿?"

包志默勉强站起来,还没有用手在肚皮上画完一个圈,又赶紧蹲下去。

虞婉芬说:"他冷,先睡个暖和觉要紧。"

雷高汉二话不说,转身大喊起来:"排长,包排长!"

"深更半夜,你喊什么?"

"你还是下个命令,叫包志默进来睡觉吧!"

"他不是要捣乱吗?"

"他那是身上疼,睡也不是,站也不是……"

"睡在这里面的人,打石头,抬石头,打夯,背土,哪个身上不疼?"

雷高汉说:"他是病了……"

鲁金奎的声音突然冒出来:"雷高汉,你发什么疯?"

雷高汉正是要吵醒鲁金奎。大家都知道,鲁金奎和包喜泉已经有了矛盾，主要是包喜泉认为鲁金奎政策水平低，爱和稀泥，一心要取而代之。大家还知道，鲁金奎和包喜泉都暗地里对雷高汉不错，所以，雷高汉才敢在半夜里大声喊话，就像他比排长和连长都管火一样。

满石窟的人都竖起了耳朵，连长已经开腔，那就听排长怎么说。

结果，排长毕竟比连长小，没声音了。

雷高汉说："连长，包志默生了病，嫌冷，我请求你批准他和我合铺……"

"准了！"鲁金奎不等雷高汉把话说完，"反正你们两个都黑，那就黑在一堆好了！"

3

女社员们住的石窟挨着大石窟，大锅饭又不分男女，雷高汉和柳鸣凤见面就不难了。大家原先都以为，那一对冤家，大概已经把原先的筋筋绊绊都捋清了，只等着走到一起，结果是一年一年落了空。他们到了水库工地，却又在歇工的时候往一起凑过了好几回，并且每回都是柳鸣凤主动去找雷高汉。

水库工地容易出事，还不到半个月，就有不同大队的男女在夜里约到一处，被巡夜的民兵拿了个现行。柳鸣凤身正不怕影子斜，不管不顾地向雷高汉招手，或者大声喊雷高汉的名字。其实，她是在利用假象打掩护,对雷高汉说孩子的事。

柳鸣凤在金家时与张巧兰不和,却与小姑子金庆珍关系很好,而金庆珍与张巧兰关系也不错。金庆珍出嫁在本公社,也回来修水库了。柳鸣凤找到她,托她在张巧兰那里了解当年那两个叫花子的情况,哄她说丢孩子那一家如今出了个省上的大干部,孩子要是找到了,重谢那是肯定的。

金庆珍问:"大嫂,谁家呀?"

"这个,你还是暂时不知道好。"柳鸣凤说,"还有,该怎么说你知道,你知道我和你二嫂那个关系,你也知道你二嫂那个脾气。"

果然,张巧兰听金庆珍一说,就变脸变色:"省上就了不起啦?还有中央呢!"

"我也就帮婆家远房亲戚,顺便一问。"

张巧兰说:"当年,我也就起个好心,给那孩子喂过几回奶,怎么会去问叫花子叫什么名字!"

金庆珍的母亲在一旁听了,说:"我知道那个男人的名字。他叫高玉河,就是我娘家边上三塘湾的人。你就这样对人家说吧。"

柳鸣凤听了金庆珍传过来的话,和雷高汉商量了好几次,好像真是她在找自己的孩子,不过是请雷高汉帮忙而已。菩萨保佑,有了三塘湾,有了高玉河,再走一步说不定就能见到孩子了。三塘湾在另一个公社,尽管也并不远,但下一步怎么走得出去呢?雷高汉只管想着见到女儿的情形,一颗心都快要从胸口跳出来。

鲁金奎一心要撮合的男人和女人，总爱往一堆凑，反倒让他捏着一把汗了。十年没碰过女人的男人，二十多年没碰过男人的女人，本来可以谈婚论嫁，却不能在水库工地上偷。那么，他必须出面管一管了，哪怕就是做出来给包喜泉看一看，他也要给雷高汉吹一吹冷风了。

吃过晚饭，鲁金奎在石窟外面把雷高汉大声喊出来。他站在一个石头上，就比雷高汉高出一截。他说："包志默一撮箕土都背不起了。他是真病了，还是装病呢？"

雷高汉说："他和我挤在一个被窝里，被盖加了，我都嫌热，他还是冷得发抖。"

"你是说，他真病了？"

"你叫个医生给他看一下，就知道了。"

"现在说你的病。"

"我有什么病？"雷高汉说，"我已经五十往上数了，喷嚏都没有打过一个。"

"雷高汉！"鲁金奎说，"你给我老实听着，有什么病，你给我回家去害。你要是在这水库工地给我惹事，我不会轻饶了你！"

"是！"

雷高汉被鲁金奎训了一顿，心里踏实多了。他知道，鲁金奎那是担心他和柳鸣凤干柴烈火，闹出什么乱子来。要是真有那个燃烧，哪会等到今天。他心里有梅云娥和翠香，何况柳鸣凤早把话给他挑明了，人家根本没有那个意思。柳鸣凤，好像从没看见过她对

第十章

哪个男人笑一下，更别说听见过她的什么风言风语，要是放在从前，恐怕都要给她立一个贞节牌坊了。鲁金奎并不知道孩子的事，他那是咸吃萝卜淡操心。倒是一直以来，都有人对他们两个人的关系说怪话，说雷高汉戴的是阶级敌人的帽子，享受的是革命群众的待遇。那话显然是直指鲁金奎的，却不像是包喜泉说的，因为要说暗地里对雷高汉好，包喜泉也一样。

雷高汉睡在地铺上，看得见外面的月光。包志默挪过来以后，空出来的那块地好像下了霜。身下的稻草很厚，窸窸窣窣，那是两个人一起失眠的声音。包志默的被盖上有女人的味道，雷高汉想了想虞婉芬，拧了一把自己的大腿。他的手摸到了包志默的腿，冰冷，他就让自己热乎乎的腿靠过去。

包志默动了一下。每天夜里，雷高汉都担心他突然死了。

雷高汉估算着，时间差不多了。他悄悄爬起来，一出石窟就看见了虞婉芬，走过去悄声说："他让你吃。"

"不行。"虞婉芬说，"你对他说，多吃一口，等于吃一片药。"

雷高汉从虞婉芬手里接过两个已经冻僵的白菜包子，悄悄走回去捂进包志默胸前。包子是罗红玉和乔桂花联手偷出来的。两个女人都在为民工做饭，她们依然好得像姐妹一样，并没有因为男人不和就伤了和气。她们把弄出来的包子或是馒头交给虞婉芬，即使是让人抓到了，虞婉芬说那是她自己给包志默留下的就行了。

那都是雷高汉的主意。一天，罗红玉见了他说："我上辈子欠你的，竟然老惦记着你吃不饱。"

"救救包志默吧。"雷高汉小声说，"他病很重，快不行了。"

4

丁继业也来修水库了。工地那么大，还巧，雷高汉遇见了他。他背的土不多，就像一点大米。雷高汉的背篼大，装的土多，头埋得很低，突然撞上了他那一声喊："孙子！"

雷高汉抬起头，赶紧喊："爷爷！"

丁继业停下来说："吃了午饭，你去找我。我们住金庆余家，就在金家大院。"

午饭后有一小时休息时间，雷高汉向鲁金奎请了个假，说翠香的爷爷叫他去说个话。金家大院是一个四合院，红石岩去那儿只有一碗饭工夫。那里住了八户人，突然挤进去两个大队的民工，人多得都碰头了，却没人知道丁继业，也没人知道金庆余。雷高汉知道都问错了人，只好上门去问住户。

一个姑娘正要出门，听雷高汉说找金庆余，就朝屋里喊："爹！"

雷高汉突然有一点恍惚，差点就答应了。

一个又矮又黑的男人出来，喊了一声："雷高汉！"

雷高汉就像从梦中醒过来，大吃一惊："你认识我？"

"我叫金庆余，早就认识你！"

"我来见个大爷,他说住在你家……"

"你到了红石沟,应该先来见我啊!对,我应该先去看你!"

"为什么?"

"当年要不是你,我就被抓了壮丁,可能就死在外面了!"

雷高汉松了一口气:"那不是我做主的事……"

金庆余说:"后来有人对我说,当时要不是你,倒霉的就该是我这个不识字的。你是我的福星!"

两个人正说得热闹,金庆余的母亲从屋里出来了,说:"你就是雷高汉啊!我的大儿子金庆春,让你弄到哪儿去了?"

屋里出来一个又矮又壮的女人,肯定就是张巧兰了。她打断老太太,对雷高汉说:"坐,进屋坐啊!"

老太太却接着说:"听说才给你划了个富农,便宜你了!"

金庆余对他母亲吼起来:"少说两句!"

老太太立即就不吭声,回屋了。雷高汉有些过意不去,老人家知道那叫花子的根底,而张巧兰给他女儿喂过奶,她们在他眼里那可都是个活神仙。

刚从屋里出去的姑娘又回来了。那是一个高挑的漂亮姑娘,脸上却没有一点笑意。她大概是哪个大队干部的女儿,金庆余和张巧兰都在给她让路。她进了屋,张巧兰扭过头,赔着小心说:"幺儿,生日要开心一些啊!晚上还要登台演出,唱歌呢!"

金庆余对雷高汉说:"我的宝贝女儿金海棠,今天整满十五了。你看,让她奶奶和妈惯成了这个样子!"

"你自己不惯啊？平时……"

丁继业突然冒出来，张巧兰的话就被打断了。雷高汉把他和丁继业的关系说了说，金庆余就把话接了过去："老爷子和我们一家早就熟了。我当年穷结婚晚，雷高汉，你也当爷爷了吧？"

"我跟爷爷说几句话。"雷高汉对金庆余说，"我们的话改天再说。"

雷高汉急着要赶回去，丁继业把他送出大门，说："多有名的金家大院，'一颗印'呀，却要拆掉了。"

搬迁是迟早的事。雷高汉有点发慌，不过很快就想明白了，金庆余就是搬走，线也不会断了。丁继业找雷高汉并没有什么事，说有什么事就找他。他说："我孤老头子一个，又是贫农，就是耍个横，也没人敢把我怎么样。不管有什么事，你找我，我去给你挡！"

雷高汉突然有了一种根正苗红的感觉。他说："爷爷，您放心，我只会规规矩矩，不会乱说乱动。"

"我不是那个意思。"丁继业说，"你是个好人，好人就应该少受些气！"

"我明白了。"雷高汉吁一口气，"爷爷，您年纪这么大了，还来修什么水库……"

"闹热，又管饭，为什么不来？"

"爷爷，今天农历多少？"

"农历十月十二。"

"我记住这个日子,记住您老人家刚才对我说的话。"

两个人分了手,雷高汉朝红石岩小跑回去。人跑起来想法就会断断续续,他想的那些却一点没有乱。张巧兰当年生了一个女儿,所以才会给他女儿喂奶。金海棠过十五岁生日了,而第二天,农历十月十三,就是他女儿十五岁生日。就是说,金海棠比他女儿早出生一天。

那天晚上水库工地有文艺演出,头天高音喇叭就通知了,台子都搭好了。张巧兰说女儿晚上要登台,就是要上那个台子。学校放假还早,那么,金海棠大概没读高中,也在水库工地参加劳动,并且参加了文艺宣传队。雷高汉好像才明白过来,他自己的女儿也已经长大了。

晚饭开得比平时要早。吃饭的时候,包志默悄悄问雷高汉:"你要去看演出?"

五类分子一般都不会往那样的场合凑,雷高汉却点了一下头。金海棠晚上要演节目,而那孩子又和他的女儿吃过同一个女人的奶,差不多算得上姐妹了,他怎么能够不去。

"你晚一点去。"包志默说,"等他们先去了,你留下来,我们说几句话。"

雷高汉见包志默脸蜡黄得吓人,眼珠子好像都转不动了,赶紧说:"好。"

吃过晚饭,石窟里的人被高音喇叭播放的歌声吸引过去了,就剩下包志默和虞婉芬,还有雷高汉。三个人站在女社员住的那个石窟外面，包志默怕有人中途回来，把想说的话嗑嗑巴巴都说了出来。雷高汉慌了，扭头去看，虞婉芬却进了石窟。演出现场那边的高音喇叭正在以命令的口气维持秩序，包志默的声音也就稳住了："你出来！"

虞婉芬并没有从石窟里走出来，而是靠在石壁上，但两个男人都能够看见她。她低着头，已经泪流满面。雷高汉对包志默说："你都病成这样，说胡话了……"

包志默对雷高汉说："我和她商量过了。我走了，而她还年轻……"

包志默知道自己活不了多久，把虞婉芬托付给雷高汉，要他们在他走后结为夫妻。他放不下他一直守护的女人，要雷高汉答应保护好虞婉芬。

雷高汉说："病，总有药医。我等会儿就去找大队干部，你要吃药，说不定几服中药就好了……"

虞婉芬说话了："他得的是肝硬化……"

雷高汉并不知道肝硬化是一个什么病，但听虞婉芬的口气，那病是治不好了。他说："真要到了那一天，我也不配。"

"我还不是也不配。"包志默用哭腔说，"你要像我一样守着她……"

雷高汉不能答应，也不能拒绝。他不敢看虞婉芬，也不敢看包志默。包志默见他那样，那就是答应了，说："我还不会马上就死，我还有话，我们还有的是机会说。你快去看演出吧……"

第十章

5

包志默却再也没有机会说什么了,他在那天半夜里就死了。

月亮就要圆了。雷高汉向演出现场走过去的时候,迎面走过来一个人,在他身边刮起了一股冷风,让他打了一个寒战。他还没有走到演出现场,突然想起了虞婉芬,担心她守着一个病人会害怕,或者会有危险,就赶紧往回跑。他回到大石窟外面,借着亮晃晃的月光,看见那个人正双腿跪在地上,卡着包志默的脖子。包志默还能动弹,但没有发出一点声音。

"哪个!"雷高汉大喊起来,"杀人啦!"

那个人立即跳起来,一股风一样刮了出来。

"杀人啦!"雷高汉喊声更大了,"杀人啦!"

虞婉芬跑了过来,却吓得一句话也喊不出来。

那个人在一条小路上跑得飞快,但雷高汉已经看见,两个巡夜的民兵端着枪拦住了他的去路。他转身往回跑,被飞跑过去的雷高汉逼下了一道坎。雷高汉跳下那道坎,从后面飞起一脚将他踢倒,然后猛扑上去,把他的头死死地按在了一条小溪里。

一个民兵朝天上放了一枪,又有人从坎上跳下来。

那个人猛地扭过头,现出了一张被水和月光一起浸过的脸,让雷高汉手下一软。那个人一个鲤鱼打挺弹跳起来,却已经被鲁金奎领来的民兵团团围住了。

雷高汉听到了狗要咬人时发出的那种声音。他看见,那个人被五花大绑，对他龇牙咧嘴。他看着那副凶相，听见高音喇叭送来了女子的歌声。

鲁金奎把雷高汉拽上了坎，问："怎么回事？"

雷高汉说："快去救包志默！"

包志默还剩一口气。虞婉芬坐在地铺上，把包志默抱在怀里，哭声很低，却让石窟发出一片嗡嗡声，就像有几个女人在哭。

半夜，公安和医生都赶过来的时候，包志默断了气。

那个人临时看押在一个小石窟里。公安在那儿连夜审讯，天还没亮就真相大白。

那个杀人凶手，竟然是恶贯满盈的李傲物，竟然是公安机关没有一天停止查找的土匪头子李傲物。

十二年前，李傲物一股武装残匪被解放军歼灭，他独自一人脱险潜逃，不断化名四处流窜，一度因为没有通行证被拘，但他编造苦难身世蒙混过关，并骗取了一个乡政府开出的转移公事证明。那个证明可以让他落户，他游荡到一个偏僻山村落了户。他在那儿认识了一个张姓道士，又一次凭着编造的苦难身世骗得了同情，被道士收为义子。后来，他又在道士迁回老家五里湾时随迁。李傲物绰号"李百脸"，善于伪装，与张家人相处融洽不说，又因为好脾气和爱帮人，在大家的撮合下，与一个寡妇结了婚。他平时不赶场，不爱去人多的地方，知道要到红石沟修水库以后，差不多每天夜里都睡不着。他随迁到五里湾是不情愿的，因为他知道那儿离鸿祯塞近，而他和包松堂互相认识，他怀疑包松堂身边还有人认识他。

第十章

那天，李傲物在工地上背土，倒掉土后往回走，看见一个人背着土走过来，突然脚下一歪，眼看就要倒在地上，就上前去扶了一把。那个人抬起头来，眼珠子突然不动了，汗水从脸上淌下来。他也出了一身虚汗，马上就明白过来，他见到了包松堂的儿子，因为那个人太像包松堂了。他并没有看出来包志默病得不轻，以为包志默认出了他。

李傲物的土匪生涯告诉他，必须在当天就除掉包松堂的儿子。

看来，老天还要继续帮他，那个演出台子显然就是为他搭的。大家再苦再累，晚上都要图热闹看演出，而包松堂的儿子成分不好是无疑的，他一定会留在石窟里睡觉，或者还在犹豫是不是要去报案。石窟里不一定只有一个人，但五类分子都胆小怕事，他会见机行事，弄不好一锅端了。

果然不出他所料，他一眼就认出来，他要找的那个人在地铺上躺着。他还一眼就看出来，只有那一个人。他都想学着高音喇叭喊一声了。

他说干就干。他用两只手死死地卡住了那个人的脖子，对方只是双脚弹了弹。他骂了一句包松堂："你养的什么儿子！"

公安人员还分别对雷高汉和虞婉芬问了话。问话的人对虞婉芬的美貌有些吃惊，一连问了几个问题，都是李傲物是不是对她的美貌起了歹心。他们对雷高汉提的问题倒简单多了，因为已经知道他是一个富农，却在抓获李傲物的过程中发挥了一定作用，只是不好表扬他罢了。但是，他们对雷高汉的警惕性有了一定的警惕，就是说，他们对雷高汉为什么对李傲物起了疑心还有一些疑心。一个公安说："这样的觉悟，不应该发生在一个富农身上。"

后来，鲁金奎知道了一些初审李傲物的情形，悄悄对雷高汉说了。

李傲物到了公安人员面前，才知道上了包志默那病的当。他说："我以为他认出了我。我对一个病人下手，实在是罪过。"

公安人员问："那么，你那双沾满了人民鲜血的魔爪，还准备对谁下手？"

李傲物说："我与那个高个子擦肩而过的时候，应该把他的脑袋拧下来！"

公安人员说："还有吗？"

李傲物说："我这次住的金家大院里，有个姑娘叫金海棠，很漂亮，都赶得上当年的梅云媛了，我应该对她先奸后杀！"

"梅云媛是谁？"

"梅云娥的姐姐。"

"梅云娥是谁？"

"包松堂的小妾。"李傲物笑起来，"你不会再问包松堂是谁了吧？"

"李傲物！"公安人员拍了桌子，"你都死到临头了，还这样嚣张！"

"这个该死的水库！"李傲物又像恶狗一样咆哮起来，"我要不是在阴沟里翻船，它就是修好了，我也会把它炸了！"

6

包志默要是不遭毒手,也许还能多活十天半月。那桩大案轰动一时,不是因为包志默,而是因为李傲物。"十恶不赦的匪首李傲物潜逃十二年原形毕露",报纸都登了。

包松堂父子二人的性命都断送在李傲物手上。包志默死在红石岩石窟,算是死在了鸿祯塞起根发苗的地方。鸿祯塞是被人抬在肩上,从那儿一步一步走过去的。包志默也是让雷高汉和另一个高个子用担架抬在肩上,从那儿一步一步走回去的。虞婉芬由罗红玉陪着,走在前面。雷高汉用修房剩下的木料为自己偷偷备下一个木匣,没想到给包志默用上了。包志默在雷高汉的瓦房里入了殓,木匣是雷高汉照着自己的身高做的,包志默躺进去以后空出了一截。

包志卓对这个安排不满意。他找到鲁金奎,问为什么不让他抬着堂兄回去。鲁金奎说,雷高汉个子高,你们两个搭配起来不合适。包志卓说,换掉雷高汉不就行了。鲁金奎立即火了,这是指挥部的决定!

包志默埋在了包家大院旁边一个角落里,墓坑是雷高汉一个人挖的。虞婉芬一直没有说话,雷高汉却看得出来,她一直在心里对包志默说话,只是不知道都说了些什么。她最好对包志默说,那些所谓托妻的话她一句也没有听清,并且谁也不会知道。所以,看太阳都该吃过午饭了,雷高汉的动作还是那样慢,泥土老半天也没把木匣掩上,那是留着时间让她把心里的话都说出来。木匣在坑里再也看不见的时候,她身子晃了晃,罗红玉在一旁拉了她一把。

"谢谢红玉。"她的眼泪终于淌了出来,"谢谢雷高汉。"

罗红玉和虞婉芬在鸿祯塞里就认识,不过虞婉芬过门不久,罗红玉就嫁出去了。在后面的日子里,她们差不多没有说过话。罗红玉知道,包志默一直与包家兄弟姊妹关系冷淡,鲁金奎叫她来负责安葬包志默,那是又在为雷高汉动那心思了。

虞婉芬对罗红玉说:"你为了救他一命,冒那么大的风险为他留吃的……"

罗红玉说:"这会儿,就不说那些了。"

虞婉芬回家去煮面,罗红玉也跟去了。

雷高汉第一次吃到味道那么好的一碗面。吃了面,他既不方便和罗红玉一路回工地,也不方便留下来等虞婉芬,就在罗红玉先走以后,去了包志默坟前。他想对着坟头说些什么,却是只站了一会儿就走了。黄昏时分,虞婉芬返回红石沟的时候,第一次让人看见她独自一人在路上行走,而她身边寸步不离的那个人,再也不会陪伴她了。

过了一天,雷高汉又去看丁继业。他是吃了晚饭去的,也就不用急着往回赶。说起李傲物,金庆余显然比其他人要兴奋得多,因为那个挨千刀的竟然在金家大院住了一个月。他对雷高汉说:"我总结了三条。第一条,儿子千万不要长得像爹,同样的道理,女儿也千万不要长得像妈。第二条,人不要得病,千万不要得什么眼珠子转不动的病,免得让人误以为你把他盯上了。第三条,不要单独

第十章

一个人睡觉，一句话，不要当光棍，也不要当寡妇。"

丁继业说："都说他叫'李百脸'，不就是一张脸吗？一个笑面虎。"

雷高汉拿不准，他第一次来金家大院时见没见过那张脸。他也不好问，金庆余知不知道那家伙想对金海棠下毒手。他说："他从前大概有很多张脸，只不过进了新社会，他的脸再多都没有用了。"

"那货已经被枪毙了，布告都贴出来了。"金庆余说，"要我说，就应该把那货押到这工地上来枪毙！"

"上面的考虑是对的。"丁继业说，"他的血那么脏，将来蓄再好的水也会让它污了。"

"有道理！"金庆余笑起来，"爷爷的话有道理！"

丁继业对雷高汉说："你立了这样一个功，别的不说，应该把富农帽子给你摘了。你要是不好说，我去说！"

"这个不行。"雷高汉说，"要不是民兵，我哪能把一个土匪头子拿得下来。"

金庆余说："要我说，行！"

雷高汉说："你们都这样说了，等于已经把帽子给我摘了。"

金庆余说："前几天，你们板桥湾一个人还和我说到你。我想想，他怎么说的？他说，雷高汉戴的是阶级敌人的帽子，享受的是革命群众的待遇。"

"这个话千万说不得。"雷高汉赶忙说，"这话要是传了出去，说不定还会给我加一顶帽子呢。"

丁继业就另起一个话头，对雷高汉说："你应该给人家庆余道个喜！"

金海棠那天晚上登台唱歌，被县剧团来挑演员的老师相中，头天接到通知，已经被她妈陪着去县城面试了。

"真是天大的喜事。"雷高汉说，"吃那碗饭，多好啊！"

金庆余说："吃得上吃不上，还说不定呢。"

"怎么吃不上？"丁继业说，"我在这家里住了这么多天，还看不出来呀！那孩子就是个戏人儿，她就是为演戏生的。这件事我说了算，定了！"

7

雷高汉对鲁金奎说："你帮我念一念布告吧。"

鲁金奎问："那认字比我多的，你为什么不找？"

"谁？"

"柳鸣凤，还有虞婉芬！"

"你看你。"雷高汉说，"她们两个人的觉悟，加起来还没你一半高。你念给我听一回，就是教育我一回。"

鲁金奎说："说起觉悟，这回你给我长了脸。看来，我没有白教育你这半辈子！"

宣判李傲物的布告贴到了红石岩石壁上。雷高汉看见几个人围在那儿看,他路过的时候都没有停一下。那些人就是愿意给他念,他也不愿意听。虞婉芬也是趁着那儿没人的时候去匆匆看过几眼,柳鸣凤倒是看得认真。他其实很想知道布告上究竟说了些什么,说没说当年李傲物在梅云娥家杀人放火,但是,要是让女人给他念那布告,那就等于让人再看一回他把布告倒着贴那样的笑话。

水库工地上的人差不多都认识雷高汉了。他想都没有想过,他能够替梅云娥把仇报了。冤头债主突然就送到了他的面前,他当时要是知道那是李傲物,一定会把那颗脑袋按在水里暴打,顺手从小溪里摸起一块石头猛砸。

梅云娥和孩子的事,在包志默走了以后,只有雷高汉和虞婉芬知道了。包志默托妻的事,也只有他们两个人知道。他们干活的时候不在一起,但只要不上工,雷高汉总不会让虞婉芬离开他的视线。谁都已经看出来,雷高汉填补了虞婉芬身旁空出来的那个位置。那些对虞婉芬垂涎已久的人,都把眼睛里的火喷到了雷高汉身上,说不定都在暗地里骂李傲物,他为什么就没有把雷高汉弄死呢?

雷高汉心里清楚,包志默最后对他说的那些话,并不是非落实不可。虞婉芬的心里也许有一百个不情愿,但她体恤包志默对她的那份不舍,才有了那个不声不响的态度。雷高汉当时说自己不配,不仅仅是因为他比虞婉芬大十来岁,也不仅仅是因为他不识字。虞婉芬改造了十来年,也不知靠了什么法术,除了一身旧衣裳,其他方面差不多还是在鸿祯塞时那个样子,雷高汉觉得自己实在上不了那个台面。他从没有听说过有人托妻,何况还是那样一个娇妻。包志默要不是匆匆走了,自然还有很多话要对他说,至少会说为什么选中了他。

天气越来越冷,雷高汉要把包志默留下的被盖给虞婉芬抱过去,虞婉芬说她不冷。雷高汉说:"那是你们家的被盖,我怎么好意思留着。"

"不过是个被盖。"虞婉芬说。

雷高汉说:"不能让冷风欺负你。"

"没有谁欺负我。"虞婉芬说,"你也不必那样用心。"

虞婉芬平时差不多不说话,但人缘不错,就连柳鸣凤都对她好声好气。她对雷高汉说话的口气已经有了一些变化,就像从前对包志默一样。雷高汉在地铺上睡到半夜醒来,已经闻不到那被盖上女人的味道。女人就在隔壁,雷高汉觉得石头一点一点暖和起来。

突然,一个念头一闪,雷高汉从地铺上坐了起来。

那天,整个水库工地都在传一个消息,金海棠被正式招进县剧团了。雷高汉好像睡迷糊了,从一个梦转到了另一个梦,金海棠在梦里梦外都是他的女儿。他摸了摸额头,没有发烧。他大概昏了头,既想有一个虞婉芬那样的老婆,又想有一个金海棠那样的孩子。他第一眼看见那孩子时,就像在哪儿见过。金海棠没有梅云娥的模样,更没有张巧兰的模样,她天生一副画中人儿的模样。她个儿高挑,有梅云娥那样的好身段,而金庆余和张巧兰都个子矮小。更重要的,她有一副好嗓子。

还有，她为什么叫海棠呢？

既然那些都弄不清，他就应该去一趟三塘湾。那儿或许有一个姑娘，和梅云娥生得一模一样，并不知道县剧团招演员呢。

雷高汉没有再睡过去。他做了一个重大决定，立即动身去找女儿。后半夜有月亮，他要在天亮前赶到三塘湾。到了高家以后怎么说，回来后怎么交代，只好上路以后再想了。至于他不请假就私自外出会受到怎样的批斗，他想都不去想了。

8

夜里下霜了。十五年前，雷高汉抱着孩子从暗道出来，看到的也是那样一地霜。天上挂着一弯月亮，却不是十五年前快圆的那一个。石窟就像很多眼睛，在背后看着他。他四下防着巡夜的民兵，不一会儿就踏上了一条石板路。他听柳鸣凤说过，从红石沟去三塘湾不到二十公里，差不多就是那条路走到底。他活了半辈子，小时候逃荒不算，那算是他第二次出远门。第一次，他是去县城解救梅云娥，第二次却是去另一个公社，寻找他们的女儿。

月亮只要躲进云里，他就慢下来，或者干脆停下来。他大概起来早了，并不需要急着赶路。他不时停在路上等月亮出来的时候，一路想过来的问题却还在拼命往前面跑，如果天亮以后真就见到了女儿，他能说什么呢？想来想去没有答案，他就干脆往回头想，如果天还没亮就有人发现他不在了，那一定会把大家都惊动了。鲁金奎会气成什么样子呢?柳鸣凤会猜到他去哪儿了吗?还有虞婉芬,她会受连累吗?

两头都不落实,他只管往前头走。

石板路穿过一片青杠林,没有一点儿月光照进来,他干脆停下来歇了一会儿。他在地上摸到了很厚的青杠叶,就用手扒了一堆,在上面坐下来。松树林里有松针,青杠林里有枯叶,这就是老天对人的好。毕竟是下霜了,他没坐多久就站起来,天还是黑得动不了脚。他靠着一棵青杠树站着,直到一只鸟儿叫起来。鸟儿在宁静的时候叫那是一种热闹,在热闹的时候叫那是一种宁静。没有什么声音能盖得过鸟儿的叫声,因为那是飞起来的声音,那是高处的声音。他就那样让鸟儿的叫声飞进梦里,又从梦里飞出来。

不一会儿,很多鸟儿叫起来,天就开了亮口。

再往前走了一碗饭工夫,就听得见狗叫了,三塘湾到了。

社员早就出工了。雷高汉躲进一片杂树林,看见几拨人都在挑粪水泼麦苗,他在哪条路上走都会被发现。他只有穿过那片林子,到另一边去碰碰运气。鸟儿的叫声引路,运气还不错,他没有看到出工的人群。林子外面有一户人家,烟囱正在冒烟。他大着胆子走过去,还好,没有狗。

灶屋里有一个老太太正在煮早饭,听见了雷高汉的问话,慢慢走到门口来。他一眼就看出来,老太太已经双目失明。

"高玉河?"老太太说,"这三塘湾,没有叫高玉河的。"

"老人家,你再想想。"

"你这意思是说我瞎得早,不知道这个大队的情况吧?"

"不是。"雷高汉赶紧说,"不是不是……"

"我这眼睛在旧社会就瞎了,但这儿接回来的新媳妇叫什么名字,添个孩子叫什么名字,我都一清二楚。"

"老人家好记性。"雷高汉说,"高家是这儿的大姓?"

"什么大姓!"老太太说,"就一户姓高。你问的是高玉山吧?"

"大概是吧。"雷高汉知道对方看不见,也还是做样子想了想,"我也有点记不准了。"

"你问他干什么?报仇来啦?"

"不是不是。"雷高汉又赶紧说,"我和他一无冤二无仇,我们在旧社会一起要过饭……"

"他要饭?他一个地主,旧社会要过饭?"

雷高汉只管硬着头皮往下说:"他当时对我说他有一个女儿,而我有一个儿子,我们约好,十几年后我来提亲。"

老太太大概也在旧社会要过饭,态度立即好起来。她说:"你要找的人不是高玉山,他没有女儿。那个人不是个驼背吧?"

雷高汉比走路还要累,就让嘴歇了一下。

老太太问:"你是哪儿的人?"

"五里湾。"

"五里湾?"老太太那一双眼睛好像都睁开了,"李傲物在你们那儿藏了那么多年,你们都干什么去了?"

雷高汉一听她连这都知道，就顺口说："那是个笑面虎……"

"他不是有一百张脸吗？"老太太说，"他那是没有碰到我的儿子。他要是藏到三塘湾来，早就被抓出来了。我的儿子，他是这儿的民兵连长……"

雷高汉离开的时候，老太太的大嗓门追了上来："天亮才一会儿，你就从五里湾走到这儿来了？你昨天晚上在青杠林里过的夜吧？"

太阳已经竹竿高了。雷高汉不甘心，还要再找一个人问问，却是一个闲人也看不见。他不能再钻林子了，在小路上大摇大摆走起来。他看见一块石头长了两条腿在慢慢走路，赶紧停了下来。他远远看见，那块石头砸下了地，却没有腰杆直起来。他认出来，那是一个驼背。他走过去，驼背让到路边。他停下来，驼背以为是那刚刚下地的石头挡了他的路，吃力地把那石头往路边上搬。

"修路啊？"雷高汉问。

"修路。"驼背说，"为生产队修路。"

"请问，高玉河家怎么走？"

"不要说请。"驼背说，"我就是高玉山。"

雷高汉提醒他说："你别往路边上站，小心栽下去。"

驼背往里边移了一寸，那背好像更驼了。

雷高汉说："我问的是高玉河。"

"这儿没有高玉河，只有高玉山。"

"他在旧社会叫高玉河，后来大概改了名字。"

"没有。"驼背抬起头,"我知道,什么玉河都没有。"

"那我就找你。"雷高汉说,"我是县剧团的,听说你家有个姑娘,模样俊,嗓子好,我们想让她面试一下。"

"我们家没有姑娘。"驼背又埋了头,"不知是谁欺骗公家。"

9

雷高汉被两个民兵押进金家大院,听见丁继业喊了一声:"怎么啦?"

那会儿刚吃过晚饭,院子里人很多,雷高汉没有看见丁继业在哪里。下午,雷高汉前脚回来,三塘湾大队民兵连长带着人后脚就赶到了。鲁金奎不用审问也知道了,雷高汉冒充贫苦农民,还冒充剧团老师,跑到外地去打听一个姑娘。一个富农分子一大早不见了人影,大队已经向公社做了汇报,鲁金奎成了热锅上的蚂蚁。公社已经做出决定,连夜审问雷高汉。而板桥湾大队民兵连长鲁金奎,因为长期包庇雷高汉被停职,接受调查。

水库建设指挥部就设在金家大院,对雷高汉的审问在那儿持续到深夜。丁继业倚老卖老,几次想闯进去,都被站岗的民兵拦住了。但是,他还是知道了,他的孙女翠香和雷高汉在旧社会就好上了,还没结婚就生了一个女儿,那个孩子让雷高汉在夜里丢到了板桥上。前一年,在板桥上过路的两个人说,当年三塘湾一个人在那儿抱走了一个孩子，恰巧让雷高汉听到了。雷高汉却又不认识那两个人。最后，一个公社干部问，为什么要选在那一天去寻找孩子，雷高汉说："今天是她的生日。"

最后，公社干部才知道翠香的爷爷远在天边近在眼前，守门的民兵就省得去叫了。公社干部还没有把话说完，丁继业就骂起雷高汉来："你以为你刚逮住一个李傲物，就了不起啦？你一大早跑那么远，怎么不再逮一个土匪回来呢？我还以为你对我孙女好得很呢，原来你也是一个土匪！"

公社干部打断他说："老人家，我们只要你一句话，你过去听你孙女说过孩子的事没有？"

丁继业看了一眼雷高汉的眼色，说："怎么没有？"

"说说，什么情况？"

"孙女后来对我哭呢。"丁继业不再看雷高汉了，"她说，那事也不怪雷高汉，他们当时怕丑是一回事，更主要的是养不起。别看这小子今天人五人六的，旧社会还不是穷得丁当响……"

"你不知道他是富农吗？"

"他那是错划富农。"

"老人家，你去歇着吧。"

丁继业对金庆余说："看样子，雷高汉一整天都没吃饭。你想，他去哪儿吃？那么大的个子，怎么顶得住？"

金庆余连喊两声张巧兰，都没听到答应，就进屋去一巴掌把她扇了起来。丁继业在外屋听见金庆余说："我的女儿进了剧团，你

第十章

倒摆起资格来了。去,给雷高汉煮挂面,够两个人吃,多放油!"

张巧兰煮挂面的时候,还加了两个荷包蛋。金庆余双手捧着一大碗面去向公社干部求情,说:"李傲物在这院子里住了一个月,现在我全家人说起这个都要打颤,要不是雷高汉,我们这一院子的人不知要遭什么殃呢!我为他杀一条猪都愿意,别说煮一碗面……"

公社干部听金庆余说乱了,说:"审完了再吃不迟。"

"一碗面能吃多久?"金庆余说,"他吃了面,也交代得清楚一些……"

正说着,两个民兵把虞婉芬带过来了。公社干部一见虞婉芬,就朝雷高汉挥挥手,让他坐到一旁去吃面。

"姓名。"

"虞婉芬。"

"成分。"

"地主。"

"年龄。"

"三十九。"

公社干部声音小了:"虞婉芬,在万恶的旧社会,你认识雷高汉和丁翠香吗?"

雷高汉吃面无声无息,虞婉芬的声音却还是那样大:"都认识。"

"在鸿祯塞?"

"是。"

"他们当时相好了吗？"

"是。"

"丁翠香当时怀了雷高汉的孩子，你知道吗？"

虞婉芬犹豫了一下，说："听说了。"

"你看没看见丁翠香肚子大了？"

"记不得了。"

"那孩子呢？"

"不知道。"

公社决定放了雷高汉，原定的斗争大会也不开了。雷高汉刚刚为抓获李傲物出了力，在那个时候批斗他有点不大合适。何况，他的生活作风问题都是在旧社会犯下的，他不请假就往外跑是让鲁金奎惯下的。

半夜，雷高汉从金家大院回红石岩，在半路上看见了虞婉芬的身影。月色朦胧，她在一棵小树旁边站着。雷高汉离她一丈远的时候，她就往前走了。

雷高汉跟上去说："刚调查了我从前的作风问题，我们这样在半夜里走回去，又成了现在的作风问题了。"

虞婉芬只管小心走路，不说话。

雷高汉说："我慢点走，能看得见你就行了。"

虞婉芬停下来不走了，说："他在天上，也看得见呢。"

雷高汉也停下来，看了看天上。他没有听懂那句话，是没有他也还有包志默,还是包志默正在天上看着他的表现呢?

虞婉芬再走起来,雷高汉差不多跟不上了。她的身段在月色里轻飘飘的,她如果愿意,好像都能够飞起来。

10

鲁金奎被免去板桥湾大队民兵连长,包喜泉顶替了那个职务。

包万长在世时对包喜泉说,雷高汉那个人命苦,从前对我们家多有照顾,现在不要因为他成分不好就为难人家,能帮人家一点是一点。包喜泉是个孝子,把他爹的话牢牢记在心上,他暗中与鲁金奎作对,却从来没有给雷高汉出过难题。所以,他当上连长第一天,就把雷高汉叫到水井边上,一只手叉在腰里,另一只手指指戳戳。大家从远处看过去,他可把雷高汉批得不轻,却不知道他那是在交底。他说,其实他和乔桂花早都想到了,那孩子就是雷高汉和野女人生的,只是没有想到那女人就是翠香。他说,孩子的线索断了不要紧,还会有新的线索。他说,只要他在连长的位子上,谁也打不了虞婉芬的主意,他让他们在春节就把事情办了。

雷高汉听出来了,那天晚上虞婉芬去协助调查,就是包喜泉安排的。

包喜泉也应该去做演员,那怒气冲天的批判动作下面,全都是顺耳的话。雷高汉倒是用不着表演,因为挨批判他应该点头哈腰,听好话他更应该点头哈腰。包喜泉毕竟不是鲁金奎,他不能再像从前那样随便了。只是到了最后,包喜泉让他和虞婉芬把事情办了,他没有点头也没有摇头。

一只手大概在腰上叉累了,包喜泉把它放下来说:"怎么了?"

"人家……"

"谁?"另一只手仍在指点,"虞婉芬?哪由得了她!"

雷高汉不再说什么。他想起了金庆余说的那句话,他还真是戴着这一顶帽子,享受着那一个待遇。他知道,那一个待遇,虞婉芬也正好用得着。

鲁金奎偏偏要在石窟外面找雷高汉谈话,不过他也把声音压着,不到跟前去就不会听得见。他问:"你什么时候也学会演戏了?"

要是往回,雷高汉还可以胡说八道,但那回不行了。他没有想到他外跑一趟会是那个后果,第一回在鲁金奎面前有了富农的样子,埋着头说:"我哪有那本事。"

"你都成剧团老师了,本事还小啊?"

"那叫骗。"雷高汉说,"那驼背是个地主……"

"地主就可以骗?你当富农多少年了,我什么时候骗过你?"

"没有。"雷高汉说,"真没有。"

"结果,你连我都骗!"

"没有。"雷高汉又说,"真没有!"

鲁金奎说:"翠香什么时候怀过你的孩子?你骗得了别人,骗得了我吗？"

雷高汉把头埋得更低了。

"翠香对你那么好，她死了以后你还往她身上泼污水。你不要忘了，在你前面，人家还有一个婆家呢！"

雷高汉说："我不想伤任何人。"

鲁金奎说："你在鸿祯塞那些年，我也在。你说，除了我，还有谁有这个发言权？"

雷高汉抬头看了鲁金奎一眼，又埋下头说："包松亭！"

"什么意思？"鲁金奎看看身后，"你什么意思？"

雷高汉也不知道，他为什么在那个时候想起了包松亭。

鲁金奎接着追问："你老实告诉我，那到底是谁的孩子？"

"你有两个儿子！"雷高汉突然抬起了头，"你就不许我有一个女儿？"

鲁金奎愣住了。然后，他扭身进了石窟。

雷高汉从三塘湾回来以后，柳鸣凤一直不理他，好像从来不认识他。他一直想找一个机会，让柳鸣凤知道金家老太太说了假话。他不知道，柳鸣凤是不是还愿意继续帮他，让金庆珍套一点真话出来。

刮了一整天风，晚饭比往天开得早，吹起来的泥沙往碗里撒了一些。虞婉芬正向雷高汉走过去，柳鸣凤突然喊起来："饭桶，你过来！"

好多人都望着柳鸣凤，柳鸣凤大声说："雷高汉，我喊你呢!"

雷高汉端着碗走过去。

"怎么了?"柳鸣凤故意把声音降低了,"喊你个饭桶,不高兴?"

"只要有饭来装,有什么不高兴的。"

柳鸣凤说:"小日子过得不错啊!"

雷高汉低头吃饭,好像那样小口吃饭就是过小日子。

"你这个骗子!"柳鸣凤说,"为什么骗我?"

"你指什么?"

柳鸣凤的声音突然又低了:"为什么不告诉我,孩子是翠香生的?"

"我以为你能听出来。"

"你是说我傻是不是?"

雷高汉有点糊涂,不知道柳鸣凤为什么要对他发火,还当着那么多人的面。他说:"金家老太太不知道为什么要骗我们……"

"她怎么骗你了?"

"三塘湾根本没有高玉河这个人,李玉河张玉河都没有。"

"中间不是还有我这个转话的吗?你怎么就不想想,要是我说错了呢?"

一股冷风灌进了雷高汉的嘴,那些泥沙,他吐也不是咽也不是。

"我当然不会出错。"柳鸣凤说,"你差点让我为你背黑锅。"

泥沙不多,雷高汉就借一口萝卜丝全都咽了下去。他说:"我怎么会把你说出来。"

"你怎么说去就去?"

"那天不去,哪天都去不成。时间一久,说不定就把人家名字忘了。"

"村里真没有那个人?"

"看样子,真没有。"

"不算白跑。"柳鸣凤说,"我是那么好骗的?我会深挖到底!"

11

红石沟水库建设工程上马不到三个月,就要下马了。这个消息在工地上传开的时候,已经到了腊月。

回家前那段日子,柳鸣凤往往一吃完饭就不见了。腊月十四晚上,民工已经都累成了一摊泥,鼾声都快要让石窟爆破了。柳鸣凤把雷高汉叫出去,刚走过那一口水井就说:"骗我们的不是老太太,是金庆珍。"

"高玉河,是金庆珍瞎编出来的名字?"

"老太太说的是高玉山。"

"都一样。"雷高汉叹一口气,"高玉山还不如高玉河呢。"

月亮又圆了。柳鸣凤抬头看了看月亮，往小溪边走过去。雷高汉回头朝虞婉芬住的石窟看一眼，只好跟了上去。柳鸣凤一边走一边说："你和虞婉芬，要赶着搬到一起过年吧？"

"好冷啊！"雷高汉停下来，"你要是没别的话，我就回去了。"

"你命好啊！"柳鸣凤也停下来，"刚倒下一把保护伞，又撑起一把保护伞。"

雷高汉立即转过身，往回走。

"雷高汉。"柳鸣凤喊一声，"你不愿听下去，可不要后悔啊！"

小溪边上有一棵柏树，那影子把一个人都藏不住。雷高汉的影子和树的影子重叠在一起的时候，他才看见，柳鸣凤换了一身干净衣裳。

"你听着，我把你的女儿找到了。"

雷高汉靠在柏树身上，闭上了眼睛。他和柏树一起暂停了呼吸。

"金海棠，就是你的女儿！"

雷高汉赶紧把眼睛睁开了，却是过了一阵才看清柳鸣凤，在月光里的模样就像一个新媳妇。

"你怎么不说话？"

"我不敢相信……"

柳鸣凤说得很轻，也说得很慢，好像稍微快了或者重了，十五

第十章

年前那个故事的后半截就会又讲丢了。她说,张巧兰自从女儿进了剧团以后,就对金庆珍爱理不理了。所以,金庆珍觉得还是大嫂好,就把孩子的事一五一十对她说了。

雷高汉把自己从柏树身上挪开,站直了听。

当年,那两个叫花子到了红石岩,抱着孩子挨家挨户去讨奶。金庆珍还是一个大姑娘,女叫花子认错了人,对她说:"孃孃,我们听见你屋里有孩子哭,求求你给孩子喂一口奶……"

"别乱叫。"金庆珍的母亲出来,"来,把孩子给我!"

张巧兰生了一个女孩。母亲把孩子抱进去,好一阵才抱出来。孩子的眼睛依然没有睁开,只是小嘴动了动。

那天,金庆余一大早就出了门,帮人买牛去了。他脾气暴躁,爱打老婆,也爱打赌。张巧兰刚把孩子怀上,他就打赌说怀的是一个女儿。他那其实是跟自己赌气,那样一个老婆怎么可能给他生养一个儿子。张巧兰犟嘴说怀的是一个儿子。女儿生下来,好像是来帮金庆余赢的,他抱着亲了又亲。他出门时对张巧兰说:"孩子要是有个闪失,回来我要了你的命!"

张巧兰竟然在床上睡着时把亲生女儿压死了。

母亲和金庆珍都吓坏了。

三个女人悄悄哭够了,都怕金庆余回来再出人命,金庆珍就想到了暂住在红石岩的两个叫花子。反正都是女孩,赶紧用一点米把那两个叫花子打发走,把那女孩抱过来,只要她们三个人不说,对金庆余和孩子瞒上一辈子都不成问题。母亲和张巧兰都觉得金庆珍说得对,母亲说:"那孩子说不定是错投了胎,我们金家让她缓过一口气,再把她抚养大,说不定,她会给我们金家光耀门庭呢。"

天就要黑了,金庆珍赶紧追到了红石岩。两个好心的叫花子听金庆珍一说,二话不说就把孩子交到了她手上,因为孩子眼看就要活不成了。他们发誓一辈子都不说出去,并且一颗米也不要,只要包裹孩子的那件男人棉袄。金庆珍担心要是没了棉袄,回家路上会让孩子受冻,就叫他们抱着孩子跟她走一趟。

孩子回家了。张巧兰奶水充足,却也没能让孩子叫出声来。

"孩子身上发现什么东西没有?"母亲说,"比如一张写了字的纸,或者一张绣了字的手帕。"

两个叫花子一起摇头。

母亲问:"孩子是在哪儿捡的?"

女叫花子说:"一棵海棠下面。"

"你们认得那树?"金庆珍说,"那树这会儿还没开花。"

"认得。"男叫花子穿上了那件棉袄,"我们家从前是大户人家,后来出了事,才连饭都吃不起了。"

金庆珍给这个侄女取名海棠,母亲却不同意,要是金庆余回来问起怎么说。张巧兰说:"妈,你就说你在梦里听见有人喊海棠了,他金庆余再横,也不敢不依你!"

"金海棠!"

张巧兰轻轻喊了一声,孩子突然哭出了声。那声音,亮得就像喇叭一样。

第十章

雷高汉听到这儿，才发现，自己又靠在了那棵柏树身上。他向石窟那边作揖的时候，浑身还在不停地颤抖着。

柳鸣凤说："金庆珍一再问我海棠的亲爹亲妈是谁，我当然不能说真话。我说，海棠是一个老爷和丫头生的孩子，千万不能让她的这个身世害了她的前程。金庆珍是个通情达理的女人，海棠从小就和她亲，她不会乱说。"

雷高汉问："你和海棠亲吗？"

"她很小的时候我就回板桥湾了，她喊我大妈。"

雷高汉那样子是想给柳鸣凤作一个揖，结果改成鞠了一个躬。他问："那两个积了大德的落难之人，知道是哪儿人吗？"

"我问过，说是外地口音。"

雷高汉晕头转向，朝着不同方向不停地鞠躬。

柳鸣凤说："现在，你可以告诉我，海棠的母亲是谁了吧？"

雷高汉说："孩子是你为我找到的，本来我应该告诉你，但我不能说。你就拿她当你的孩子吧。"

柳鸣凤说："我都猜到了，你不会告诉我真相。但是，你不会不告诉虞婉芬吧？"

12

月亮又圆又亮，包喜泉把雷高汉从石窟里叫出去，又走到了水井边上。他说："昨天晚上有人看见，你和柳鸣凤在小溪边上说话,足足两顿饭工夫。你们都说什么了?"

雷高汉和柳鸣凤已经约好了怎么说,但面前站着的不是鲁金奎,他说得磕磕绊绊。他说,柳鸣凤在金家有个小姑子,她托小姑子给他介绍了一个寡妇,他好半天都拒绝不了。

"她自己就是一个寡妇,怎么不嫁给你?"

"连长,你开玩笑……"

"她一直拿自己当文化人,端着一个臭架子,怎么当起媒婆来了?"

包万长在柳家当长工的时候也没有少受气,所以,包喜泉对柳家一直是气不打一处来。雷高汉不能火上浇油,说:"柳鸣凤她也是好心。"

"雷高汉你给我听着!"包喜泉咬牙切齿地说,"要么你打一辈子光棍,要么,你从水库工地一回去就扯证,把虞婉芬正大光明领回家。扯证你不操心,我找人去公社里办!"

雷高汉没有跟着包喜泉回石窟,而是把虞婉芬从石窟里叫出来,往回家那条路上走。那条小路还是当年他和翠香走过的老样子,在夜里不敢走多了。他停下来,把包喜泉的话对虞婉芬说了。

虞婉芬说:"我听包志默的。"

"对。"雷高汉说,"要不是他留下那些话,我想都不敢想。"

"你是说,年前?"

"年后也行。"

"那就年前吧。"虞婉芬说,"这个,我听你的。"

第十章

雷高汉说:"你应该向我道个喜。"

"哪有这样道喜的?"虞婉芬说,"我若给你道喜,等于我自己没有喜。"

"我没说清楚。"雷高汉说,"孩子找到了。"

"呀,天!"

"昨天晚上,柳鸣凤就是给我说这个。"

"我以为你遇到了什么难题。"

"说来话长。"雷高汉说,"我们的头一夜,我再说给你听,好不好?"

"好。"虞婉芬说,"双喜临门!"

再过一天,全公社的民工都要回家了,各个大队都在做扫尾工作。雷高汉向包喜泉请了假去看丁继业,同时他也要再去女儿家里看一看。丁继业身体硬朗,一直没下火线,对水库下马意见很大。他说:"说上就上,说下就下,别说铺这么大一个摊子,就是打一口水井,也不是这个搞法!"

雷高汉说:"上面说了,条件成熟了又会上马。"

金庆余从外面回来,也凑起来说水库的事。他说:"我不急,都弄成这样子了,不会老留个烂摊子在这里。搬家的事我更不急,等我海棠成家了,我就直接往县城里迁。"

张巧兰也说:"我去县城看过,乡下过的这哪叫日子!"

金庆余对雷高汉说:"你听,这个没出息的婆娘,去了一趟县城,天天挂在嘴上。她要是去一趟北京,不知要哪样呢!"

雷高汉对张巧兰说:"上回你给我煮那么大一碗面,还卧了两个鸡蛋,还没有对你说一声谢呢!"

丁继业说:"我都代你谢过了。"

"还谢什么?"金庆余说,"一口饮食,也挂在嘴上!"

"这话不对。"丁继业说,"就是一口奶,都能救一条命呢!"

"爷爷,你这话更不对了。"张巧兰说,"听起来,就像我给雷高汉喂奶了一样!"

"没说对。"丁继业连忙说,"我这话是没说对。"

雷高汉看着金庆余的脸色,以为他又会发火,没想到他哈哈大笑起来:"你听你听,这傻婆娘!"

张巧兰却好像受到了奖励,话多了起来。她说:"雷高汉,听说,他们审你,是因为你跑了趟子?"

雷高汉看看丁继业,说:"有人在那边为我介绍一个女人……"

金庆余说:"我怎么听人说,你是去找孩子呢?"

张巧兰一听,脸色都变了:"孩子?谁的孩子?"

丁继业说:"他和我孙女的孩子。"

金庆余问:"儿子?"

雷高汉点了一个头:"当年我们养不起,就送人了。"

张巧兰问:"什么时候的事?"

"旧社会。"丁继业说,"别提了。"

第十章

"别提了别提了。"金庆余说,"你倒是要抓紧成个家了。"

丁继业说:"我也这样说,他就是不听。"

金庆余说:"你这个情况,难呢。人倒是有一个现成的,但是不合适。"

张巧兰问:"谁?"

金庆余说:"柳鸣凤。"

张巧兰说:"你想让雷高汉吃二遍苦,受二遍罪吗?"

第十一章 秋千

汉子大爷对我提起金海棠这个名字的时候，温寒露早已经告诉了我，她外婆叫金海棠，汉子大爷是她外婆的亲生父亲。金海棠有一个女儿，也就是温寒露的母亲邬红梅，现在远在美国。我上网一搜就知道，母女二人都是川剧名角。若要论知名度，金海棠显然要比邬红梅高许多。即使温寒露不告诉我，我也能从网上获知，金海棠去世已经五年了。

温寒露对我说，她外婆在县剧团时就已经是名声在外的闺门旦，三十二岁调入省城大剧团，很快就声誉鹊起。她外公是中学语文教师，随她外婆同时调入成都任教。温寒露的父亲是一个官员，却和她母亲感情一直不睦。温寒露出生时，金海棠还不到五十岁，突然以健康原因告别舞台。那之前就有一个说法传开，这个川剧大腕的身世本身就是一出戏。所以，有人猜测，她之所以激流勇退，是因为她需要保护自己的隐私。事实却是，她丈夫当时查出患了癌症，她需要全身心陪同丈夫治疗。结果，她用陪伴和照料挽留住了丈夫，反倒是她先于丈夫一个月去世。

温寒露从母亲嘴里得知，外婆是旧社会一个小混混与一个小丫头的私生女，刚生下来就被送给了叫花子。外婆知道，她的亲生母亲丁翠香已经过世，而她的亲生父亲雷高汉还活着。她还知道，金家当时因为女儿死了，她才去顶了那个缺，要不自己活不下来。她认为，抛弃亲生骨肉的行为是绝对不能原谅的，无论是在什么样的情形之下，何况据她所知，雷高汉和大地主家里的小姐和丫头都结过婚，后来还娶过一个地主婆。所以，她父亲叫金庆余，母亲叫张巧兰。她奶奶移民搬迁以后就去世了。十几年后，她父亲金庆余在耕种责任田时和自家的水牛发生了矛盾，他的火爆脾气并没有让他占了上风，牛角刺入肋间不说，锋利的铧还在他一条腿上切开了一条大口子。她急匆匆赶回去，可是已经晚了，她父亲在往成都转院途中咽了气。她母亲张巧兰从此和她生活在一起，但不上两年就突发脑溢血去世。

温寒露和外婆的感情，远远超过了她和母亲。父亲和母亲都是大忙人，她差不多由外婆和外公带大。戏台上的外婆不是在花园里就是在深闺中，而回到家里，她在忙碌之余还是要唱戏，不过只唱给外公一个人听。温寒露小时候一听川剧就哭，长大了也依然不爱听。外婆大概因为从小被遗弃的原因，女儿让她娇惯出一个任性，外孙女又让她娇惯出另一个任性。她曾对温寒露说："你想干什么，都由着性子来吧。你不爱川剧，那你听都不要听它。我们家两辈人演川剧，够了。"

金海棠要是知道，她的亲生母亲并不是一个丫头，而是一个从小就开始学艺的川剧艺人，就不会说那个"两辈人"了。县剧团的前身就是长庆乐戏班，她被招进去时那老班主还在，她哪里知道，那个老人和她有着血缘关系，而她的亲生母亲，就是剧团里老艺人时常提起的梅云娥。

网上搜不到金海棠青年时期的照片，但温寒露的手机上有不少。我惊为天人，也看出了一点汉子大爷的影子。

温寒露时常对我讲起她外公外婆，她说，如此恩爱的夫妻，她至今还没有见到第二例。她外公生病以前，在她外婆面前就像一个仆人。她外婆喜欢吃苹果，从来都是她外公削皮，再用小刀一牙一牙切开，每一牙的大小就像数学老师计算出来的一样。接着，他外公又像美术老师一样，把切开的苹果变着花样在盘子里摆出好看的图案。然后，她外公双手捧着盘子，直到她外婆把那一盘子花样吃完。她外公生病以后，主人变成了仆人，仆人变成了主人。唯有一样她外公以拒绝吃药要挟，她外婆终于退让一步，继续做那苹果的主人。

这些，大都不是我们在散步时说的，而是在秋千那儿说的。温寒露坐上秋千，我像一个仆人一样轻轻推着她。秋千晃来晃去，但不会影响我们说话，因为有了重要的话，我会把秋千控制住，甚至让它停下来。好几次，我都差点对她说出那一切，说出梅云娥才是她外婆的母亲，想让她先看了《戏台》那一章，但我想到，那应该由汉子大爷亲口对她说出来，所以，我一次一次忍住了。

第十一章

温寒露告诉我,她外婆在弥留之际,对她母亲说了一句话:"照顾外公……"

她看见了,她母亲不住地点头,她外婆才闭上了眼睛。

我问:"外公,是汉子大爷吗?"

"金家那个外公,当时已经去世三十年。"

我又问:"你外婆,她到了最后,知道自己的真实身世了吗?"

"她当然知道。"她诧异地看着我,"要不,我怎么知道?"

我知道我说漏了嘴,笑了笑。

初冬的一天,崔蔓莉又来送豆腐,走后,温寒露说,崔蔓莉把一句话隐藏了五年,终于对她说了。

"什么话?"我问。

"她说,五年前,老祖宗请她帮着寄过一封信。"

"寄给谁的?"

"她还记得收信人的名字,金海棠。"

"你外婆收到了吗?"

温寒露摇摇头。

"没收到,还是你不知道?"

她想了想说:"应该是没有收到?"

"你怎么知道?"

"外婆要是知道了,应该会告诉我。"

我说:"这个理由不一定成立。"

过了一阵,她说:"我问了崔蔓莉,信是寄到剧团去的,地址她都记得,并且还是到县城寄的挂号。老祖宗给了她交通费,还有工钱。但是,现在谁还写信?剧团那么杂乱……"

我说:"你母亲应该知道。"

她说:"她当时自顾不暇,知道不知道都一回事。我来这儿以后,她每次打电话都说,你管好自己就行了。"

就是说,邬红梅在金海棠临终前那个点头,自己没有兑现不说,反倒干预儿女替她来完成了。温寒露所做的这一切,倒像是对她母亲的一个逆反,却又不止于此。

我们都想知道汉子大爷在那封信里写了什么。我不知道,我能不能把这件事向他主动提出来。我真担心,他要是熬不过这个冬天,即使没有人谴责我,我一辈子也不会安宁。

天气冷了,秋千就停摆了。

第十二章 瓦房

1

腊月二十八，黄昏时分，虞婉芬提着一只竹篮，独自一人从包家大院出来，向雷高汉的瓦房走过去。她穿了一身新衣裳，那是那年上半年包志默凭布票为她缝制的，她原本也打算过年才穿。她在旧社会的那些衣裳，早已是一件也没有了。

雷高汉站在院坝边上，看着虞婉芬慢悠悠上了板桥。他本来要去接她的，但是人家不许，说："要接，抬一顶轿子来吧。"

"哪有？"

"我有两条腿，自己送上门！"

雷高汉有点吃惊，那不像是她平时说话的口气。

下了板桥，虞婉芬走得更慢了，好像随时都会停下来。那毕竟是她第二回嫁人，怎么说也该有几个人看个热闹，可是沿途一个人也没有。人们从水库工地回来好几天了，整个大队却好像就他们两个人缓过了那一口气。包喜泉说话算话，已经为他们办了结婚证。雷高汉差不多每天往包家大院跑一趟，空手去空手回。

那天是虞婉芬定下的过门时间，雷高汉从早望到黑。算起来，加上包松月和丁翠香，那可是他第三回结婚。第一回排场虽大，却是连新娘都没看上一眼。第二回突然就有了女人，却又好景不长。第三回，他看着走到眼前来的女人，好像又在做梦一样。

腊肉已经煮上了。虞婉芬大老远就闻到了年的味道，一进屋就问："过年还有肉吗？"

"还有。"

"我这竹篮里也有。"

"从今天起，就不分你我了。"

天已黑定。虞婉芬坐到了灶前，煤油灯照不亮她，灶孔里哗哗笑着的火光却映红了她的脸。雷高汉在灶后看着她，觉得自己这么多年真是没有白耗。包志默怎么就忍心丢下这样一个女人，他的心里疼了一股。锅里的蒸气从面前飘过，他的脸上又热了一股。他把煮熟的腊肉捞上案板，切了一片，然后，一手用筷子夹着，一手在下方兜着，小心地把那片肉送进了虞婉芬嘴里。他说："从今往后，这个家，好吃的是你的，好穿的也是你的。"

虞婉芬吃肉的样子很好看。她说："有福同享。"

突然，屋外有了动静，一个声音叫起来："雷高汉！"

鲁金奎来了，雷高汉赶紧出了屋。

一个黑桩，立在院坝中央。鲁金奎的声音小下来："我路过闻

第十二章

见肉香了，正好身上有一瓶酒，就来了！"

虞婉芬从雷高汉身后走出来，说："连长，你进屋坐……"

"要是再喊连长，我就走了！"

雷高汉说："人可以走，酒得留下！"

虞婉芬从鲁金奎手里把酒瓶接过去，叫雷高汉陪着客人说话，她进屋去准备饭菜。鲁金奎却不坐，要先进屋参观一下。床上是旧被盖，只不过刚让雷高汉洗过。鲁金奎摸了摸那只红色皮箱，大概以为那是虞婉芬刚拿过来的，说："这些年，我都没忘了鸿祯塞。"

菜上好了，三只碗里都盛上了酒。鲁金奎坐下来以后，雷高汉和虞婉芬才坐下来，他们要先给鲁金奎敬酒。雷高汉说："要不是你来，还带酒来……"

鲁金奎端着酒碗的手渐渐降低，把酒倒了一点在地上。雷高汉明白过来，朝着门外漆黑的天空把酒碗举了举，也把酒倒了一点在地上。虞婉芬把碗里的酒缓缓倾倒一些下地，含着泪水说："他会看见……"

"办喜事呢。"鲁金奎说，"喝酒喝酒！"

雷高汉等着虞婉芬说话，虞婉芬对鲁金奎说："雷高汉和我借花献佛，敬您。"

"对。"雷高汉说，"我们是借花献佛……"

"我先敬你们。"鲁金奎说，"罗红玉本来要来的，但她有她的考虑。我们在这一点上和包喜泉是一致的，还不是怕个夜长梦多。虞婉芬你能喝多少是多少。喝！"

虞婉芬把碗里的酒一饮而尽，说："红玉是个好人。"

鲁金奎分两次喝干了碗里的酒，菜一口没吃就要回去了。他站起来，装出醉了酒的样子说："有人说，雷高汉戴的是什么什么帽子，享受的是什么什么待遇。现在我给你们分个工。在家里，雷高汉是阶级敌人，虞婉芬是革命群众。虞婉芬，你可要把这个家伙管好了！"

雷高汉说："我要对你说的话，还一句没说呢。"

"省了吧。"鲁金奎说，"今天就省了吧。"

两个人把鲁金奎送走以后，雷高汉往两只碗里添上一样的酒。他敬虞婉芬说："鲁金奎刚才的话，我记下了。"

虞婉芬却好像已经醉了，只喝了一小口。她说："那就是说，我挨这么多年的斗，今天晚上，终于也能够批斗一个人了。"

"不止今天晚上。"雷高汉说，"是后半辈子。"

虞婉芬装出愤怒的脸色，说："今天晚上，只批斗你在女人方面的问题！"

"女人？"雷高汉停下筷子，"冤枉啊！"

"先是一个小姐！"

"那小姐不能算。"雷高汉说，"你知道，我都没见过她！"

"再是一个小妾！"

雷高汉立即低下了头。

"接下来是一个丫头！"

雷高汉把头再低一点，不吭声。

"再接下来，是一个太太！"

雷高汉抬起头来："太太？"

虞婉芬小声提醒："我。"

"还不能算。"雷高汉不老实了，"还没有睡……"

虞婉芬收起了她那不大像样的批斗腔调："不过，你还得忍一忍。"

"怎么？"

"要等他的毕七过了。"

雷高汉愣了一下，往虞婉芬碗里夹一块肉。过了好一阵，他才端起酒问："正月二十三？"

虞婉芬点一下头，也端起了酒。

2

正月二十三，油菜花开了。收工以后天已擦黑，雷高汉陪着虞婉芬去了一趟包家大院。虞婉芬先去包志默坟前站了一会儿，没有烧纸，也没有说话。然后，他们去了虞婉芬曾经的家，雷高汉抱起一床被盖，虞婉芬提上一盏马灯。天已经黑得像锅底，点亮的马灯在前面照路。

路口那儿站着一个人。

"虞婉芬！"

雷高汉不用听,光看影子就认出来了,那是包志卓。

包志卓说:"一条狗,你也要!"

雷高汉让虞婉芬退到他的身后,逼到包志卓跟前去说:"好狗不挡路!"

包志卓说:"我不和狗说话!"

"大路朝天,各走一边。"虞婉芬在身后说,"天底下有的是路。雷高汉,你跟我走!"

两个人立即转身,走上了另一条路。

一路上,谁都没有吭声。到家了,虞婉芬说:"那是一条疯狗,从前就是。"

"从前我就不怕他。"雷高汉说,"现在,我更不会怕他!"

虞婉芬煮了两碗酸菜豆腐挂面,那都是雷高汉最喜好的。她把豆腐切成颗粒,让油煎出几面黄,只不过她自己碗里的酸菜会少一点。雷高汉坐在灶前烧锅,灶火映亮的脸上还有怒气。她一边关照着锅里,一边说:"他历来对我的那点心思,你心里没数吗?你别往心里去。你不是想听我给你唱戏吗?今天晚上,我给你唱吧。"

他们已经在一张床上睡了二十几天,不过总是说话到半夜,白天都有点出工不出力了。女人们有了意见,一个女人大声问虞婉芬,包志默厉害还是雷高汉厉害?

虞婉芬指了一下雷高汉。

出工的社员都哄笑起来。一个光棍汉大声说,雷高汉,这一下,你真吃上饱饭了!

第十二章

"快了。"雷高汉小声说。

虞婉芬好像什么也没有听见。不过,她要是对那个女人的问话也装聋作哑,就把人家得罪了。她要是实话实说,说他们连手都还没有拉一下,没人相信不说,还会把更多难听的话招惹出来。她知道,谁都在等着看她换了男人又是什么样,她让人家都看到了,还是老样子,形影不离。她也让人家听到了,一切都好着呢。

雷高汉出工的时候很少说话,收工以后却好像要把那些节约了的话补出来。天气还没暖和,他和虞婉芬并没有挤进一个被窝,而是各盖一床被盖。最初他们各睡一头,那样声音小了就听不见对方说话,声音大了又容易让外人听了去。他们睡在一头以后声音就都小了,但虞婉芬说起话来是那样好听,那悄悄话都让他入了迷。他不能忘乎所以,需要管好自己那些不时冒出来的念头,以及粗重的呼吸。

虞婉芬的话题总是随意而起。她刚刚还说着旧社会,侧一下身就说到了新社会。她正说的是包企鹤,就在停一下听听门外动静的工夫,接下来就变成了红石沟。她会到了半夜还一直说着她的娘家,或者川剧。她一直绝口不提包志默,却主动说起了梅云娥。

雷高汉说:"那个晚上,我要是不上望哨楼,就不会有后面的事了。"

"一切都是老天的安排。"虞婉芬说,"听起来,那更像是月亮的安排。"

雷高汉在红石沟就对虞婉芬说了,他和梅云娥的女儿已经找到,他会在第一个晚上告诉她一切。但是,那个晚上有人听墙根,所以他没有说,虞婉芬也没有问。第三个晚上,到了后半夜,他才把那一切都说了。

虞婉芬说:"孩子能够活下来,实在是一个奇迹。"

"她命大。"雷高汉说,"要不是金家孩子没了,她恐怕也活不下来。"

虞婉芬说:"孩子只往前走了两三步,你找到她,却好像走了十万八千里。"

"暗道很短。"雷高汉说,"主要是那些夜晚,太长了。"

虞婉芬的手好像悄悄探过来了,却又收了回去。她问:"柳鸣凤也知道根底?"

"只有你知道。"

"那么,在她那儿,金海棠是谁的孩子?"

"我和翠香生的。"

虞婉芬算了算,说:"时间都对不上。"

"那账,就由它先糊涂着吧。"

虞婉芬突然说:"其实,说孩子是翠香生的,也没有错。"

雷高汉没说话。他觉得既对不起梅云娥,也对不起翠香。

虞婉芬问:"你大概不知道梅云娥的小名吧?"

"我和她只说过两回话,加起来不到一顿饭工夫。"

虞婉芬说:"她亲口告诉我,她小名叫翠香。"

雷高汉在床上坐了起来。

第十二章

"翠香。"虞婉芬说，"我都这样叫过她。"

雷高汉又睡下了。他的眼前冒出了火星，他知道，那是闪烁不定的磷火。但是，他并没有把梅云娥和翠香合二为一的事说出来。那分不清的遗骨，一时半会儿也说不清。

虞婉芬说："我记得，那是她教我唱《翠香记》时告诉我的。"

雷高汉说："她就是演那一出戏的时候，昏倒在了戏台上。"

"那就像昨天的事。"

"她大概不知道，鸿祯塞里真有一个丫头叫翠香。"

"人啊，总是在变着花样，遇见另外一个自己。"

雷高汉对这句话半懂不懂，就等着她往下说。

"比如你的女儿，她是雷海棠遇到了金海棠。"

雷高汉就更不懂了，说："现在，她也是你的女儿。"

虞婉芬侧一下身，转向雷高汉说："这个我要劝你，不要去碰这件事，不要指望她叫雷海棠。"

"我懂。"雷高汉明白她的意思，"我早就想好了，我不会害了孩子。"

"日子还长呢。"虞婉芬说，"她是你的女儿，这个老天都夺不去。"

雷高汉让虞婉芬这一说，屋里好像都点灯了。他问："你的小名叫什么？"

"小婉。"虞婉芬说，"我知道你叫饱饭，最初我还以为那是个外号呢。"

雷高汉分不清小婉和小碗。小碗,怎么吃得了饱饭。他请虞婉芬教他识字,但话到嘴边又咽了回去。没错,日子还长呢,他不用急着说出来。他说:"我在鸿祯塞城墙上,听过梅云娥教你唱戏。"

"唱的什么,还记得?"

"只记得一句,一直没忘。"

"哪一句?"

"这凄凉叫人难忍。"

"哦。"虞婉芬说,"那是《摘红梅》里的唱段。"

正月二十四晚上,一切收拾停当,雷高汉在一条矮板凳上坐下来。他想变成一个可怜的孩子,但是他的个子太高了。

虞婉芬站在地上,身后是一张床。她说:"我给你唱《摘红梅》吧。这是川剧高腔,就唱你听过的那一段吧。"

梅云娥在鸿祯塞后花园里教虞婉芬唱戏的时候,雷高汉在城墙上都听得见。瓦房里,虞婉芬把高腔唱起来,却像说悄悄话一样。她只转过半个身,兰花指有点生硬了,却没有一点慌乱。

花枝隐隐隔窗棂,
几度照人成孤另。
花呵!
但愿东君常管领,
谁向高楼弄笛音?

第十二章

这凄凉叫人难忍,

又听金铃犬吠声。

进园庭!

满园春色嫩,

是谁巧妆成?

3

那以后,雷高汉的日子变得快起来,因为每个夜晚都变短了。他总算知道了,人与人最大的不同,其实是夜晚的不同。当年他对翠香都没有那样贪过,而那个时候他还年轻。他好像把翠香忘了,还有梅云娥,也好像忘了。

好日子说来就来,女儿有了,女人也有了。女儿是秘密的,女人却是公开的。女儿在哪儿,叫什么名字,长什么样子,已经就是全部了。他必须接受那样一个现实,任何轻举妄动都有可能给女儿带去祸事。他还必须接受另一个现实,虞婉芬在旧社会就被医生下了结论,不能生孩子。

在虞婉芬面前,除了在鸿祯塞戏台下埋葬的那混合的尸骨,雷高汉再也没有什么秘密了。虞婉芬甚至比他先知道,他为什么能够从鸿祯塞活着出来。他也知道了,虞婉芬出生在县城一个有头有脸的家庭,差点嫁给了辜惜德。怪不得辜家那样恨包松堂,他为儿子从人家手里夺走一个女人,为他自己又从人家手里夺走一个女人。

至于包家的人，虞婉芬很少提起，但雷高汉已经知道，包志默寸步不离虞婉芬，在很大程度上说，就是为了防范他那个色胆包天的堂弟包志卓。包志默不在了，虞婉芬宁愿让大家戳脊梁骨，也要过早地走到雷高汉身边，除了个别光棍汉，主要也是因为包志卓。包志卓是一个十足的无赖，他把自己的女人全都打散以后，就盯上了虞婉芬。

包志默还没来得及对雷高汉说的话，虞婉芬是知道的，但并不是要他防着包志卓。她告诉雷高汉，"托妻"是她自己的主意。她在第一天晚上"批斗"雷高汉的那些话，反倒是包志默在一边抱怨时说过的。包志默知道自己来日无多，把虞婉芬托付给雷高汉纯属无奈。当然，无论他把心爱的女人托付给谁，都只能是一个无奈。

渐渐地，雷高汉就把包志卓抛到了脑后，倒是越来越放心不下两个人，一个是鲁金奎，一个是柳鸣凤。他不能再编一个故事糊弄他们，他更不能对他们实话实说。梅云娥是谁？那可是包松堂的小妾。雷高汉和包松堂的小妾生的孩子？打死都不能说。

鲁金奎从来就没有和雷高汉过不去的意思，他当然知道，雷高汉肯定不会指望他下台。他却已经了解到，包喜泉早就知道孩子的事，就连柳鸣凤都知道，而他自己那些年一直在鸿祯塞，后来又一直监管着雷高汉，对此却一无所知。那么，他并不需要雷高汉亲口告诉他那一切，他相信凭着多年当干部的能力，一定能够让自己心里存上一本明白账。

柳鸣凤却是一开始就不相信，她帮助寻找的是雷高汉和丁翠香

第十二章

的孩子，更没有想到那个孩子就是金海棠。既然已经有了结果，她也不需要做什么隐瞒，就像金庆春如果哪一天面目全非地回来，也不需要隐瞒一样。没错，张巧兰是张巧兰，金海棠是金海棠，她不会把对大人的怨气撒在孩子身上，不会横生枝节毁了人家的前程。雷高汉和虞婉芬成了一家人以后，情况又不一样了。柳鸣凤不会嫁给雷高汉，从前一有人想撮合他们就会惹她生气，直到没人再提那事，她才发现自己出了一个大洋相。虞婉芬实在太漂亮，就是一个傻子也能一眼就看出来，十个柳鸣凤顶不了一个虞婉芬。

寻找女儿的过程并不复杂，找到女儿以后，情况却变得不简单了。

无论怎么说，女儿好好的，并且会越来越好。雷高汉也算得上从枪林弹雨中闯过来，他愿意为女儿去死。只不过，身边有了虞婉芬，他实在是不想死。

4

停工一年，红石沟水库又上马了。那一回就不是一个公社的事了，而是全县抽调民工大会战，还组建了专业技术队伍，增加了机械设备，一年多时间就把水库建成了。

水库蓄水以前，金庆余一家三口移民到了五里湾。

丁继业突然病了。他出门以后回不了家，还把五里湾好几个人叫雷高汉，那些临时的雷高汉只好把他送回家。

"他念着我呢。"雷高汉对虞婉芬说,"七十好几的老人,都那样了,恐怕好不回去了。"

虞婉芬说:"没有他的米,我也不可能活到今天。你把他接来吧,我们一起照顾他。"

"我当然愿意。"雷高汉说,"但你要好好想一想,他来了,我们可能就要给他养老送终了。"

"没有什么好想的。"

"他一来,我们就成了一个三口之家,一个贫农一个富农一个地主。"

雷高汉去向包喜泉汇报,才知道事情并不简单,需要集体研究。板桥湾大队的态度是不反对也不支持,总之不能因此耽误雷高汉和虞婉芬出工,影响了农业生产。五里湾大队却很支持,雷高汉就把丁继业接了过来。

虞婉芬第一次见到丁继业,喊了一声:"爷爷!"

丁继业看着虞婉芬,那样子就像认得她一样。他喊了一声:"翠香!"

虞婉芬笑了一下,没有答应。

"翠香!"丁继业说,"你耳朵聋了吗?"

雷高汉说:"翠香,爷爷喊你呢!"

虞婉芬一答应,丁继业就笑了。

夜里上了床,雷高汉还喊翠香,虞婉芬就不干了:"你喊的哪个翠香?小名那个,还是大名那个?"

第十二章

"我是跟着爷爷喊。"雷高汉说,"他喊的是你,我喊的也是你。"

"你也上年纪了?"

"你知道啊!"

虞婉芬没有心思说笑。雷高汉去五里湾接丁继业时,包志卓在收工后把她拦住了。包志卓说,鲁金奎找他问话了,问一个孩子的事。包志卓说,鸿祯塞当年有一个孩子下落不明,他知道根本不是丁翠香生的,但是他并没有对鲁金奎说。最后,包志卓威胁虞婉芬说,如果她不乖乖就范,那就说明她希望雷高汉出事,也好,权当她为他们包家出一口气。

"我对他说,我就是死,你也别想!"虞婉芬说。

雷高汉紧紧搂着虞婉芬,过了一会儿才说:"我先到包喜泉那儿告他一状。"

"告他什么?"

"他威胁你,要是不从,他就往我们头上栽赃。"

虞婉芬说:"那样一来,包喜泉就是不想批斗他都不行了。斗争会一开,风风雨雨就来了,还把鲁金奎也牵扯进来了。"

雷高汉想了一阵,说:"他要是敢动你一根毫毛,他那条小命就没了。我连李傲物都不怕,还怕他?"

虞婉芬说:"以其人之道,还治其人之身。他其实是个胆小鬼,威胁他一下,说不定会有效。"

"你的意思,我和他当面锣对面鼓?"

"我也行。"

"你不行。"雷高汉说,"你不用管!"

下午收工以后,雷高汉一直悄悄跟在包志卓后面,估摸着虞婉芬快到家了,才喊了一声:"包志卓!"

包志卓转过身,站住了说:"我一直以为一条狗跟在后面呢!"

"你借我的东西,什么时候还?"

"我借你什么了?"

"你借走一个胆子!"

"你已经没胆子了?"

"多呢!"雷高汉说,"你要是还要,我再借你一个!"

"雷高汉!"包志卓就像真多出来一个胆子,"我知道你胆子多,浑身都是。别的不说,就凭你搞女人那个本事……"

"包志卓!"雷高汉说,"你不要忘了,旧社会我都没怕过你!"

"没错,旧社会你就胆子很大,什么女人你都敢上!"

夜晚已经来了,山丘的淡影都隐入黑暗中了。雷高汉什么也看不见,说话就少了一些硬气:"我的事,自己最清楚。我一不打女人,二不讹女人……"

包志卓冷笑一声:"我这颗大蒜,还轮不上你这大粪来灌!"

雷高汉看不清包志卓的嘴脸,又担心有人偷听,只想快刀斩乱麻。他想了想,说:"群众的眼睛是雪亮的。包志卓,你胆敢兴风作浪,就叫你灭亡!"

天上的星星密起来了,包志卓一边走一边说:"你有什么资格,用这样的词,说这样的话!"

雷高汉也掉头就走,甩过去一句话:"那是好话,你记住了就好!"

果然有人偷听了。雷高汉走几步,虞婉芬就冒出来。快到家了,雷高汉才说:"不是说好的,你先回家吗?"

"你一个人,我不放心。"

雷高汉眼睛一热:"那么多年,我都一个人……"

"此一时,彼一时。"虞婉芬又改口说,"从前是从前,现在是现在。"

吃过晚饭,上了床,吹了灯,虞婉芬才在雷高汉耳边说:"包志卓对你说起女人的时候,你的话就有点软了。"

雷高汉轻轻吁一口气:"他那话,说到了我的软处……"

"你并没有对女人胡来,你要把腰板挺起来。"

雷高汉大气都不出了,他在听。

"你要先把包松月那个包袱放下来。"虞婉芬说,"你不要觉得欠了包家什么,那都是包家欠你呢。那小镜子你要留着就留着,它让我知道,你是个有情有义的人。"

雷高汉伸出手,捏了捏虞婉芬。

"更主要的,你要把梅云娥那个包袱放下来。你们的事,书上有,戏里有。"

雷高汉侧了一下身。

"包志卓不一定知道孩子的事。"虞婉芬说,"他只要不知道孩子是谁,我们就不怕。"

雷高汉又伸出手,捏了捏虞婉芬。

"你对翠香的好,你对她爷爷的好,大家都看在眼里了。我不是瞎子,我知道我没看错人……"

雷高汉两只手都伸过来,虞婉芬就说不成了。

5

丁继业的病时好时坏。他清醒的时候不和虞婉芬说话,还好,他不出门。一旦糊涂起来,他就催促,甚至要带上雷高汉和虞婉芬一起去修水库。

"爷爷!"虞婉芬说,"水库早就修好啦!"

丁继业说:"你说的那是鸿祯塞。一堆石头码在那山丘顶上,有什么用?不是说要修水渠吗?拆了鸿祯塞修水渠,够啦!"

虞婉芬说:"水渠正在修呢!"

丁继业问:"真把鸿祯塞拆啦?"

虞婉芬说:"把鸿祯塞连接包家大院的石梯拆啦!"

"水渠要多久才修得好啊?"

雷高汉小声说:"咸吃萝卜淡操心!"

丁继业耳朵却又尖得很,他立即就骂起来:"雷高汉,你个没老没少的,你个忘恩负义的!"

雷高汉赶紧躲开了。

丁继业就对虞婉芬说:"翠香啊,你真是命苦,嫁了一个富农不算,还嫁了一个骗子!"

"爷爷,他怎么就是一个骗子了?"

"他去五里湾收过租,却披着牛皮不认账。"

虞婉芬说:"爷爷,我要煮饭去啦!"

丁继业跟在虞婉芬后面,监督抓米。他看着虞婉芬把米抓出来,然后再抓一把回去,然后,他还要看着米下了锅才算数。他说:"翠香啊,这吃饭哪,要紧的就是勒紧裤带。这做女人哪,要紧的也是勒紧裤带……"

虞婉芬一边拉风箱一边说:"爷爷,不许说丑话!"

"话丑理端。"丁继业说,"你们在夜里说的那些话,才丑呢!"

虞婉芬吓坏了,把风箱拉出了很大的响声。饭好以后,她都顾不上吃,抓紧对雷高汉说了。她说:"我不担心别的,我就担心他把海棠的事听去了,然后出去乱讲。"

雷高汉说:"他怎么敢听他孙女的墙根呢?"

夜深了,丁继业又到门外了。雷高汉故意大声说:"翠香啊,爷爷嫌我没有文化,你在识字班上识了那么多字,就多教我几个吧!"

"半夜三更,识什么字啊?"

雷高汉侧着耳朵听了听,随口念起来:"一,二,三,四……"

渐渐地,虞婉芬就把门外的人忘了,呻吟起来。

丁继业就在外面一边打门一边喊:"雷高汉,雷高汉!"

雷高汉只好答应了。

丁继业说:"翠香的肚子都疼成那样了,你还只顾得睡你那猪瞌睡!"

门只好打开,丁继业听见了虞婉芬平静的说话声,终于相信了孙女没有病。但是,他让虞婉芬过去和他睡,说:"你过会儿要是肚子再疼起来,我送你上医院,怎么就会死了!"

瓦房里安静下来的时候,都半夜了。雷高汉和虞婉芬说了一阵丁继业的病,渐渐就说到了自己头上。雷高汉说:"他这是要让我回炉呢!"

"什么?"

"我在他眼里,好像还是在翠香活着的时候,他那是要把他从前对我的意见,当着我的面发作一遍。"

"吃二遍苦,受二遍罪,就是这个意思吧?"

"吃苦,受罪,都是他老人家。"

"我倒是从他手上,学会了每一顿剩一把米,这个节约的习惯,将来就是他不在了,我也不会改了。"

雷高汉说:"就是我不在了,你也不会改了。"

"你还早。"虞婉芬说,"趁你现在还不糊涂,我把包志默没来得及对你说的话,对你说了吧。"

雷高汉心里一直牵挂着那个话,问过好几次,虞婉芬都说来日方长,没料到她在那个时候说了。其实就一句话,包志默在生病以后对虞婉芬说过三次,要她不管多久离世,他们两个人都要合葬在一起。

一句话,立即就把雷高汉身边说空了。他说:"这是你的意思吧?"

"你可以不答应。"虞婉芬说,"但我如果不把它说出来,我就是死了也不会安宁。"

雷高汉伸手去捂她的嘴:"半夜三更教我认这个字,呸呸呸!"

虞婉芬说:"我常在夜里迷迷糊糊地想,恐怕明天这人世上就没我了呢。谁说得准,今天晚上脱下的鞋,明天还会不会穿上脚呢?想想几年前……"

"越说越远了。"

虞婉芬就不说了。

雷高汉说:"包志默那个话,其实对你说了就可以了。"

"你要是不问,我也不会说。"虞婉芬说,"那个话的前提,是我走在了你前面。"

"那是不可能的,你怎么会走在我前面?"

"我还是走在你前面好。"

"那也得等我活过了一百岁。"雷高汉说,"你走了,我先把你埋到他身边去，然后，我再找一个离你们远一点的地方，挖一个坑，自己一头栽进去……"

虞婉芬在他身上轻轻揪一下，问："你跑那么远干什么？"

"免得他不放心。"

"想想，你真是命苦。"虞婉芬叹一口气，"你都一百岁了，还自己挖坑……"

"不苦。"雷高汉说，"我能为你养老送终，就不苦。"

"你这话我听着就心酸。"虞婉芬说，"你要当多少回孝子，才是个头啊？"

"我从前有些信命。"雷高汉说，"现在信了另一样，就不怎么信命了。"

虞婉芬的睡意上来了："现在信什么？"

"信字。"

"哪个字？"

"我认得的都信。"雷高汉说，"天就是天，人就是人……"

虞婉芬就像在说梦话一样："我一直想教你认字，但不是忙就是累。说起来，还是不识字最好……"

6

后来，雷高汉时常想起那半夜里说的话，才知道，虞婉芬说的那是断头话。他在当时也不是一点没听出来，但是，人一辈子，怎么也会说几回生死,天知道哪是最后一回呢?

虞婉芬和雷高汉一起生活了三年,她死的时候才四十二岁。

那断头话说过第二天,本是春天里一个好日子,油菜正在开花。柳鸣凤一大早来找雷高汉,说金庆余的母亲过世了。雷高汉一听就明白,金海棠回家来了。女儿当然会很伤心,他心里也很难受。他问:"老人好久安埋?"

柳鸣凤说:"明天一早。"

"你好久去?"

"今天下午。"

雷高汉当然不会放过那个机会,他要去看看女儿。他向生产队长请一个下午的假,他说,眼下青黄不接,他需要去五里湾一趟,看那边能不能给丁继业一点救济粮。反正离大忙季节还早,队长准了假,叫他不要耽误了第二天出工。

吃过午饭,他就出发了。虞婉芬在身后喊了一声:"汉子!"

那声音有些走样。虞婉芬从屋里走到了院坝边上,和一棵杏树站在一起,那样子就像要哭出来。

雷高汉说:"我还像去接爷爷那回一样,天不黑就回来了!"

"不用着急。"虞婉芬小声说,"不走夜路就行了!"

丁继业并不知道雷高汉要上哪儿去,说:"走不来夜路的人,过不好日子!"

虞婉芬挥了挥手。那棵杏树没有为她把太阳遮住,雷高汉却没有看清她的脸。

板桥湾到五里湾的路变了。红石沟水库大坝拦起来以后,好像所有的路都从那儿起了变化。雷高汉走得急,在那大坝上还是停了停。红石岩已经不在,石窟就是不蓄水也看不到了。水蓄了不到一半,金海棠从小到大那个生长环境已经在水底了。三年过去,女大十八变,女儿不知什么样儿了。

他没有在大坝上久留,路越往前走越陌生。他见了人一问,才知道已经出公社好远了。他那一身汗,不知道是急出来的,还是跑出来的。结果,他返回时又把路走错了。

雷高汉发现他回到了水库大坝,太阳快要落山了。

老天既然阻拦他去看女儿,他只好赶紧回家。他不敢再迷路了,快到家的时候,他突然看见,很多人都在朝着一片油菜地飞跑。他在他们后面追着,就像要把他们都拦下来。

那片油菜地边上已经挤满了人。丁继业也在那儿,远远地朝着他喊起来:"雷高汉,翠香死啦!"

一堆人,都把路为他让开了。

一堆石头,却又把他拦了下来。

那是修水渠的石头,胡乱码在那儿。一个女人从石堆高处倒栽下去,已经一动不动。她直着的一条腿朝天举着,小腿从裤管里白晃晃露了出来。她的头卡在石头夹缝里,看不见脸。

包喜泉和几个人正小心地移动着石头,终于把那女人抱了起来。雷高汉从包喜泉手里把她接过去,好一阵才认出来,那就是虞婉芬。

第十二章

"雷高汉，你见死不救，翠香死啦！"

几个女人听了丁继业拖着长长哭腔的喊声，哭起来。

雷高汉抱着虞婉芬，双腿一软坐在了石头上。虞婉芬的眼睛没有完全合上，在他怀里朝上看着。水渠还没修好，他好像听见头顶已经有了哗哗的水声。油菜地里有一条倒伏的道路，他跟着那些油菜花低下了头，然后腾出一只手，轻轻地把虞婉芬的眼睛合上。他才看见，虞婉芬那件旧衣裳两边的袖子都在石头上擦磨得稀烂了，手腕也擦磨得血肉模糊，他就像蜜蜂一样哭出声来。

"死啦！"鲁金奎飞跑过来，"包志卓自杀啦！"

那天下午，包志卓不见雷高汉出工，一双眼睛在虞婉芬身上溜来溜去，还挨了生产队长的训斥。生产队长是个老好人，知道青黄不接的时候不能让社员太累，太阳还有竹竿高就让收工了。包志卓如何纠缠上虞婉芬，虞婉芬如何不从，只有鲁金奎和包喜泉看到了最后一幕。

鲁金奎不当大队干部了，但上面还是时不时把重要的担子压到他肩上，比如修水渠，他就是专业队队长。他在水渠上看见地里干活的社员收了早工，也就把手下一班人放了。正巧，包喜泉从下面路过，两个人上下一招呼，包喜泉就从另一头上了水渠。两个人虽然有矛盾，对大队一把手的看法却是一致的，他们正好有话需要当面细说。

水渠的槽子有一点高，包喜泉走过来的时候还是看到了，虞婉芬突然从油菜地里钻了出来，爬上石堆时向身后看了一眼。紧接着，包志卓也从油菜地里追了出来。虞婉芬本来已经从石堆上快下去了，显然听见包志卓说了什么，又返身爬了上去。包志卓用土坷垃在石头上写下字来，虞婉芬立即用袖子把那字擦掉。包志卓疯了一样在石头上写，虞婉芬也疯了一样用袖子擦。包志卓手上没了土坷垃，好像发现了一个石子。

"你写多少，我擦多少！"

那是一个女人的声音，因为有些走样，鲁金奎一时没有听出来是谁。他为了不让人看见包喜泉和他单独见面，已经在水渠里蹲了下来。他一听见女人的喊声就站了起来，正好看见虞婉芬扑过去抢夺石子，包志卓猛推了女人一把。女人从石堆上倒栽下去的时候，鲁金奎看到了她的脸。

那是虞婉芬！

"包志卓！"

鲁金奎大喊一声，差点从水渠上跳下去。

"包志卓！"包喜泉也大喊一声，"不许动！"

包志卓从石堆上跳下去，向包家大院方向飞跑。

社员在回家路上听见了喊声，都跑了过来。鲁金奎带着他的两个儿子去追包志卓，包喜泉留下来组织人员救人，并保护现场。

包志卓没有回包家大院，有人看见他进了碉楼。鲁金奎不停地喊话，却不见包志卓从碉楼里出来。包家大院里出来的人把碉楼围上，鲁金奎和他的两个儿子拿上锄头扁担，一层一层往上搜。结果，包志卓已经吊死在碉楼顶层。

第十二章

天说黑就黑了。

虞婉芬上了担架，被雷高汉和鲁金奎抬了起来，一头高一头低。几个火把跟在后面，向雷高汉的瓦房缓慢地移动着……

7

第二天下午，来了两个公安，在油菜地和碉楼看了现场，让包喜泉和鲁金奎做了证词，找生产队长问了话，然后把雷高汉叫去问了话。雷高汉曾经在碉楼那个现场住过，墙上好像写过字，却又被人擦掉了，公安问那字是谁写的什么时候写的都写了什么。雷高汉说自己不识字，没有注意到墙上有字。公安又问虞婉芬对雷高汉说过包志卓什么没有，雷高汉说："她说过，那个坏蛋一直打她主意。"

公安问那根麻绳是不是雷高汉留在碉楼里的。

"是。"雷高汉说，"那个祸害用那么好一根麻绳吊死，他不配！"

公安当天就做出结论。包志卓调戏虞婉芬并将其逼入油菜地，虞婉芬最终逃了出来。包志卓在一堆石头上不知写下了什么话，大概是要威胁虞婉芬。虞婉芬用衣袖将那字擦得模糊，被恼羞成怒的包志卓推下石头身亡，包志卓随后逃至碉楼畏罪自杀。

雷高汉亲手把虞婉芬埋在了包志默身边。他要不是还有一个女儿，要不是还有一个爷爷，他真会找一个僻静的地方挖一个坑，再亲手把自己埋了。

虞婉芬走了,丁继业好几天不说话,但每天晚上都在雷高汉门外站到深夜。他只要听见雷高汉哭,就会轻轻拍打几下门。一天吃早饭的时候,他终于开了口:"翠香那是心疼油菜呢!"

雷高汉没听明白,看着他。

"你没看见?"丁继业说,"她为什么要爬那一堆石头?她那是怕再伤了油菜。"

"遇见石头绕着走。"

包企鹤曾经随口说过的那句话,雷高汉一直没有忘记。虞婉芬要是也听说了那句话,不知她能不能被救下来。她当时要是大喊大叫,鲁金奎和包喜泉就听见了,他们要是早喊一声,结果可能就不一样了。

雷高汉一想起虞婉芬那被擦磨得稀烂的手腕,还有袖子,常常在半夜里哭出声来,一哭就哭到天亮。他想知道虞婉芬拼死擦掉的究竟是什么字,但人家公安都没有调查出来,他更不可能知道一星半点。最初,他收工以后都要独自一人绕到石堆那儿去看看,石头上的那些泥土已经成了一层灰,虞婉芬留下的那点血痕却是一丝也看不见。没几天,下了一场小雨,他再去的时候,那堆石头全都被抬走了,不知被砌进了水渠哪一段。悬空的水渠高高在上,那上面好像密密麻麻写满了字。他就那样站着,好像那每一个字他都认得,他要认光了才会离开。

鲁金奎从水渠上下来,朝他走过来了。

第十二章

雷高汉问："你把她砌到哪儿了？"

鲁金奎说："都是石头……"

"她不是石头。"

"听我一句。"鲁金奎小声说，"事情已经出了，你就不要和石头过不去了。"

"我不和石头过不去，是石头和我过不去。"

鲁金奎抬头望了望水渠，用轻松的口气说："你看，你从前修的是暗道，我今天修的是明渠……"

雷高汉的声音突然高起来："明渠，你告诉暗道，虞婉芬擦掉的究竟是什么字？"

"我不知道啊！"鲁金奎朝头上看看，再朝身后看看。"我在地上写字，你爬上水渠去看，看看能不能认出来我写的是什么……"

"你欺负我不识字！"

鲁金奎看看天："现在，我们不讨论谁欺负谁的问题……"

雷高汉的声音小卜来："你说，虞婉芬她是不是傻啊！不就是个字吗？她擦掉它干什么？只要包志卓那个祸害还在，你前头擦掉了，他后头不又写上来了吗？"

鲁金奎看着雷高汉，好一阵才说："你这个人，其实是身在福中不知福！"

"我们说虞婉芬呢，你怎么把话说到我头上来了！"

"就凭你刚才说的那话，你不配虞婉芬！"

鲁金奎当民兵连长的时候都没有那样凶过，所以，他一句话就把雷高汉震住了。雷高汉说："我并不是真埋怨她。你虽然把那些石头弄走了，但它们还像山一样在我面前堆着……"

"你以为，虞婉芬她不明白你刚才说的那个理？"

雷高汉不吭声，听鲁金奎说下去。

"她那是要向包志卓表明一个态度，她就是死，也不会让那个祸害得逞！"

说完，鲁金奎就走了。雷高汉站在那儿，太阳把水渠的一道影子为他拉扯过来，让他站在了有一点阴凉的地方。他好像又听见头顶淌水的声音。

8

日子却再也回不到从前，慢不起来了。

雷高汉在家的时候盼着出工，出工的时候盼着收工，好像虞婉芬不是在地里就是在家里，总是让他错过了。他到处寻找虞婉芬的影子，却好像忘记了包家大院旁边那个角落。那里只有一个坟头，并没有多出一个坟头。

丁继业的病越来越重了，哪里一敲锣打鼓，哪里一游行，哪里一喊口号，他就往哪里跑。谁都知道他成分好，加上他是一个病人，所以，谁也不敢招惹他。并且，一般也不会有人去招惹雷高汉，谁都知道他虽然是一个富农，却供养着一个贫农爷爷。

一天下午,丁继业缠着一个小伙子要红袖章,人家只好乖乖地取下来,给他戴在手臂上。接下来,他把一顶纸糊的高帽子捡回家,等雷高汉收工回来就给他戴在头上,要他交代为什么要害死翠香。雷高汉戴着破破烂烂的高帽子,说:"哪个翠香都不是我害死的。"

"你知道翠香多少?"

丁继业又要把翠香从小说到大,雷高汉却要去煮晚饭,只好戴着高帽子进了灶房。丁继业跟进去,说:"你想摘掉帽子,那是不可能的!"

雷高汉在灶前烧火,还真把高帽子点燃了。他刚把燃烧的高帽子摘下来,丁继业从水缸里舀了一瓢水,朝着他那并没有燃烧的头泼了过去。他满脸是灰,满身是水,说:"哪个翠香都是我害死的,爷爷,行了吧?"

天已经擦黑,丁继业却又不见了人影。

"爷爷!"雷高汉对着夜晚大喊起来,"爷爷!"

丁继业回来了,低着头不说话,就像一个做错了事的孩子。

"都是我的错。"雷高汉说,"爷爷,你不能天黑了还往外跑,有坏人啊!"

"我错了。"丁继业不抬头,"你是个好人……"

"爷爷,我们都是好人!"

这样的好时候却管不了多久。不一会儿,丁继业又要雷高汉带着他去找孩子。雷高汉脸都吓白了,悄声问:"找谁的孩子?"

"你和翠香的孩子!"

"我和翠香,没有孩子……"

"你这个骗子!"丁继业抓起扫帚就打过去,"你和我孙女还没结婚就让她生了孩子,你这个畜生!"

雷高汉只好躲出去,过一会儿再回家。

丁继业一见他就问:"孩子呢?找到了吗?"

雷高汉只好说:"爷爷,我要给你煮饭,等你吃了饭我再去找,好不好?"

丁继业每一回都像要出远门一样,但他一般不会走远,雷高汉只要扯长声音一喊他就回来了。声音小了他听不见,所以雷高汉的喊声很大。他就像在藏猫猫,喊声一起就会回家。

"爷爷!"

那喊声,每天都在板桥湾上空回荡。

"爷爷!"

后来,雷高汉喊声再大,也把丁继业喊不回家了。他只好四处找人,见人就问:"看见我爷爷了吗?"

因此,好多人见了他都会主动招呼:"没看见你爷爷!"

柳鸣凤把丁继业送回来三次,每次都要和雷高汉说上一阵话。那个时候,柳鸣凤害怕一不小心把金海棠害了,加之金家老太太已经过世,她到金家的路已经断了。但春天那一次,她带来一个喜讯,金海棠结婚了。雷高汉问谁说的,柳鸣凤说:"我见到金庆珍了。"

第十二章

女儿已经二十三岁,早该成家了。雷高汉问:"嫁了个什么人?"

"教师。"

"肯定是公办教师。"

"听你说的。"柳鸣凤说,"凭她的条件,还会嫁个民办教师?"

丁继业的病一年比一年糟,不知怎么有气力跑出门,却没有气力回家来。那几年,板桥湾的人常常看见,六十多岁的孙子背着八十多岁的爷爷回家,差不多走遍了每一条小路。那让上了年岁的人回想起来,雷高汉当年背着丈母娘庄瑞贞回鸿祯塞,也是那样。

一个炎热的日子,丁继业出门以后,再也没有回来。

雷高汉中午收工以后四处寻找,一声接一声大喊:"爷爷!"

没有一丝儿凉风,他的喊声好像顺着汗水淌到了地上,并没有传到远处。他一直喊到半下午,才得到了一个线索,有人看见丁继业往红石沟水库那边走,大概是回五里湾了。他在半路上遇见了鲁金奎,两个人一路寻找过去,到了大坝都不见人影。

天又要黑了,雷高汉对着水库连喊了三声"爷爷"。水面如镜,照着越来越暗的天色。他抬起头,朝着天上大喊了一声:"翠香!"

鲁金奎最先看见,丁继业的尸体浮出了水面。

9

鲁金奎把一个秘密向雷高汉隐瞒了十年。

虞婉芬离世那天，在包志卓自杀现场，鲁金奎看到了墙上有木炭写下的一行字："雷高漢和梅雲娥有一个女儿！"那显然是包志卓上吊前写的。地上有雷高汉曾经铺过床的稻草，鲁金奎来不及多看也来不及多想，抓起稻草把那字擦掉，并告诫两个儿子管好自己的嘴。两个儿子都抓起稻草使劲再擦一遍的时候，那一行字已经认不出一笔一画，所以他们都不知道那写的是什么。

当时尽管天就要黑了，尽管其中三个字并不是全都认识，鲁金奎还是认准了"梅云娥"。但是，他并没有对包喜泉说起那事，并且在公安面前也瞒了下来。他和包喜泉交换过意见，包志卓用土坷垃写下的不过是调戏虞婉芬的话，而那微微泛红的石头上只留下了几丝血迹，并没有留下一笔一画，就把石堆上那一幕照实对公安说了。

鲁金奎说起碉楼里那一行字的时候，雷高汉的富农帽子已经摘掉，两个人都六十八岁了。那阵儿，他们都承包了土地，鲁金奎常常带着下酒菜上雷高汉的瓦房里去喝酒。过几天就是中秋，月亮还是一个半圆。他们把一张小圆桌搬进院坝中央，在两张木椅上坐下来。下酒菜少不了腊肉、香肠和豆腐干，都是他们当年在鸿祯塞那回喝酒的老三样，也都是罗红玉在家里备好了拿过来的。罗红玉对鲁金奎说："告诉雷高汉，他欠我多少馒头，让他自己去算！"

第十二章

雷高汉对鲁金奎说:"当年虞婉芬教过我蒸馒头,我却只学会了她炸酥肉那一手。你告诉罗红玉,天底下就没见过她那样小气的人。她屋里闲着一个蒸馒头的大师傅不用,实在是浪费人才!"

鲁金奎说:"如今我是衣来伸手饭来张口,四体不勤五谷不分,农活靠儿子,饭菜靠老婆,逗孙子才是我的工作!"

雷高汉不吭声,鲁金奎就知道把话说歪了,独自喝了一杯酒。雷高汉却又给他敬了一杯,说:"人各有命。我眼皮底下走掉的人,够算呢。我常常想,我这命,就是在帮他们活起的!"

小圆桌上除了老三样,每回都少不了酥肉和花生米。鲁金奎拈起一个酥肉,说:"虞婉芬要是活到今天,你们都把帽子摘了过日子,多好!"

"我哪一天不想她啊!"

"还是说说从你手上留下来的命吧。"

鲁金奎一直在等着雷高汉自己说出孩子的秘密,实在等不下去了,就趁着几杯酒把那一行字说了出来。他说:"虞婉芬在石头上擦掉的字,也一定就是那一句。"

雷高汉立即就像一个孩子一样哭起来。他哭够了,压低了声音,把那一切翻箱倒柜说了。

"我才瞒你十年。"鲁金奎说,"你瞒了我三十几年呢!"

雷高汉想说什么,喉咙却还哽着。

"我和罗红玉猜了这么多年,就没猜过那孩子是梅云娥所生,还要等包志卓那个货来告诉我们。"

"你们都猜了谁？"

"鸿祯塞里的丫头，一个一个都让我们过了堂。"

雷高汉又哭起来："虞婉芬，她那是拿命在保我的女儿啊！"

鲁金奎把一杯酒泼洒在地。

雷高汉也把一杯酒泼洒在地，说："我也是怕连累你，才没敢给你说。前几年，你都没当干部了，还不是给你戴高帽子，从鸿祯塞给罗红玉找碴儿……"

鲁金奎说："当年就在我眼皮底下，我却是什么也不知道，也没能帮上你……"

"你帮我还少吗？"雷高汉说，"那些话从前都说过了，今天就不说了。只是，今天说过的话，这板桥湾，只能让你和罗红玉知道。包喜泉和柳鸣凤，他们都知道那孩子是我的，但都不知道是谁生的。"

"包喜泉也知道了？"

"我还没摘帽子就对他说了。"雷高汉说，"人家两口子，为我的孩子出了那么多力。你说乔桂花那个命，她怎么也学了翠香，害个病就走了。"

前面两年中秋都下雨，那年中秋，好像是要把亏欠的月亮补出来。鲁金奎又带着酒菜来了，不一会儿包喜泉也带着一瓶酒来了。包喜泉早已经不当民兵连长，乔桂花生病去世已有两年，他又把第三个老婆娶回来了。

鲁金奎对包喜泉说："年轻人，你不在屋里陪你那不满四十的小老婆，跑来和我们两个老汉凑什么热闹！"

"正是要来躲一躲。"包喜泉说，"三十如狼，四十如虎，说的就是女人。天一黑就上床，就是一块铁，又经得住几天磨？"

"饱汉子不知饿汉子饥。"雷高汉说，"一个跑来炫耀儿孙，一个跑来炫耀娘子，你们还要我活不活呀？"

包喜泉对雷高汉说："一个不到头，两个不到老，你现在续一个都来得及。"

"三个老汉，黑吃黑喝！"

女人的声音突然从瓜架下冒出来，柳鸣凤来了。

"我的姐！"包喜泉叫起来，"我才六十岁，还算不上老汉。你不会是一直藏在那儿，听到我说让汉子续一个，才赶紧站出来的吧？"

雷高汉给自己扯过一条板凳，把木椅让给柳鸣凤。他说："月亮这么好，你没有打灯笼就过来了，我们怎么是黑吃黑喝？"

"狡辩。"柳鸣凤说，"你们就是在开黑会！"

鲁金奎对柳鸣凤说："你这话要是放在前几年说，倒是要把我们都吓个半死。"

包喜泉对鲁金奎说："我们还是赶紧走，把这个黑会留给孤男寡女吧。他们怎么黑吃黑喝，就不关我们的事了。"

"没大没小。"柳鸣凤说，"过一阵就要通电了。"

几个人都争着说电。小院边上瓜架那儿，几只虫子也叫得更起劲了。那棵杏树，却在月光里安静得像是在另一个夜里。

夜已经深了，鲁金奎和包喜泉见柳鸣凤还不走，一拍屁股都走了。

雷高汉没有猜错，柳鸣凤是来通报金海棠消息的。她在六年前从金庆珍那儿知道，金海棠生了一个女儿，那以后就再也没有消息了。不料，她突然带来了两个重大消息，金海棠已经知道自己是一个叫雷高汉的人和一个丫头所生，还有，金海棠要调成都大剧团了。

柳鸣凤能喝酒，雷高汉想敬她一杯，但是酒已经喝光。雷高汉又问了一遍，才知道她刚去县城见了金海棠。雷高汉想知道更详细的情况，她却赌气不愿多说，因为雷高汉还没有告诉她，金海棠的亲生母亲究竟是谁。

"现在真还不能说。"雷高汉说，"到时候，我会给你说的。"

"到哪个时候？"

"日子还长着呢。"

"帽子都给你摘了，你不会还等着给你发工资吧？"

雷高汉却打岔说："你也有一个女儿。"

"什么？"

"我的女儿就是你的女儿。"

"我怎么敢起这个心。"

"要是没有你，也许到了今天，我都不知道她是不是还活在世上呢！"

第十二章

"趁她还在县上,你抓紧去见一面吧。"

"我心里没底。"雷高汉说,"你好事做到底,和我一起走一趟吧。"

"我又不是你的丫头!"

"你是她的大妈……"

柳鸣凤占便宜说:"你这么大个人,去看个戏还要大妈陪你吗?"

"你要是陪我去,别说喊你大妈,喊你一声妈我都愿意!"

"先不忙这样大方。"柳鸣凤说,"我是肯定不会跟你一路去县城的。我千年的道行,不能让你这一碗狗肉汤给污了!"

"你还等着立个贞节牌坊吧?"

柳鸣凤却没有生气,说:"我也就半年夫妻那个命。你命里有没有个女儿,那还得看人家认不认你!"

雷高汉不吭声了。

柳鸣凤说:"我也是去买了一张戏票看了她演的戏,趁散场以后那会儿工夫对她简单说了说。她看上去有点生气,大概以为我那是故意报复张巧兰呢!"

"她那是生我的气呢。"

"她对我说,即使是真,也千万不能让她爹妈知道,更不能让他们知道她已经知道这个。"

"这就说明,她已经相信了。"

"我这半辈子,好像就押在了两件事上,一是等金庆春回来,二是等金海棠的身世真相大白。"

柳鸣凤说完，起身走了。她月光里的影子在地上拖得很长，那是拉长了的一个孤单。

10

雷高汉已经拿定主意要去县城一趟，心里却实在没有底。他不知道能不能见上金海棠，更不知道能不能说上话。还有，就算能说上话，他也不能立即就把那一切都对她讲一遍，那么，又会有什么结果呢？

所以，他是在女儿调省城之前去跟她见一面的，其余的那就看运气了。

从小到老，除开八岁以前，他只出过两回远门，最远的是县城，其次是三塘湾。第一回去县城见到了梅云娥，四十年过去了，第二回却是要去见他和梅云娥的女儿。乡上有客车到县城，但他最初就拿定主意步行，要把那条路重新走一遍。他天不亮就出发，没有走错一步，却是越往前走心里越空，就像第一回在夜里往回走时一样。那片古柏竟然还在，却比从前稀了，他就是从那儿捡回了一条命。再过两年他就是七十岁，他不能再停下来了。

嘉陵江上那个渡口也还在，照样有一条船，看不出和从前有什么不同。船到江心，他才看见上游在修桥，水里已经冒出了几个桥墩。

进入县城,已经到了午饭时间。他还记得救出梅云娥那家客栈的模样,却是当年就不知道它的名字。他胡乱在街上走着,没有哪一家旅馆像那家客栈。一条热闹的大街上有一家小旅馆,他就在那儿住了下来。他问了登记的女子,从小旅馆出门向右走到街口,再向左,走一段就是县川剧团。

大街上有一溜面馆。他把那招牌一路看过去,就像那些店名他都认得。果真他认得一家"三春",就进去了。那牛肉面还是四十年前那味道,他一气吃了三大碗。

然后,他到了县川剧团外面。

那是老街上的城隍庙,门前有一棵大柏树。一个人提了一块牌子出来,挂在门口。牌子上面写满了字,他一个也不认得,但他从小就知道,那是告诉大家晚上演什么戏,谁演。几个人围拢了去看,他在旁边守了一阵,没有一个人念出声来。

雷高汉一直在大柏树后面站着,进进出出的人大都会看他一眼。他没有什么委屈,反倒是见了谁都想笑一下。他早就知道,城隍庙从前是长庆乐戏班演出的地方,后来成了县川剧团,那么,因为梅云娥,因为女儿,那儿是他最亲的地方。他一路寻找过来,好像是那天才真正知道了女儿的下落。他悄声对大柏树说:"谢谢!"

深秋的天气已经有些寒意,雷高汉却一身暖和。他的眼睛一直盯着大门,不敢错过一个人。十七年过去了,他要是第二次见到女儿,他一定第一眼就能认出来。

大门里出来一高一矮两个人,直端端走到他面前。他们都面带笑容，好像怕把他吓着了。那矮个子大概是个领导，那高个子倒像是个警卫。矮个子抬头望着他，说："大叔，您都在这儿站两个小时了，您是在等人吗？"

雷高汉缓一口气，问："你这儿是剧团吧？"

矮个子说："是。"

雷高汉说："我喜欢看戏。"

"大叔。"矮个子说，"戏要晚上才演呢。"

"我等。"

矮个子问："等戏？"

"不是。"

高个子问："大叔您等谁呀？"

既然城里人这样和气，雷高汉就换了轻松的口气说："我吃过苦，我这是在等甜。"

矮个子往后退了半步，又抬头望他一眼。

雷高汉突然想起自己小时候在一个庙里睡过，哄两个人说："我小时候要饭，在这庙里睡过一个晚上。"

矮个子说："大叔您是先苦后甜。"

"对。"雷高汉说，"我不喜欢苦戏。"

矮个子说："大叔，我们还有事，就不陪您了！"

雷高汉在那儿一直站到半下午，眼里突然有泪水涌上来。

金海棠走过来了。

大老远，雷高汉一眼就认出了女儿。她穿一件玫红色呢子大衣，系一条蓝色围巾，身材比小时候更高挑了，也比小时候更漂亮了，却依然看不出梅云娥的影子。她和一个戴眼镜的男人牵着一个小姑娘，离大门还有一点距离，那眼镜就停了下来。

雷高汉从大柏树下走出去，叫了一声："姑娘！"

眼镜还没有走开，赶紧走了过来。

"姑娘。"雷高汉说，"我不识字，你能帮我看一看，今天晚上演什么戏吗？"

金海棠没有看牌子，说："《翠香记》，还有《别洞观景》和《摘红梅》。"

"这是我妈妈。"小姑娘说，"她叫金海棠，今天晚上有她的戏！"

"好乖的孩子。"雷高汉从身上掏出了钱，手颤抖不停，"爷爷给你买糖……"

金海棠把孩子藏到了身后，那眼镜走上前来拦在了雷高汉前面。金海棠牵着孩子一边往里走，一边对眼镜说："票都要送到啊！"

眼镜却没有走，问："大叔是个戏迷吧？"

雷高汉看着一大一小两个孩子进了大门，才回过神来，点个头。

"您是哪儿人啊？"

"鸿祯塞。"雷高汉的声音却又颤抖起来，"你没听说过吧？"

眼镜摇一摇头，又点一点头。他从身上掏出一张戏票，交到雷高汉手上，说："我请您老看戏，您就不要再买票了。"

雷高汉看着眼镜走远了，才想起来，他连个谢字都没对人家说。

那天晚上，雷高汉早早就入场了，工作人员帮他找到了座位。他还是在鸿祯塞看过梅云娥演戏，四十年过去了，他接着看的还是那一折《翠香记》。前半截他还记得，所以一心只盼着女儿出场。女儿出来了，和当年梅云娥扮演的小姐一样。不一样的是，女儿扮演的小姐并没有昏倒，只不过装了个头痛而已。

"我们小姐过一会儿就会好的。"

翠香说这句话时，女儿还在台上，但是很快就下台了。

《别洞观景》没有女儿的戏，雷高汉就还在前一折戏里出不来。到了《摘红梅》，女儿一开头就出来了，雷高汉却一直没看明白那戏演的是什么。他就那样坐在剧场最好的座位上，大睁着眼睛，老想着从前梅云娥教虞婉芬唱戏那一幕，还有虞婉芬在床前唱戏那一幕，越往下看越糊涂。

最后，报幕员出来说："今天晚上，这是优秀青年演员金海棠同志在本团最后一次演出，尔后她将调往省城，让我们以热烈的掌声祝愿她在艺术的道路上步步登高！"

掌声从剧场里响起来的时候，雷高汉回了一下头，看见满场观众都站了起来，他的眼镜女婿站在过道里看着他。他坐着没有动，也没有鼓掌，等他扭回头去，女儿已经走上前台，深深鞠了一躬。

第十二章

11

雷高汉在县城待了两天半,把大街小巷差不多都走了一遍。他想和女儿再见一面,再听女儿说几句话,就像在川剧团大门外面那样,而不是那戏台上的腔调。他并不指望女儿喊他一声"爹",哪怕女儿多看他一眼也好。另外,他对当年那个客栈也还没有死心,一心指望转过一个街角就能遇见,然后去那儿住上一夜。他要在那儿梦见梅云娥,那么,他要在梦里把女儿的一切都告诉她。还有,他并不怕人家笑话他不识字,不停地向人打听他所走过街道的名字,一心指望能够在街名的提示下想起来,虞婉芬的娘家就在那条街。

但是,三件事都落了空。

第三天中午,雷高汉在只认识一个"家"字的面馆吃面的时候,突然看见金庆余和张巧兰从外面走了过去。他立即追了出去,远远落在后面,看见他们进了小巷里的一栋楼房。他看见,金庆余背着一个背篓,张巧兰提着一只鸡。他一步也没有放慢,但他用了好几次才把腰板挺直,要不,他那样子会被人看作一个小偷。他在那栋楼房大门外面走了三个来回,那样子又像丢了东西一样。他一心想的是,金庆余和张巧兰双双从里面出来,他们赶客车过来为女儿送行,女儿却没有让他们进门。

那大门口坐着一个老汉,年龄看上去并不比他大,却一直偏着脑袋睡瞌睡,把屁股下面的小木椅都带偏了。雷高汉过去过来的时候都要看那老汉一眼，但是人家城里人就是这样，把一个大门都守成了这副德行。他不能再那样走下去了，弄不好，他会朝着那老汉吼一声。

接下来，他一步也没有停，就从那大门口步行回家了。

上船以后，他感到了一阵寒意。他好像从一个更远的地方归来，刚刚经过了那座县城，船桨划水的声音也是那样陌生。下船以后，他好一阵才明白过来该往哪一边走。他有整整一个下午，用不着像从前那样急着赶路，就算天黑以前拢不了家，天上有几颗星星就够了。

但是，没走一会儿，他就饿起来。一碗面刚动筷子，他就让金庆余和张巧兰打了岔，丢下了。他只顾着心里发酸，以为吃过午饭了。结果，他连几十年前都赶不上，那一回好歹还吃了一小碗面。

那当然怪不得人家。他总不能转身，坐船，再下一回馆子。

他一步也没有停，走了好一阵才回头望了望。女儿一家在看不见的那一边，还有，那家客栈要是还在，也在那一边。虞婉芬当年从县城一条街上嫁到鸿祯塞，迎亲花轿走的就是脚下那条路。她不止一次提起娘家那条街的名字，那条阔气的街一定还在，他却是怎么也记不起人家的名字。他倒是记得虞婉芬哥哥的名字，听说半年前清明节去了板桥湾，给他妹妹和妹夫上坟了。那个哥哥，不一定知道还有他这个妹夫。

那条路上人家很多，要去场镇下馆子却会绕很远的路。他只有加快脚步，早点回家去。过大柏树那儿的时候，他小跑起来，没跑多长一段就不行了,停下来长吁了一口气。

"饱饭!"他喊了一声,"到!"

那一声喊并不大,那一声答却中气还足。他只不过一顿没有吃上饱饭。

"饱饭!"他又大声喊一次,"到!"

路边扑哧一声笑,一个割草的女人直起身来,说:"大叔,要饭啊?"

他听见肚子里发出一声叫唤。他停下来,说:"这么好一个社会,哪还有要饭的!"

"那你是神仙呢。"女人说,"喊一声饭,饭就到了。"

"吃饭,有那样简单就好了。"雷高汉说,"牛吃草,你看,还要你割呢。我这是在喊一个人。"

"什么人?"

"一个叫饱饭的人。"雷高汉说,"他死了好几回,都让我喊回来了!"

女人大概以为遇到了一个病人,小心地说:"这么好的太平日子,死了做什么……"

雷高汉心里咯噔一声。他也小心地问:"什么日子?"

"太平日子啊!"

太平街。没错,虞婉芬娘家那条街叫太平街。

太阳还高,雷高汉好像是已经转身重新去县城了,结果发现他是在朝着家的方向一路疾走。"太平"两个字他一个都不认识,他好像要急急地赶过去，先把它们一齐认下来。

离家越来越近了，他才让脚步慢下来。

"且喜今朝得初晴……"

他听见自己唱了一句川剧，暗自一惊。他不知道自己什么时候会了那一句，好像是自己当年在戏班里捡来，在那雪天里唱过半句的，又好像是后来听谁唱过的。不知上句，也不知下句，他自己好像就是那孤零零的一句，停在了那儿。

天刚擦黑，他远远地看见，山丘上冒出来一团庞大的影子，正在几颗闪亮的星星下面，一点一点升起来……

第十三章　暗红皮箱

1

我知道,那个暗红皮箱还没有掏空,但在春节前夕,我就把每天下午的工作停了。

汉子大爷并没有表现出多大的异常,我和温寒露却都不敢再一味冒险下去。我对他写道:"您已经领着我走过了那么长的路,不能再那样急行军了。后面的路,我自己知道该怎么走。"

他说:"那剩下的,可是我这辈子的三分之一,你都知道了?"

我写道:"务农,识字,读书,上网,看电视,写毛笔字,等待。"

"你写错了。"

我看看纸上的字,用笔在空中画了一个问号。

"不是等待,是等死。"

我知道他是在开玩笑,却也要写下我的辩解。他打断我说:"我这条老不死的命,是那么多人拿长长短短的命换来的。他们一齐在我身上活到了今天。死,我也是替他们去死。"

这样的话,我也只好先记录在案,并不和他深谈。

我在二楼写作,每天下午上三楼去看望他一次。我不再带录音笔,有时候事先在纸上写下一两个简单的问题,比如,鸿祯塞和包家大院之间的石梯是什么时候恢复的,修那条石板路一共花了多少时间。即使是写作中遇到了必须征询的问题,我也不会让他说话的时间超过十分钟。我宁愿把某一本笔记借出来,哪怕阅读笔记比当面发问花费的时间要多若干倍。

笔记本上那些字,让我看到了它们从爬到飞的全过程。温寒露已经对我说过,他识字并没有走多少弯路。简单一点说,他缠着村小老师学会了汉语拼音和查字典,并且讨来了一本《新华字典》,然后他把那上面的字从头到尾啃下去。不难想象,他会和他从前认下的为数不多的字重逢,会和他从前的那些血和泪重逢。三年以后,他就可以做笔记了。老实说,如果离开了他的讲述,即使是他后来的那些笔记也只会让我一头雾水。反过来,如果他在讲述时离开了那些笔记,他也有可能颠三倒四。

他开玩笑说:"我是八十年代的小学生,比人家八十年代的年轻人矮一辈。"

尽管我差不多看过了他的大半生,我还是像一个记者一样问他,为什么到了那样的年纪还要识字。他说:"梅云娥和虞婉芬共

第十三章

同用一张手帕给我出了一个认字的题目,丁翠香为了多认几个字把命都搭上了。手帕上那一首诗,等于是三个翠香一起为我写的。我想给那首诗和诗一首,却是怎么也做不出来……"

他的话让我心里很难受,我想对他说点什么,却一个字也写不出来。我也知道,他大概还想用文字来铺一条小路,走到女儿面前,却听见他说:"我刚把大幕拉开,我女儿就出来谢幕了。"

不知要认下多少字,才能够说出这样的话来。

他在县剧团观看金海棠的告别演出以后,就只在电视上见过女儿了。总起来说,他们也就见过两次面。第一次,金海棠当着他的面喊了一声"爹",却喊的是别人,而见面的那个地方已经被水淹没。第二次,金海棠只对他说了一句话,那是三个川剧折子戏的名字。但是,他认定了,金海棠谢幕时的那个鞠躬,已经包含了女儿向亲生父亲的全部孝敬。

金庆余和张巧兰生前都不知道,他就是金海棠的亲生父亲。张巧兰去世以后,柳鸣凤又替他去成都见过一回金海棠,回来以后对他火冒三丈:"她是一家,我是一户。大路朝天,各走一边!"

事实上,并没有更多的人知道他有那样一个女儿,也就没有更多的人知道他有那样一场生死抢救和漫长等待。他不过是一个原来的富农分子,后来的五保户,只听说他从前风光过,他的女人一个不到头两个不到老。还有,并没有多少人留意他是到了什么年龄才开始学文化,因为他识字越来越多而年龄越来越大,就是想有一个显摆,也不一定有人真正在意了。

他告诉我，他学习了三十年也等待了三十年，直到在网上在电视上都看不到女儿的影子了，他才写了那封信。他已经知道，他的外孙女叫邬红梅，也做了川剧演员。那封信光是初稿就前前后后花了两个月，他要让女儿和外孙女知道那原原本本的一切。他对我说："我不能让我的后人也像我一样，不知道自己从哪里来。"

那封信托人寄出以后，他就在网上看到了金海棠去世的消息。我不能主动去触碰这方面的话题，也想象不出他当时的悲伤。我只看到，他说到这儿时，他脸上那些小山丘好像一齐消失了。

他却好像是要照顾我一样，转换话题说："我一再被冷落，又一再被关照。"

我当时对这句话并不在意，只认为还可以倒过来说。我准备向他了解我笔下那些人物结局的时候，突然想起了这句话。我知道，他这样说，并不仅仅是针对某几个人，或者某一段时光，甚至也不仅仅是针对生命或者命运。我也突然明白过来，要是颠倒了说，那意思就变了。

他将来要是土葬，不知他的墓碑上能不能写下这句话。

我笔下那些人物的结局，每次我只问一个。

包喜泉要不是娶了一个年轻女人，可能会活得长一点，但他七十三岁就走了。汉子大爷说，包喜泉比鲁金奎有头脑，就是胆子有点小，要不他早当大干部了。

鲁金奎上了年纪以后，就像丁继业一样渐渐痴呆，后来见了汉子大爷都认不得了。汉子大爷悄悄跟在他后面，他见人就举报，说

第十三章

有一个坏人跟踪他。他是在一个冬天走的，享年八十七岁。

那天，鲁金奎在午后就失踪了，汉子大爷却是到了傍晚才知道，急了："鸿祯塞，你们去找了没有啊！"

天已黑定，鲁金奎被他两个儿子从鸿祯塞大门外的石头上抱起来，身上已经没有一丝热气。鸿祯塞里的粮站刚刚搬走，大门紧锁。黑松林还没有回到原样，汉子大爷远远望着时隐时现的火把，泪流满面。

腊月三十，我们在汉子大爷的房间里吃团年饭，他突然说："鲁金奎是替我去死的。"

我和温寒露都没有用筷子在空中画那个问号，他也没有接着说点什么。我看了看他那惭愧的表情，好像是鲁金奎替他把那一份痴呆担了起来，才让他保持了一份清醒的记忆，把那些岁月的片断衔接起来。我想了想我结交的那些所谓的兄弟，同时想了想自己，让一口米饭噎着了。

罗红玉活了九十三岁。两个儿子常常用轮椅推着她在村里硬化了的道路上走，有一次让汉子大爷遇上了，她老远就喊："雷高汉，你欠我的馒头呢？"

汉子大爷继续赖账说："鲁金奎一辈子给你蒸过多少馒头？他的就是我的！"

罗红玉对两个儿子说："这个丑老汉，你们以后不要管他。他死了，你们都不要去抬他，让他自己往坟里走！"

两个儿子都有一把年纪了，却都争着说，大爹，有什么事您尽管叫我们!

　　我没有想到的是,柳鸣凤还活着,住在镇上的养老院里。算一算,她已经一百零四岁了。汉子大爷一直不把那个秘密告诉她,终于让她忍无可忍,后来就是求着要对她说她也不听,他们已经三十年没有说过话了。金庆春大概回不来了。无论怎样,汉子大爷都不会生柳鸣凤的气,说对她千恩万谢都来不及。他希望我的书出版以后送一本给柳鸣凤,不管她能不能看愿不愿看。我写道:"如果她听力还行,我一定亲口把那个秘密说给她。"

　　现在的问题是,谁来把那一切告诉温寒露。她外婆已经不在,她母亲依然不愿意承认这个额外的外公,她要是初来之时就公开了自己的身份,就等于把她外婆和母亲的拒绝态度也公开了。她用了三年都没能说动她母亲,而现在,她担心老祖宗说走就走了。

　　恐怕还有什么我都不知道的秘密,也还一直压在箱底。

2

　　我在正月初一都没有停止写作。温寒露让我们过了一个食品丰盛的春节,汉子大爷的饭量又有增加。

　　正月初九上午,我和温寒露一起上了三楼。汉子大爷对我说:"你的新作叫什么名字?你都说过三回,我还是忘了。"

　　他记得三回,却记不住三个字。我第四回写道:"《塞影记》。"

"对。"他说,"你还有一本书,叫《庐影记》。"

我和温寒露都没有纠正他。我写道:"现在我又有了一个主意,觉得也可以叫《翠香记》。"

温寒露看到了,小声问:"老祖宗成配角了?"

汉子大爷说:"寒露说得对,还是叫《宫影记》好。"

我和温寒露都没有说话。他的听力恢复了吗?

温寒露知道我的小说快要结尾了,提出来要看。我不再犹豫,立即把前十二章发给了她。

我午睡起来,刚坐到电脑前,温寒露就过来了,还没说话就哭出声来。

"真的吗?"她问,"那些都是真的吗?"

她显然是跳着读的,不停地向我提问题。我只好整个下午都停了写作,差不多又对她讲了一遍。对她来说,"翠香"从前只不过是一个模糊的影子,小妾和丫头并没有什么两样,但是我听出来,她大概也一直在想象中塑造着汉子大爷,现在,我笔下的雷高汉显然和她的想象不符,所以她一时回不过神来,甚至担心我胡编乱造。

当天,我没有再去看望汉子大爷,把散步也取消了。温寒露却是楼上楼下不停地跑,不过我听得出来,什么也没有发生,至少,汉子大爷并没有恢复一点听力。

夜深了,温寒露还在电脑上细读那些文字,突然对我说:"你是和老祖宗一起走到我面前来的,你们是一路人!"

"我沾光了。"我说,"我标榜什么了吗?"

"你不用。"她说,"你只是藏不住。我并不要听你从前的故事,你已经用文字证明了你的痴情。"

那么,以后,我不用再对她说我离婚那点破事了。我说:"我得把你这些话写下来。"

接下来,温寒露把电话打到了美国,按了免提,我听了她和母亲的通话。她直奔主题,把那些陈年旧事说得清清楚楚,就像播音员一样。邬红梅好一阵才说出话来,就像演员误场了一样。

"梅云娥还有一个姐姐。"邬红梅说,"她叫梅云环,可能还活着。"

我和温寒露的心跳声,可能已经传到了大洋彼岸。

那是梅云娥的二姐,由她二舅做主嫁给了县剧团一个老生。她在糖果厂当工人,她的漂亮差不多盖过了一个剧团的女演员。她对金海棠格外好,邬红梅当时还是个小姑娘,没少吃她的糖果。后来,金海棠在成都不止一次说起"梅姨",因此,邬红梅知道她家世悲惨,姐姐和妹妹都死于土匪之手。

温寒露问:"外婆去世前,是不是收到一封信?"

"信?"邬红梅说,"对了,有。"

"都写了什么?"

"我不知道。"

"回来一趟吧。"温寒露哽咽着说,"妈妈,回来看看你外公吧。"

第十三章

电话那头又误场了。

"他就要度过一百零八岁了。"

邬红梅轻声问:"他的生日是多久?"

"正月十四。"温寒露说,"你可要快一点。"

"怎么了?"

"迟了,可能就赶不上他的记忆了。"

再接下来,温寒露又给温寒枫打了电话。

已经半夜了,温寒露睡着了。我从她的脸上,从她那一直惊讶着的表情上,好像看见了她的梦。她一定在梦里看见,这个世界上她谁也不认识,全都是一张一张陌生的面容。

3

正月十四是个大晴天。早饭过后,温寒露去县城取回了订制的生日蛋糕。邬红梅中午到成都,然后和温寒枫一起过来,在晚宴前赶到。温寒露和我商量过了,她母亲到来之前,除了蛋糕,我们什么都不忙告诉汉子大爷。汉子大爷已经知道,傍晚,在他踏入这片土地整整一百年的时刻,他平生第一次要过一个电视上那样的生日了,脸上那小山丘堆起孩子一般的笑。

我正在午休,呼叫铃突然响起来。我来这儿以后,这是它第二次发声,比夜里那一次还要刺耳。

汉子大爷就像第一次见我那样,站在屋子中央,那孩子一般的表情里多了一点歉疚。温寒露和我都看见，那只暗红皮箱已经打开。他好像要转过身，从那里面拿出什么，却又改变了主意，说："这些，都是后话……"

温寒露和我的眼睛都不敢从他身上移开，但我们好像已经对视过了。看样子，我们的安排可能需要调整了。

"这三年，我天天见到她，等于天天见到你。"

他说了这句话，才把目光转向温寒露。他好像知道自己说错了，要纠正过来，却又接着说："我天天见到她……"

我们一左一右搀扶住他，要他坐下来。他不坐，抓住我们的手，让两只手拉上。他指了指天上，说："还有人，也在看……"

温寒露和我拉着手，向他深深鞠了一躬。

"我不要谢幕……"

我们要扶他到床上去，他却像一座铁塔一样一动不动。我不敢腾出手去写字，温寒露急得哭了起来。他一下子就服软了，但没有坐到沙发上去，而是在写字台前那张硬木椅上坐下来。

我对温寒露笑一下，鼓励她对汉子大爷笑一下。她用纸巾揉揉眼睛，笑了起来。

汉子大爷不知道自己是要拿起硬笔还是毛笔，我从没有见过他那样无助。

我抓起一支笔，在纸片上写道："您需要上床休息！"

"他欺负我不识字！"他看也不看我写的字，慢吞吞站起来。"我们家有识字的，我马上请她出来……"

第十三章

我和温寒露不离左右，防着他跌倒。

他走到暗红皮箱跟前，从里面拿出了一个旧时的相框。他迟疑了一下，好像听见了什么声音，就把相框搂在了怀里，只让我们看到了背面。他俯下头，小声说："寒露，你听……"

后窗外面有一只鸟，天还没亮就在树上叫开了。

"寒露她喊我呢……"

温寒露喊了一声："老祖宗！"

他显然还是听不见，却纠正说："翠香她喊我呢！"

温寒露又哭起来。

"莫哭，莫哭。"他立即慷慨地把相框交到温寒露手上，"快笑笑吧，这就是你孩子的孩子的孩子……"

我不敢断定，他是不是已经口齿不清。

温寒露看了一眼相框，惊呼一声，立即闭上了嘴。

他说："我一见到她，就认出你来了。"

温寒露捧着相框，好像没有听见汉子大爷说话。然后，她也把相框搂在了怀里，只让我看到那个磨损不堪的背面。正面应该是一张美人的脸，背面却好比青丝，已经被时间的手指梳成了白发。

汉子大爷让我一个人扶着，重新在硬木椅上坐下来。他转向我，小声说："我告诉你一个秘密。"

我用手指在空中画了一个很小的问号，就像害怕让温寒露看见了。

"你知道，我为什么白天睡觉？"

我望着他，很配合地摇了摇头。

"寒露来了以后，我在夜里不敢睡得太死。我不能再让她有什么闪失，但是，我只剩下一个本事了，那就是用咳嗽给她壮胆。她开初以为我病了，还叫来了医生……"

这几句话好像已经回到了正常。我看了看温寒露，她虽然还那样搂着相框，但她也一句不漏地听着。

"后来，你来了……"

我赶紧向他行了一个拱手礼。

"雷高汉！"他喊了自己一声，"到！"

温寒露看着我，那样子好像听见我也答应了。

"寒露。"他说，"你听，我在这儿！"

说完，他重重地咳了一声嗽，就像那些夜里那样。

"翠香！"

那声咳嗽好像伤到了他的嗓子，他的喊声不高，还有些沙哑。

"梅云娥……"

温寒露一听，就将那个相框翻到了正面。

汉子大爷看看温寒露，然后看看照片，核对无误，就像听到了答应，笑了。

我只看了一眼照片，也惊呼出声。我才知道，温寒露看到了一张再熟悉不过的面容，那是八十年前的自己。

照片上的人，是梅云娥。

汉子大爷已经说不出话来。他大概想告诉我们初见温寒露时的情形,那个时光倒流的瞬间给了他怎样的惶恐。这会儿,他已经不知道同意,也不知道拒绝。我二话不说就把他背起来,温寒露一手挽着相框一手护着我们。我一步一步移进里间,让他躺到了床上。

"老祖宗!"温寒露不停地喊,"老祖宗……"

汉子大爷的眼睛一直睁着,我就不停地让他看一句写在纸上的话,但他好像已经认不得字了。

那句话是:"您的外孙女很快就要到了。"

楼下,终于响起了车喇叭声。

"您的外孙女看您来了!"温寒露笑了,"老祖宗!"

他好像听见了,想答应一声,却只是咧了咧嘴。然后,他把眼睛永久地闭上了。

4

暗红皮箱终于完全打开了。

邬红梅见了相框里的外婆,对眼前的女儿说:"她和她二姐一点不像,也和你外婆你妈一点不像,怎么和你差不多成了一个人呢?"

"这不是我的错。"温寒露说,"你去问遗传学。"

邬红梅给县剧团的朋友打电话,才知道,梅云环已经在一年前去世。

温寒枫建议去看望柳鸣凤,被我拦住了。我说:"老人家现在需要的是宁静,而不是一个答案。就是一本书,也不会把什么都照顾到。老祖宗不就是这样,他并不知道,她的女儿是不是收到了他的信吗?"

暗红皮箱里有一个笔记本,汉子大爷从没有给我看过,那上面只有他那封信的草稿。他差不多为女儿讲述了他的一生,不必为尊者讳,错别字和病句是难免的,因为他毕竟没有进过正规的学堂。他对我讲过的话也时不时会遇到,比如:"我的命里有一段暗道,我不能抛下它。"

他在末尾写道:"孩子,你在我的等待中长大,你陪了我一生。"

邬红梅在剧团收到了那封信,当时她要赴日本演出,就让丈夫把信交给母亲。她才从电话中知道,那封信竟然还在温寒露父亲手中。

"你以为不重要?"她对着手机喊起来,"那么厚一封信,在你心里,也是薄吗?"

那个笔记本后面一小半是空白页,温寒露却在最后一页翻到了一首诗。那四行字涂涂改改,却能够认出来。

翠香唤我岂能分,
月地星天追故人。
几梦结庐在晚境,
风吹塞影淡烟云。

我从"塞影"二字知道,这或许是汉子大爷在最后这一年写的诗。我不知道,他为什么对我说,他一直想给手帕和诗一首,却没有写出来。或许,这是他最后几天才写成的,还没来得及改定。我对旧体诗懂得不多,却能够看出来,这首诗虽说不上多好,却中规中矩。一个七十岁才开始正规识字的老人,写出了这样的文字却不愿示人,我要为他帮一腔。

"威武!"

我在心里喊了一声,泪水立即涌出了眼眶。

我来迟了,已经不能录下汉子大爷更加丰满的人生。我们甚至都没有来得及谈一谈玻璃屋为什么要这样设计。但是,每一天,玻璃屋都在和鸿祯塞对话,我好像能够听见那些在它们之间散落的声音。

我不知道,我要是错过了这个老人,我还会错过什么。

我一时也还不知道,我认识了这个老人,我已经得到了什么。

但是,我知道,我在去年认识他的那一天,如果对他的一百零七岁无动于衷,大概就是我苍老或者委顿的开始。

邬红梅在"鸿祯田庐"住了七天,就带着她外婆的相框回了美国。她看了小说前十二章,看了那封信,让我把用手机拍下来的汉子大爷谈话的几段视频全部发给了她。她对我说:"母亲只知道自己是被遗弃的,生前对外公满怀怨恨。她要是听从了父亲的劝告,并且有机会像你这样在老人面前坐下来,自然会是另外一个情形。"

汉子大爷写信时还住在瓦房里，现在，这座乡间别墅由温寒枫出面交涉，将由村上去处置了。温寒露只会带走那只暗红皮箱，还有那些书。那些笔记本，那手帕和小镜子，还有那只旧式木匣，都在汉子大爷火化时烧掉，让他带走了。而那封信和那首诗的草稿，让我留了下来。

汉子大爷的骨灰盒暂时放在他那"玻璃屋"里。温寒枫要在成都给汉子大爷购买墓地，温寒露说："他生前没有说，但是我想，他一定不愿意去那么远的地方，他一定不想离开这儿。"

我们三个人商量一阵，最后的一致意见是，把他的骨灰撒在鸿祯塞外围。

温寒枫又出面去协商，终于敲定下来，时间定在农历二月初一黄昏。到时，骨灰将由我们三个人撒在鸿祯塞四周，汉子大爷将绕着环形城墙散落。

农历正月三十，温寒枫从成都过来，赶上了做晚饭。我和温寒露就去汉子大爷修的那条石板小路上走了走，好像在踏勘第二天黄昏为汉子大爷送行的路线。油菜花好像比去年那一茬高了一些，鸿祯塞自然还是看不见，但是，我们转过身，"玻璃屋"也看不见了。

那天夜里，我在梦里听见呼叫铃响了一声，就看见雪在车窗外面下了起来。温寒露开着车，沿着一条宽大的石板路上了一座高山。我们从车上下来，大雪里温暖如春。山顶有一座宫殿，我们冒雪登上城墙，却迷了路，走出去好几趟都回到了原处。我们好像在找一个人，却只找到了一只盒子。温寒露把盒子打开，那里面装满了陌生的种子。天快要黑了，我端起那个盒子慢慢往前走，看见城墙内一座高楼突然在乱雪中亮起了灯。温寒露一把一把抓起那种子，向城墙外面撒了出去。种子像雪花一样燃烧起来，我看见星星点点的火苗在飞舞……